KB003460

햄릿 • 리어왕

셰익스피어 4대 비극

햄릿
리어왕

사느냐 죽느냐 이것이 문제로다. 가혹한 운명의
화살을 맞고도 죽는 듯 참는 것이 장한 일인가,
아니면 성난 파도처럼 밀려오는 고난과 맞서
싸워 물리치는 것이 옳은 일인가?

김지영 옮김

"사느냐 죽느냐 이것이 문제로다"
셰익스피어 4대 비극 중 특히 뛰어난 햄릿과 리어왕

한비미디어

차 례

〈햄 릿〉

〈리어 왕〉

햄 릿

■ 등장인물

햄릿 : 덴마크 왕자. 선왕의 아들, 현재 왕의 조카

클로디어스 : 덴마크 왕

거트루드 : 덴마크 왕비, 햄릿의 어머니

폴로니어스 : 클로디어스 왕의 고문관이며 재상

오필리어 : 햄릿을 사랑한 폴로니어스의 딸

레어티즈 : 폴로니어스의 아들, 오필리어의 오빠

호레이쇼 : 햄릿의 친구

로젠크랜스, 길덴스턴 : 햄릿의 동창들

볼티먼드, 코닐리어스 : 노르웨이로 파견되는 사절

마셀러스, 바나도, 프란시스코 : 경호병들

오즈릭 : 시종

레날도 : 폴로니어스의 하인

포틴브라스 : 노르웨이 왕자

그 밖의 인물 : 햄릿 아버지 유령, 배우들, 어릿광대들, 노르웨이 부대장, 영국 사절들, 무덤 파는 일꾼, 귀족, 군인, 선원, 사제, 시종들

■ 장 소 : 덴마크

제 1 막

제1장 - 엘시노 성, 망대

열두 시를 알리는 종소리가 들린다. 프란시스코가 왔다 갔다 하고 있다.

바나도 등장.

바나도 거기 누구냐?

프란시스코 너야말로 누구냐? 서라! 어서 이름을 밝혀라.

바나도 국왕 만세!

프란시스코 바나도?

바나도 그래, 맞아.

프란시스코 제시간에 맞춰 와 줬군.

바나도 지금 막 열두 시 종을 쳤어. 가서 자게, 프란시스코.

프란시스코 교대해 줘서 고맙네. 가슴이 오그라들 정도로 추운 날이군.

바나도 그나저나 별일 없었나?

프란시스코 쥐죽은 듯 조용했네.

바나도 그럼 어서 가서 자게. 호레이쇼와 마셀러스를 만나거든 빨리 나오라고 말해 주게. 함께 보초를 서야 하거든.

프란시스코 발자국 소리가 들리는 걸 보니 오나 보군.

    호레이쇼와 마셀러스 등장.

프란시스코 서라! 누구냐?

호레이쇼 이 나라 백성.

마셀러스 국왕의 신하.

프란시스코 그럼 애쓰게. 난 그만 가겠네.

마셀러스 그래, 잘 가게.

    프란시스코 퇴장.

마셀러스 이봐, 바나도! 그래, 그것이 오늘 밤에도 나타났나?

바나도 아직 보지 못했어.

마셀러스 호레이쇼는 우리가 헛것을 보았다며 도무지 믿질 않네. 우리가 두 번씩이나 봤는데 말이야. 그래서 함께 망을 보자고 했지. 만약 그 귀신이 다시 나타나면 말을 걸어 보는 게 어떤가?

호레이쇼 제발 헛소리 좀 하지 말게. 아무것도 나타나지 않을 거야.

바나도 아무튼 좀 앉게. 우리가 하는 말에 자네는 무조건 귀를 틀어막고 있네만, 한 번 더 들어 보게.

호레이쇼 그래. 자, 얘기해 보게.

바나도 이봐, 호레이쇼. 내 눈으로 틀림없이 봤다네. 바로 어젯밤에도 봤단 말일세. 북두칠성이 지금 저 별처럼 하늘을 비추고 있을 때였지. 마셀러스와 나는 한 시 종이 울리자…….

유령 등장.

마셀러스 쉿! 가만있어. 저것 봐, 또 나타났어!

바나도 선왕과 똑같은 모습이야!

마셀러스 호레이쇼, 자네는 학자야. 말 좀 걸어 보게.

호레이쇼 정말 닮았군. 몸서리가 쳐질 정도야.

바나도 말을 걸어 주었으면 하는 눈치야.

마셀러스 어서 말해 보게나, 호레이쇼.

호레이쇼 넌 무엇이냐? 선왕께서 즐겨 입으시던 갑옷 차림으로 나타나다니, 무엄하구나. 정체를 밝혀라!

마셀러스 화가 난 모양이야.

바나도 저것 봐. 가 버리잖아.

호레이쇼 거기 서라! 명령이다. 어서 말을 해라! (유령 퇴장.)

마셀러스 사라졌어. 말하기 싫은 모양이야.

바나도 이봐, 호레이쇼. 자네 떨고 있군. 아예 새파랗게 질려 버렸네. 어떤가? 아직도 우리가 말한 것이 헛소리라고 생각하나?

호레이쇼 내 눈으로 똑똑히 보고도 어떻게 믿지 않을 수 있겠나…….

마셀러스 선왕과 똑같지?

호레이쇼 두말하면 잔소리지. 야심 많은 노르웨이 왕과 싸웠을 때, 바로 저 갑옷이었지. 또 협상이 깨져 폴란드 놈들을 얼음판 위에 패대기칠 때에도 저 표정이었어. 참 이상한 일이군.

마셀러스 이번이 세 번째야. 늘 같은 시간에 망을 보고 있는 우리 옆을 지나갔지.

호레이쇼 도무지 갈피를 잡을 수 없군. 내 생각으로는……나라에 큰일이 터질 징조 같아.

마셀러스 자, 차분히 앉아 얘기해 보세. 아무래도 이상해. 뭣 때문에 이렇듯 백성들을 힘들게 하는지 말이야. 날마다 철통같은 경비를 세우고, 대포를 만들지 않나, 외국에서 무기를 사들인다고 하며, 왜 야단법석을 떠는지? 조선공들은 쉴 틈도 없지 않은가. 도대체 무슨 일이 일어나려는 건지 누가 좀 말해보게.

호레이쇼 소문은 이렇다네. 자네들도 알다시피 선왕께서는 노르웨이 왕에게 도전을 받았었지. 포틴브라스가 지독할 정도로 야욕에 가득 차 있었거든. 하지만 용감하신 선왕 햄릿 왕은 그의 목을 베셨지. 그래, 그놈은 목숨과 더불어 땅을 모조리 빼앗기고 말았지. 그건 기사도의 법칙대로 맺은 약조였어. 그런데 포틴브라스의 아들놈이 젊은 혈기에 나선 거야. 변두리를 떠도는 부랑아들을 끌어 모아 일을 꾸미고 있다네. 그건 바로 아비가 잃은 땅을 수단과 방법을 가리지 않고 되찾겠다는 속셈이지. 그러니 온 나라가 떠들썩하고 부산스럽게 굴 수밖에 없는 거야. 우리가 이렇게 망을 보는 까닭도 모두 이 때문이라네.

바나도 그렇겠군. 다른 까닭이 있을 리가 없네. 우리 앞에 나타난 불길한 그림자는 전쟁 때문에 생긴 일이야. 그나저나 별일이나 없었으면 좋겠네.

호레이쇼 어지러운 일이야. 옛날 번영을 자랑하던 로마제국도 영웅 시저가 살해되기 전날 무덤들이 텅 비고, 수의를 입은 송장들이 음흉한 소리를 내며 거리를 떠돌아다녔다네. 별은 불꼬리를 매달고, 핏빛 이슬이 내리고, 태양은 빛을 잃고, 바다를 지배하는 달조차도 말세가 온 듯 병들어 사그라졌지. 이 유령도 그때와 똑같은 재앙이 일어날 징조임에 틀림없어.

　　　유령 다시 등장.

호레이쇼 쉿! 저것 보라고. 또 나타났어! 벼락을 맞더라도 한번 막아보자. (유령이 팔을 벌린다.) 야, 멈춰라! 거기 서라!

말을 할 수 있다면 해 봐. 네 원한을 풀어 줄 테니 아무 말이라도 해 봐. 혹시 나라의 재앙을 알고 있거든 미리 피할 수 있도록 말하라. 아니면 생전에 땅속에 재물을 파묻어둔 것이라도 있어서, 미련을 버리지 못하고 유령이 되어 지상을 떠돌아다니는 거냐? (닭이 운다.) 어서 말하라. 이봐, 마셀러스! 자네가 못 가게 좀 막아 보라구.

마셀러스 이 창으로 찌를까?

호레이쇼 그래, 그게 좋겠네. 멈추지 않으면 그렇게 하게나.

바나도 여기다!

호레이쇼 여기야! (유령 퇴장)

마셀러스 가 버렸어. 그래도 선왕의 모습으로 나타난 유령인데, 주먹다짐으로 윽박지르는 건 잘못이야. 아무리 창을 휘둘러도 허공에다 찌르는 것밖에는 안 되는데 말이야.

바나도 입을 열려고 할 때 마침 닭이 울게 뭐람?

호레이쇼 닭이 울자 누가 부르기라도 한 듯 깜짝 놀라더군. 새벽을 알리는 닭의 울음소리를 들으면 사방을 떠돌던 영혼들이 황급히 자신의 거처로 도망간다지 않는가. 이제 보니 그 얘기가 틀리지 않는 모양이야.

마셀러스 맞아! 닭이 울자 그만 사라졌어. 또한 듣자니, 성탄절이 되면 새벽을 알리는 닭이 밤새도록 노래를 해 유령들이 얼씬도 하지 못한대. 별들도 마력을 잃고, 요정들도 장난기를 거두고, 마녀들도 맥을 추지 못한다는 거야. 그래서 복스러운 기운이 넘치는 그때는 모든 것을 정결하게 해야 된다는 거지.

호레이쇼 나도 그런 소릴 들었어. 그럴 법도 하지. 자, 저것 좀 봐! 해가 붉은 망토를 걸치고 이슬을 밟으며 떠오르네. 자, 이제 우리도 그만 내려가세. 그런데 내 생각엔 아까 본 일을 햄릿 왕자님께 아뢰는 게 좋겠어. 그 유령이 우리한테는 입을 다물고 아무 말도 하지 않았지만 왕자님께는 털어놓을지도 모르지 않는가. 왕자님께 이 일을 말씀드리는 것이 어떤가? 우리의 의무와 책임으로 보아 마땅히 그래야 할 것 같은데……

마셀러스 그렇게 하세. 마침 오늘 아침에 왕자님을 만나 뵐 수 있는 곳을 내가 알고 있네. (모두 퇴장)

제2장 - 성 안, 회의실

나팔 소리. 클로니어스 왕과 서트루드 왕비, 시종들, 폴로니어스와 그의 아들 레어티즈, 볼티먼드와 코닐리어스 그리고 햄릿 왕자 등장.

왕 사랑하는 형 햄릿 왕의 죽음이 아직도 생생하게 떠오른다. 우리 모두가 슬퍼하고 가슴 아파하는 것은 당연한 것이오.

하지만 선왕을 깊이 애도하면서도 이제는 정신을 차려야 할 때가 된 것 같소. 짐은 한때 형수님이었던 분을 왕비로 맞았소. 이는 이 나라의 주권을 잃지 않고, 국왕으로서 체모를 지키기 위해서였소. 다시 말해 얼룩진 기쁨이라고나 할까. 한쪽 눈으로는 울고, 다른 쪽 눈으로는 웃는 것 말이오. 장례식은 슬프게, 결혼식은 즐겁게, 기쁨과 슬픔을 똑같이 저울질하면서 왕비를 맞이한 것이오. 또 짐은 이 일에 그대들의 뛰어난 지혜를 막지 않고 모두 반영했소. 짐의 뜻에 그대들이 기꺼이 찬성해 주었소. 모두 고맙소.

다음 건은 이미 그대들도 알고 있듯이 포틴브라스 2세에 관한 얘기요. 그가 우리를 얕잡아 보고 있는지, 아니면 선왕의 죽음으로 나라가 혼란에 빠진 것으로 생각하는지 자꾸 사절을 보내고 있소. 제 아비가 선왕한테 빼앗긴 땅을 내놓으라는 거요. 상황이 이러니 대책을 세우지 않을 수가 없소. 여기 노르웨이 국왕에게 보내는 칙서가 있소. 왕은 포틴브라스의 삼촌으로 노쇠하여 병상에 누워 있소. 그러다 보니 조카의 속셈을 아직 모르고 있을 것이오. 따라서 포틴브라스가 왕의 백성들을 소집해서 대군을 조직하지 못하도록 단속해야 한다는 내용이오. 이에 그 사절로서 코닐리어스와 볼티먼드를 임명하오. 그럼 그대들은 임무를 충실히 완수하여 충성하기를 바라겠소.

코닐리어스, 볼티먼드 맡은 바 임무를 다해 충성하겠나이다.

왕 부디 잘 부탁하오. (코닐리어스와 볼티먼드 퇴장) 그나저나 레어티즈, 무슨 일이냐? 나한테 할 얘기가 있다고 했지. 어서 말해 보거라. 이 덴마크 왕이 안 들어 줄 리가 있겠느냐? 도대체 네 청이 뭐냐? 나와 네 아버지는 머리와 심장을 따로 떼어 놓고 생각할 수 없는 것처럼, 손이 입을 도와 먹을 수 있는 것처럼 서로 가까운 사이니라. 그래, 그러니 바라는 게 무엇이더냐, 레어티즈?

레어티즈 저를 프랑스로 돌아가도록 허락해 주십시오. 제가 이곳에 온 것은 전하의 대관식에 참석하기 위해서였습니다. 이미 그 의무를 다한 지금, 솔직히 말씀드려 다시 프랑스로 돌아가고 싶은 생각뿐입니다. 제발 제 뜻을 허락해 주십시오.

왕 아버지의 허락은 받았느냐? 폴로니어스, 그대의 생각은 어떻소?

폴로니어스 네, 자식 놈이 어찌나 졸라 대는지 어쩔 수 없이 허락을 해 준 셈입니다. 이제는 아비로서 간청하오니, 부디 허락해 주소서.

왕 그렇다면 좋다, 레어티즈. 가서 잘 지내도록 하거라. 마음껏 시간을 즐기되 유익하게 쓰도록 하려무나. 그리고 이제, 내 조카며 내 아들 햄릿 차례인데……

햄릿 (방백 : 연극 대사의 일종. 작중인물이 관객에게는 들리지만 상대역에게는 들리지 않는다는 설정 아래 하는 독백) **핏줄은 통해도 마음은 통하지 않아.**

왕 요즘 네 얼굴엔 먹구름이 잔뜩 끼어 있구나. 무슨 걱정이라도 있느냐?

햄릿 그럴 리가 있나요? 햇볕을 너무 많이 쬐고 있어 탈인걸요.

왕비 햄릿, 이제 그 어두운 상복은 벗고, 전하께 좀 더 밝은 얼굴을 보여 드려라. 마냥 고개만 숙이고 다니며 돌아가신 아버지 생각만 해서야 되겠느냐. 살아 있는 것은 언젠가는 죽게 마련인 것을 너도 잘 알고 있지 않느냐. 누구든 때가 되면 이 세상을 떠나 저승으로 가는 것이 당연하잖니.

햄릿 저도 알고 있습니다.

왕비 그런데도 왜 너만 유별나게 구는 것처럼 보이는 거냐?

햄릿 보이는 게 아니라 사실이 그렇습니다. 어머니, 이 어두운 상복 차림이나 억지로 내쉬는 한숨으로도 제 심정을 다 드러내지는 못한답니다. 마르지 않는 눈물, 슬픔으로 일그러진 표정 따위는 그저 꾸밀 수도 있겠지요. 그러나 제 마음속에 있는 것은 그렇게 꾸밀 수 있는 것이 아니랍니다.

왕 햄릿, 돌아가신 아버지를 사랑하는 마음이 깊구나. 하지만 네가 알아 둬야 할 것이 있다. 네 아버지도 그 아버지를 여의셨고, 네 할아버지 또한 그 아버지를 여의셨다. 그래서 뒤에 남은 유족들은 자손된 도리로서 일정 기간 반드시 상복을 입고 지내야 한다. 그러나 한없이 상복을 입고 애통해하는 것은 오히려 신의 뜻을 거역하는 일이야. 그렇게 고집을 부려서야 어디 사내라고 할 수 있겠느냐. 죽는 것이야 사람의 힘으로 할 수 없는 것인데, 네가 반항을 한다면 하늘을 배반하고 망자에게도 옳지 못한 행동을 하는 거다. 그러므로 제발 부탁한다. 그 부질없는 슬픔을 거두고, 나를 아버지로 여겨 주렴. 이 자리에서 말하지만, 너는 왕위를 이어받을 사람이다. 내가 친아버지 못지않은 애정을 갖는 것도 다 이 때문이다. 네가 다시 비텐베르크 대학에 돌아가고 싶어 하는 것은 내 뜻과 맞지 않구나. 제발 부탁한다. 이곳에 남아서 부디 내 신하, 내 핏줄, 내 아들로서 있어다오.

왕비 애야, 이 어미의 청도 들어다오. 비텐베르크로 돌아가지 말고 제발 내 곁에 있어다오.

햄릿 알겠습니다. 어머니 말씀대로 따르겠습니다.

왕 오, 정말 기특한 대답이구나. 정말 기쁘다. 이 덴마크 땅에서 나와 함께 살자꾸나. 여보, 왕비. 햄릿이 이렇게 우리의 뜻을 따라 주니 내 마음이 한결 가벼워지는구려. 오늘 이 일을 축하하는 뜻으로 축배를 들어야겠소. 내가 축배를 들 때마다 축포를 쏘아 올려 하늘과 온 나라에 알리도록 하라.

나팔 소리 울린다. 햄릿을 남겨 두고 모두 퇴장.

햄릿 아! 너무나도 더럽혀진 몸이여, 차라리 녹아 이슬이나 되었으면! 신이시여, 왜 자살을 허락하지 않으십니까? 이 지긋지긋한 세상을 견뎌 내야 하다니, 참으로 고통스럽나이다. 에이, 더러운 세상! 뜰에는 잡초만 자라고, 주위는 온통 악취로 숨을 쉴 수 없구나. 돌아가신 지 채 두 달도 안 되었는데, 이런 꼴이 되어 버리다니……. 그토록 훌륭하신 아버지가 태양이라면, 지금의 왕은 암흑이구나. 어머니가 바람을 맞는 것조차 안타깝게 여기시던 아버지와 늘 아버지에게 매달려 사랑을 속삭이시던 어머니, 아아, 생각하는 것조차 괴롭구나. 욕심은 끝도 없다더니, 한 달도 못 되어……. 약한 자여, 그대 이름은 여자로다! 니오베 여신처럼 온통 눈물에 젖어 아버지 무덤의 흙이 마르기도 전에 삼촌의 품에 안기다니……. 오, 신이시여! 이성이 없는 짐승이라 해도 그보다 더 오래 슬퍼했을 게 아닌가. 마음에도 없이 흘린 눈물의 소금기로 눈동자의 핏발이 채 가시기도 전에, 아버지와 조금도 닮지 않은 삼촌과 결혼하시다니……. 오, 어머니! 어쩌면 이렇게 빠르게 아버지를 떠날 수 있나요? 그토록 빨리 더러운 잠자리로 달려갈 까닭이라도 있었나요? 하지만 이 가슴이 터지는 한이 있더라도 입을 다물고 살아야지.

호레이쇼, 마셀러스, 바나도 등장.

호레이쇼 왕자님, 안녕하십니까?

햄릿 오! 자네는 호레이쇼 아닌가? 내가 정신이 없어서…….
잘 있었나?

호레이쇼 네, 맞습니다. 왕자님의 한결같은 충복 호레이쇼
입니다.

햄릿 여보게, 그런 말 말게. 우린 친구 사이 아닌가. 그런데
호레이쇼, 비텐베르크에서 무슨 일로 돌아왔나? 아, 마셀러스
도 왔군.

마셀러스 아, 왕자님!

햄릿 참으로 반갑네. 자네도 잘 있었나? 그런데 자네들 무슨
일로 비텐베르크에서 돌아왔나?

호레이쇼 제가 워낙 빈둥대며 놀기를 좋아하는 놈이라서요.

햄릿 적들이 자네를 두고 그런 욕을 한다 해도 난 믿지 않을
걸세. 자네들처럼 부지런한 자들이 절대 그럴 리가 없지. 그래,
이곳 엘시노에 온 까닭이라도 있나?

호레이쇼 실은 장례식에 참례하러 왔습니다.

햄릿 자네들, 제발 나를 놀리지 말아 주게. 어머니의 결혼식
을 보러 왔겠지.

호레이쇼 그러고 보니 잇따라 있었군요.

햄릿 호레이쇼, 그게 바로 절약이야! 제사상에 올린 고기가
식기 전에 잔칫상에서 먹을 수 있단 말이야. 그 따위 혼례식을
보느니 차라리 천당에서 원수를 만나는 게 낫지. 호레이쇼,

난 지금도 아버지가 눈에 보이는 듯하네.

호레이쇼 정말입니까?

햄릿 그렇다네. 늘 마음의 눈으로 아버지를 보고 있다네.

호레이쇼 참 훌륭한 왕이셨죠. 어젯밤에 저도 그분을 보았답니다.

햄릿 봤다고? 아버지를……?

호레이쇼 잠시 진정하시고 제 얘기를 들어 주십시오. 무슨 말을 먼저 꺼내야 할지……. 기막힌 일입니다. 물론 지금 이 사람들이 증인이지만요.

햄릿 뜸들이지 말고 어서 말해 주게.

호레이쇼 마셀러스와 바나도는 이틀 밤 연이어 보초를 섰습지요. 쥐죽은 듯 조용한 밤이었어요. 그때 선왕과 똑같은 모습을 한 유령이 이 두 사람 앞을 지나갔답니다. 겨우 손에 쥔 지휘봉이 닿을락말락할 정도로 가까웠답니다. 그것도 세 번씩이나 말입니다. 이 두 사람은 어찌나 벌벌 떨며 무섭던지 말문이 꽉 막히더랍니다. 말 한마디 건네지 못했던 게지요. 그래서 사흘째 되던 날 밤, 저는 이 두 사람과 함께 망을 봤지요. 그러자 그들이 말한 똑같은 시각에 똑같은 모습을 하고, 유령이 나타난 것입니다. 정말 선왕이셨습니다. 왼손과 오른손이 그렇게 똑같을 수는 없을 겁니다.

햄릿 그래, 그곳이 어디였나?

마셀러스 저희가 보초 섰던 망대였습니다.

햄릿 한마디 말도 건네지 못했단 말이냐?

호레이쇼 물론 제가 걸어 보았지요. 하지만 소용없었습니다. 다만 얼굴을 들며 무슨 말을 하고 싶다는 듯한 시늉을 했습니다. 그때 그만 새벽닭이 울어 대는 바람에 허겁지겁 우리 눈앞에서 사라져 버렸습니다.

햄릿 참 이상한 일이구나……

호레이쇼 맹세코 틀림없는 사실입니다. 그래서 저희는 이 일을 왕자님께 아뢰는 것이 의무라고 생각했습니다.

햄릿 물론이지. 너희는 오늘 밤에도 보초를 서는가?

모두 네, 왕자님.

햄릿 갑옷을 입고 있었다고?

모두 네, 그렇습니다.

햄릿 그럼 표정은 어떠하던가?

호레이쇼 마침 투구 앞덮개를 올리고 있어서 볼 수 있었지요. 서글퍼 보였습니다.

햄릿 얼굴빛은 이떠하던가?

호레이쇼 몹시 창백해 보였습니다.

햄릿 자네들을 쳐다보던가?

호레이쇼 네, 뚫어지게 보았습니다.

햄릿 나도 함께 있었으면 좋았을걸.

호레이쇼 계셨더라면 무척 놀라셨을 겁니다.

햄릿 하긴 그랬을 테지. 그래, 얼마 동안 머물러 있었는가?

호레이쇼 그저 천천히 백까지 헤아릴 동안만큼 머물러 있었습니다.

마셀러스, 바나도 아니에요, 좀 더 오래요.

호레이쇼 내가 봤을 때는 그 정도밖에 되지 않았어.

햄릿 수염은 희끗희끗하던가?

호레이쇼 네, 살아 계셨을 때 뵙던 그대로였습니다.

햄릿 오늘 밤엔 나도 망을 보겠다. 혹시 또 나타날지도 모르니까…….

호레이쇼 틀림없이 나타날 겁니다.

햄릿 정말 아버지 모습을 하고 나타난다면, 내가 말을 걸어보겠어. 너희에게 부탁이 있다. 이 일을 없었던 일로 해다오. 그리고 오늘 밤 어떤 일이 일어나더라도 절대로 입 밖에 내지 마라. 자네들의 우정엔 보답할 테니까. 그럼 오늘밤 자정이 되기 전에 망대에서 만나세.

모두 왕자님을 위해 충성을 다하겠습니다.

햄릿 충성이 아니라 우정일세. 내 다정한 친구들, 잘 가게. (햄릿만 남고 모두 퇴장) 아버지 혼령이 갑옷을 입고 나타나셨다고! 이건 보통 일이 아니야. 뭔가 흉측한 일이 일어날 것만 같구나. 밤이 기다려지는군. 그때까진 꾹 참아야지. 비록 온

땅이 악을 덮어 눈가림한다 해도 결국 사람 눈에 드러나는 법이지. (퇴장)

제3장 - 폴로니어스의 집

레어티즈와 오필리어 등장.

레어티즈 짐을 배에 실었으니, 이제 떠나야겠다. 자, 오필리어, 잘 있거라. 바람이 심하지 않아, 배편이 있거든 잠만 자지 말고 편지를 보내야 한다.

오필리어 걱정 마세요.

레어티즈 그리고 햄릿 왕자님에 관한 얘긴데, 너에게 관심을 보이신 모양이야. 그냥 한때의 바람기라 생각해 둬. 그야말로 이른 봄에 피는 오랑캐꽃과 같은 거란다. 일찍 피기는 해도 금세 시들고, 향기로우나 오래가지 못한다. 한순간의 달콤한 향기요, 재미에 지나지 않아.

오필리어 정말 그럴까요?

레어티즈 물론이지. 사람은 몸만 자라는 것이 아니라, 정신과 마음도 성숙해져야 하는 법이거든. 왕자님께서 어쩌면 지금은 너를 사랑하시는지도 모르지. 그분은 워낙 마음이 깨끗하고 순수한 분이니까. 하지만 문제는 왕자님의 신분이 너무

높다는 거야. 무엇이든 뜻대로만 일을 처리할 수 없는 상황이 아니냐. 왕실의 체통을 지켜야 하는 법도가 있으니, 평민들과는 달리 왕자님 맘대로 할 수는 없단 말이다. 게다가 나라의 안정과 번영이 왕자님의 선택에 따라 크게 영향을 미치지. 그러니 왕자님께서 배필을 간택하는 것도 백성의 뜻에 따라 결정될 수 있다는 거야. 그러니 왕자님께서 너를 좋아한다고 말씀하시더라도, 너로서는 그런 말을 믿지 않는 것이 현명한 일이야. 왕자님의 말만 믿고, 몸을 허락하는 일이 없도록 하거라. 오필리어야, 내 말을 명심해라. 기분에 이끌려 위험에 빠지지 않도록 해.

정숙한 처녀는 달빛에 얼굴을 드러내는 것조차 부끄럽게 여기는 법이야. 아무리 정숙한 여인도 비껴가기 어려운 것이 소문과 험담이란다. 봄에 싹트는 새싹은 활짝 피기도 전에 벌레 먹기 십상이고, 아침 이슬처럼 빛나는 청춘일수록 무서운 독기에 쩔리기 쉬운 법이야. 그러니 늘 조심해야 한다. 조심하는 게 상책이다. 젊을 땐 유혹의 손길이 닿지 않아도 저절로 유혹에 빠져들게 마련이지만……

오필리어 값진 충고 깊이 간직할게요. 하지만 오라버니, 방탕한 사제들처럼 입으로는 험한 가시밭길을 천당 가는 길이라 일러 주고, 정작 자신은 환락의 꽃밭을 걷는 일은 없도록 하세요. 제게 일러 준 말씀을 오라버니께서도 기억하시란 뜻이에요.

레어티즈 내 걱정은 말아라. 자, 시간을 너무 지체했구나. (폴로니어스 등장) 아버지께서 오신다. 축복을 두 번 받으면 행복도 두 배가 된다는데, 작별 인사를 두 번이나 받는 행운을 얻었구나.

폴로니어스 아직도 여기 있었느냐? 어서 배를 타거라. 모두 기다리고 있어. 자, 축복해 주마. 몇 마디 말해둘 테니 단단히 명심해라. 함부로 입을 놀리지 말고, 엉뚱한 생각을 실천으로 옮기지 말아라. 천박한 친구들을 사귀지 말고, 사귄 친구들이 진실하다면 끝까지 우정을 지켜야 한다. 싸움판에는 끼어들지 않아야겠지만, 일단 끼어들면 용감하게 싸워 다시는 너를 얕보지 않도록 만들어라. 남의 말에 귀를 기울이되, 너는 말을 삼가는 게 좋아. 어떠한 일이든 여러 번 생각하고 판단해라. 옷맵시는 내되 지나치면 안 된다. 돈은 빌리지도 말고, 빌려 주지도 말아라. 돈을 꾸면 돈과 친구를 모두 잃는다는 사실을 늘 명심해라. 게다가 돈을 꾸면 점점 헤프게 되지. 무엇보다도 네 자신을 소중하게 여겨라. 그렇게 하면 밤이 지나 낮이 오듯이, 남도 소중하게 여기기 마련이야. 그럼 잘 가거라. 내 충고가 네 마음속에 무르익기를 바라마.

레어티즈 그럼 안녕히 계십시오.

폴로니어스 시간이 없다. 하인들이 기다리고 있구나. 어서 타거라.

레어티즈 오필리어야, 너도 잘 있거라. 내가 한 말 절대 잊지 말고…….

오필리어 제 마음속에 자물쇠가 채워졌으니, 열쇠는 오라버니가 가져가세요.

레어티즈 아버지, 다녀오겠습니다. (레어티즈 퇴장)

폴로니어스 애야, 레어티즈가 뭐라고 하더냐?

오필리어 햄릿 왕자님에 대한 얘기예요.

폴로니어스 음, 그래. 듣자니 햄릿 왕자님이 너를 찾는 시간이 많아졌다면서? 그렇다면 내가 한마디 안 할 수가 없구나. 내 딸로서 평판을 생각해야 할 텐데, 넌 아직 분별이 없어. 그래, 왕자님과는 어떤 관계냐? 이 아비에게 솔직하게 말해 봐라.

오필리어 저…… 요즘 여러 번 왕자님께서 저에게 사랑을 고백하셨어요.

폴로니어스 사랑이라고? 이런! 하기야 험난한 꼴을 당해 봐야 알지. 그런 말을 그대로 믿느냐?

오필리어 어떻게 생각해야 할지 저도 잘 모르겠어요.

폴로니어스 음, 내가 가르쳐 주지. 부도 수표 따위를 현찰인 줄 알고 받는 것은 철부지나 하는 일이다. 좀 더 비싸게 굴어야 돼. 그렇지 않으면 세상 사람들이 이 아비를 바보 취급할 거다.

오필리어 저…… 그분은 진실한 태도로 사랑을 고백하셨는 걸요.

폴로니어스 정말 답답하구나. 겉으로만 그렇다는 걸 왜 모르느냐?

오필리어 하늘을 보며 맹세하셨는데요.

폴로니어스 그게 바로 덫이란 말이다. 피가 끓어오르면 무슨 맹세인들 못하겠니? 애야, 그런 맹세는 불꽃처럼 활활 타오르지만, 금세 사라지는 거야. 그걸 진심으로 받아들였다간 큰일이야. 앞으로는 순결한 처녀답게 쓸데없이 왕자님과 만나는 일을 삼가도록 해라. 순순히 따르지 말고 좀 도도하게 굴란 말이다.

햄릿 왕자님은 아직 젊고, 너와는 달리 자유로운 분이시다. 때문에 왕자님의 맹세를 그대로 믿어서는 안 돼. 남자의 맹세 따위는 겉과 속이 다르기 때문이야. 실은 수치스러운 욕망을 채우려고 말만 그럴싸하게 하는 거야. 여자에게 불륜을 권하는 뚜쟁이 같다고나 할까. 그러기에 더 잘 속아 넘어가지. 이제는 단 한순간이라도 햄릿 왕자님과 얘기를 주고받아서는 안 된다. 알겠지? 단단히 조심해야 해. 자, 들어가자.

오필리어 아버지 말씀대로 따르겠습니다. (두 사람 퇴장)

제4장 - **망대 위**

햄릿, 호레이쇼, 마셀러스 등장.

햄릿 바람이 살을 에는 것 같구나.

호레이쇼 꽁꽁 얼어붙는 것 같습니다.

햄릿 몇 시지?

호레이쇼 아직 자정은 안 된 것 같습니다.

마셀러스 아닙니다, 지금 열두 시 종을 쳤습니다.

호레이쇼 그래? 난 못 들었네. 그럼 유령이 나타날 때가 됐구면. (갑자기 나팔 소리와 축포 소리가 들린다.) 왕자님, 이게 무슨 소립니까?

햄릿 왕께서 밤새도록 술잔치를 벌이고 있는 거야. 부어라, 마셔라 하며 난장판을 치고 있다네. 왕이 포도주를 들이킬 적마다 북을 치고 나팔을 불어 왕의 축배를 백성들에게 알린다는 걸세.

호레이쇼 늘 저렇습니까?

햄릿 저렇다 뿐인가. 나도 여기서 태어나 이곳 관습에 젖어 있지만, 저런 풍습은 차라리 없애 버리는 것이 좋겠어. 저렇게 술을 마셔 대니까 이웃 나라 사람들이 우리더러 주정뱅이니 돼지니 하며 욕을 해 대는 거야. 망신스런 일이야. 우리가 아무리 훌륭한 업적을 쌓는다 해도 말짱 헛일이지.

사람의 경우도 마찬가지야. 어떤 사람이 태어날 때부터 결점을 가지고 태어났다고 치자. 그런데 그것은 자신이 선택할 수 없는 일이니까 어쩔 수 없는 일일지도 몰라. 그렇지만 그것을 더욱 드러내 다른 사람에게 피해를 준다고 생각해 봐. 그 사람이 다른 뛰어난 재주를 지니고 있을지라도, 그 결점으로 비난을 받게 될 거야. 티끌만한 흠 때문에 남들 눈 밖에 나는 거야.

갑자기 유령 등장.

호레이쇼 왕자님, 드디어 나타났습니다.

햄릿 신이시여, 우리를 지켜 주소서! 그래 그대는 천사냐, 악마냐? 아무튼 사람의 탈을 쓰고 나타났으니 어서 말을 해라. 오, 이제 그대를 덴마크의 왕, 아버지라 부르겠다. 자, 죽어 땅에 묻힌 자가 어떻게 수의를 벗고 나올 수가 있는가? 어찌하여 갑옷을 걸치고 한밤에 나타나 간담을 서늘하게 하는가? 사람의 머리로는 도저히 풀지 못하겠구나. 무슨 까닭인지 말해 봐라. (유령이 햄릿에게 손짓을 한다.)

호레이쇼 손짓을 하는군요. 왕자님께만 따로 알려 드릴 것이 있는 모양입니다.

마셀러스 저것 보세요! 진지한 표정으로 손짓을 하고 있군요. 하지만 왕자님, 따라가지 마십시오!

호레이쇼 그래요, 가시면 안 됩니다!

햄릿 여기까지 와서 내가 무엇이 두려워 못 가겠는가. 내 목숨은 티끌만큼의 가치도 없어. 또한 내 영혼을 저 유령이 어쩔 수 있겠느냐. 나에게도 절대 죽지 않는 영혼이 있지 않겠느냐. 그러니 못 갈 것이 없느니라.

호레이쇼 강이나 바다로 끌려가면 어떡합니까? 아니면 벼랑으로 끌고 간 뒤, 괴물로 변하여 혼을 빼놓을지도 모르는 일입니다. 왕자님, 이성을 찾으십시오! 절벽 위에서 거친 파도 소리만 들어도 불안해지는 법이랍니다.

햄릿 여전히 나를 부르고 있다. 나는 따라가겠다.

마셀러스 왕자님, 제발 가지 마십시오!

호레이쇼 진정하십시오. 절대 가시면 안 됩니다!

햄릿 운명이 나를 부르고 있다. 온몸의 핏줄이 네메아 산중의 사자 힘줄처럼 기운이 솟는구나. 날 붙잡지 말게. 방해하면 목을 벨 테다. 비켜라, 비켜! 난 저 유령을 따라갈 것이다. (유령과 햄릿 퇴장)

호레이쇼 유령에 홀려 넋이 빠졌어. 큰일 났구나.

마셀러스 지금 잠자코 있을 때가 아니야. 우리 얼른 따라가 보자.

호레이쇼 물론 따라가 봐야지.

마셀러스 그럼 가 봅시다. (퇴장)

제5장 - 망대 아래 빈 터

유령과 햄릿 등장.

햄릿 어디로 가느냐? 말하지 않으면 더는 따라가지 않겠다.

유령 잘 들어라. 유황불에 이 몸을 맡겨야 하는 시간이 다되었다.

햄릿 오, 불쌍한 유령이여!

유령 동정할 것 없다. 자, 내 얘기나 잘 들어 봐라.

햄릿 말하라!

유령 내 말을 들은 뒤 너는 복수를 하면 된다.

햄릿 뭐라고?

유령 나는 네 아비의 혼령이다. 밤이 되면 잠깐 돌아다니다가 낮이 되면 불길 속에 틀어박혀 있어야 하는 운명이다. 저승의 비밀은 말할 수 없다. 만일 내가 그 비밀을 털어놓는다면 네 영혼은 상처를 입고 젊은 피조차도 얼어붙으며, 두 눈은 별똥처럼 튀어나와 사라지고 곱슬머리는 고슴도치 털처럼 곤두설 것이다. 그러니 저승 세계의 비밀을 이 세상 사람에게 털어놓을 순 없다. 자, 듣거라. 네가 나를 단 한번이라도 사랑한 적이 있다면 잘 듣거라!

햄릿 오, 신이시여!

유령 비열하게 살인을 저지른 자에게 복수해다오.

햄릿 살인이라고요? 어서 말씀해 주세요. 사랑의 화살보다 더 빠르게 날아가 살인자를 해치우겠습니다.

유령 암, 그래야지. 내 말을 듣고도 분개하지 않는다면 저승에 흐르는 망각의 강기슭에 자라는 잡초보다도 우둔한 자로다. 햄릿, 잘 듣거라. 세상에 알려진 바로는, 내가 정원에서 낮잠을 자다가 독사에게 물려 죽은 것으로 되어 있지. 이 나라 백성들은 그 날조된 얘기에 감쪽같이 속고 있다. 그러나 사실은 나를 죽인 그 독사는 지금 왕관을 쓰고 있느니라.

햄릿 정말로 삼촌입니까? 어쩐지 그런 느낌이 들더라니!

유령 그렇다. 그놈은 짐승보다 못한 놈이다. 교활하고, 음탕한 재주로 정숙한 체하던 왕비를 끌어들였다. 아, 햄릿! 이 얼마나 천박한 배신이냐. 백년해로를 약속한 나를 배반하고, 형편없이 비열한 녀석에게 마음을 빼앗기다니! 진정 정숙한 여인이라면 천사의 탈을 쓰고 유혹할지라도 결코 마음이 흔들릴 수 없는 법이다. 이와 반대로 음탕한 여인이라면 천사와 관계를 맺는다 해도 썩은 고기를 탐내는 법이다. 오, 벌써 새벽이 밝아 오나 보구나. 간단히 말하마. 나는 늘 해 오던 버릇대로 정원에서 낮잠을 자고 있었다. 그런데 네 삼촌이 내가 잠든 틈을 타 독약을 귓속에 부었다. 그 독약은 순식간에 몸을 썩게 하고, 피를 굳게 만든다. 이렇게 해서 나는 목숨과 왕관, 왕비마저도 한꺼번에 빼앗기고 말았다. 게다가 아직 죄를 씻지 못한 탓에 성찬식도 못하고 마지막 참회 기도도 없이 지옥에 끌려가 심판을 받게 된 것이다. 오, 끔찍하구나! 정말 끔찍한 일이야! 만약에 네가 아들로서 도리를 다하고 싶다면 그냥참아서는 안 된다. 덴마크 왕실의 침상을 패륜과 정욕 속에그대로 버려두지 마라. 그렇지만 아무리 복수의 피가 들끓더라도 어머니를 해치지는 말아라. 하늘의 심판에 맡겨 둬라. 마음속에 박힌 가시에 찔리도록 놔둬라. 그럼 잘 있거라. 반딧불이 희미해지는 것을 보니 날이 새는 모양이다. 아들아, 아비를 잊지 말아다오. (퇴장)

햄릿 오, 하늘이여! 오, 땅이여! 지옥이여! 오, 맙소사! 이건아니야. 정신을 차려야지. 정신을…… 내 몸의 살점들이여, 심장이여, 나를 튼튼히 설 수 있게 해다오. 잊지 말라고? 오, 혼령으로 나타나신 아버지! 제가 어찌 잊을 수 있겠습니까? 모든 기억을 다 지우더라도 아버지의 말씀만은 깊이 새겨 두겠습니다. 몸과 마음을 바쳐 맹세하지요. 그건 그렇고, 참으로악독한 여인! 악당, 악당이구나. 태연하게 미소를 띠고 있다니, 괘씸하다. 그래, 수첩에 적어 두자. (무엇인가를 적는다.) 자, 삼촌! 당신을…… 적어 두마. 이번엔 내 좌우명을 적자. '잘 있거라, 아들아. 아비를 잊지 말아다오.' (무릎을 꿇고 칼자루에 손을 얹으며 맹세한다.) 거기에 맹세했다.

　　호레이쇼와 마셀러스 등장.

호레이쇼, 마셀러스 왕자님, 햄릿 왕자님!

마셀러스 신이시여, 왕자님을 보살펴 주옵소서!

햄릿 어이! 여길세, 여기! 어서 이리 오게.

마셀러스 왕자님, 괜찮으십니까?

호레이쇼 도대체 어떻게 됐습니까, 왕자님?

햄릿 놀라운 일이야.

호레이쇼 말씀해 주십시오.

햄릿 안 돼. 말이 새어나가면 절대로 안 될 일이네.

호레이쇼 왕자님, 절대 비밀을 지키겠습니다.

마셀러스 저도 입을 꼭 다물겠습니다.

햄릿 도대체 상상조차 할 수 없는 일이야. 그래, 비밀을 지키겠단 말이지?

호레이쇼, 마셀러스 왕자님, 하늘에 맹세합니다!

햄릿 덴마크의 악당치고 잔인하지 않은 놈은 없단 말이야.

호레이쇼 그런 말을 하려고 유령이 무덤에서 나온 건가요?

햄릿 맞아, 그렇다니까. 그러니 구구절절 더 말할 것 없이 악수나 하고 헤어지는 게 좋겠구나. 자네들도 해야 할 일이 많을 테니까…… 자, 나는 이제 기도하러 가야겠네.

호레이쇼 왕자님께서 뜬구름 같은 말씀만 하시니 도무지 알아들을 수가 없네요.

햄릿 미안하네. 기분이 언짢다면 정말 미안하네.

호레이쇼 왕자님, 그런 게 아닙니다.

햄릿 아냐, 언짢은 마음 이해하네. 다만 내가 말할 수 있는 것은 그 유령이 악령은 아니라는 거야. 그 정도만 일러두겠네. 유령과 무슨 얘기를 했는지 궁금하겠지만 제발 참아 주게. 그나저나 자네들에게 부탁이 있네.

호레이쇼 무슨 부탁이십니까? 물론 기꺼이 들어 드리겠습니다.

햄릿 오늘 밤 일어난 일을 절대로 입 밖에 내지 말게.

호레이쇼, 마셀러스 왕자님, 절대 말하지 않겠습니다.

햄릿 그럼 내 칼에 걸고 맹세해 주게.

호레이쇼, 마셀러스 결코 말하지 않을 것을 다시 한 번 맹세합니다.

유령 (지하에서) 맹세하라!

햄릿 이것 좀 봐라. 말을 다 하네? 자, 친구들 땅속에서 하는 말을 들었지?

호레이쇼 이번에는 왕자님께서 선창하십시오.

햄릿 오늘 밤 본 것을 질대로 밀하지 잃겠노라.

유령 (지하에서) 칼에 손을 얹고 맹세하라!

햄릿 잘한다, 두더지 양반! 그렇게 빨리 땅속을 뚫고 다닐 수 있나?

호레이쇼 아, 참으로 해괴한 일이군요.

햄릿 그러니까 아무것도 묻지 말게. 이봐, 호레이쇼, 이 세상에는 우리의 학식으로 도저히 풀 수 없는 일들이 얼마든지 있는 거야. 자, 아까처럼 맹세하게. 하늘이 지켜보고 있다네. 그리고 앞으로 내가 이상한 행동을 하더라도, 자네들은 모른 척해야 하네. 무엇을 알고 있다는 듯 고개를 끄덕인다거나, 애매한 말투를 써서는 안 된다네. 알겠나? 그렇게 하면 만약 자네들에게 위험이 닥치더라도 반드시 하늘이 도와주실 걸세. 자, 다시 맹세하게.

유령 (지하에서) 맹세하라! (모두 맹세한다.)

햄릿 유령 양반, 이제 그만 진정하시오. 그럼 잘 부탁하네. 지금은 보잘것없는 햄릿이지만 하늘이 도와주신다면 언젠가는 자네들 우정에 보답하게 될걸세. 자, 이만 가 보세. 다시 한 번 부탁하네. 입을 꼭 다물어 주게. (혼잣말) 어지러운 세상이야. 오, 이 무슨 저주받은 운명이란 말인가. 하필이면 세상을 바로잡기 위해 태어나다니! (모두 퇴장.)

제 2 막

제1장 - 폴로니어스의 집

폴로니어스와 레날도 등장.

폴로니어스 레날도, 레어티즈에게 이 돈과 편지를 전해다오.

레날도 네, 알겠습니다.

폴로니어스 너라면 믿을 수 있겠다. 가서 레어티즈를 만나기 전에 뒷조사를 해 보거라.

레날도 나리, 그렇지 않아도 그럴 참이었습니다.

폴로니어스 음, 잘 생각했다. 우선 파리에 도착하면 어떤 덴마크 사람들이 와 있는지 알아보거라. 또 누구와 교제하며 돈은 얼마나 쓰고 있는지도 알아봐야 해. 그렇게 먼발치에서 물어가다 보면, 레어티즈를 알고 있는 사람을 만나게 될 걸세. 그렇다고 무턱대고 맞장구를 치지 말고, 슬쩍 아는 척만 하는 게 좋아. 이를테면 '그분 아버지를 좀 압니다. 그분 친구들도 압니다. 그분도 조금은 알죠.' 이런 식으로 말이다. 레날도, 알아듣겠느냐?

레날도 잘 알겠습니다.

폴로니어스 '레어티즈를 약간은 압니다.'라고 말해 놓고는 '잘은 모릅니다만, 그분은 굉장한 난봉꾼이라면서요?' 이렇게 말을 붙이는 거지. 레어티즈에 대해 험담을 조금 늘어놔도 좋지만, 명예를 손상시키는 말은 하지 말게. 그 점을 각별히 조심하게. 젊은이에게 으레 따라다니는 방탕이나 난잡한 실수 따위는 상관없겠지.

레날도 도박 같은 것도요?

폴로니어스 그렇지. 또는 음주, 싸움, 욕설, 오입질 정도는 괜찮아.

레날도 하지만 나리, 그런 것은 명예에 관한 일 아닌가요?

폴로니어스 괜찮다. 말이야 하기에 달렸으니까 적당히 얼버무리면 돼. 하지만 엉뚱한 말로 완전히 바람둥이로 만들면 곤란해. 그건 내가 뜻하는 것이 아니거든. 하여튼 험담을 하되 교묘하게 하란 말이다. 젊은 혈기에 흔히 있을 수 있는 탈선이라는 식으로 말하란 말이다.

레날도 하지만 저…….

폴로니어스 뭣 때문에 그렇게 해야 하느냐고?

레날도 네, 그 까닭을 알고 싶습니다.

폴로니어스 음, 내 본뜻은 이거야. 내 딴엔 참으로 좋은 생각이라고 믿네. 우선 내 아들의 흉을 보란 말이야. 그것도 어쩌다가 튀어나온 실언인 것처럼. 그러면 자네 말을 듣고 있던 사람이 맞장구를 치거나 반박을 하겠지. 레어티즈의 잘못을 보았다면 함께 맞장구를 치며 마구 험담을 늘어놓겠지. 이렇게 거짓 미끼를 던져서 대어를 낚는 거지. 원래 지혜로운 자는 으레 먼발치에서 뒤통수를 치는 간접 방법으로 목표를 달성하지. 자, 이제 내가 가르쳐 준 비결로 레어티즈의 행적을 파악해 주게. 무슨 뜻인지 알겠지?

레날도 이제 잘 알겠습니다.

폴로니어스 좋아, 그러면 다녀오게나. 레어티즈가 눈치채지 않도록 하게.

레날도 네, 나리. 그럼 다녀오겠습니다.

폴로니어스 무슨 일이 있어도 스스로 실토하게 해야 해.

레날도 네, 명심하겠습니다. (레날도 퇴장)

　　　　오필리어 등장.

폴로니어스 오필리어야, 무슨 일이냐?

오필리어 아버지, 아버지! 큰일 났어요. 정말 무서운 일이에요.

폴로니어스 아니, 대체 무슨 일로 그러느냐?

오필리어 제가 방에서 바느질을 하고 있는데, 느닷없이 햄릿 왕자님께서 웃옷 단추를 풀어헤치고, 모자도 벗어 버린 채 나타나셨어요. 더러운 양말은 대님도 매지 않아 발목까지 흘러내리고, 창백한 얼굴에 와들와들 무릎을 떨면서 달려드셨어요. 마치 지옥에서 빠져나온 사람처럼 무서운 표정을 지으며 말예요.

폴로니어스 드디어 사랑 때문에 미치셨구나.

오필리어 그건 알 수 없지만, 어쨌든 정말 무서웠어요.

폴로니어스 그래, 뭐라고 하시더냐?

오필리어 제 손목을 꼭 붙잡더니 팔 길이만큼 뒤로 물러서서, 한쪽 손으로 이렇게 이마를 가리셨어요. 마치 초상화라도 그리려는 듯 물끄러미 제 얼굴을 바라보시는 거예요. 한참을 그러시더니, 이번엔 제 팔을 가볍게 흔드신 다음 고개를 세 번 흔들고 나서 한숨을 푹 내쉬더군요. 어찌나 처량하던지 그분의 온몸이 부서지고 숨까지 끊어지는 듯했어요. 그리고 나서야 손목을 놔주셨어요. 그러나 어깨 너머로 제 얼굴을 보면서 문 쪽으로 걸어 나가셨어요. 보지 않아도 앞길은 훤하다는 듯이 끝까지 제 얼굴에서 눈을 떼지 않으셨어요.

폴로니어스 자, 함께 가자. 전하께 아뢰어야겠다. 왕자님께서 상사병에 걸리신 것 같구나. 일단 사랑에 빠지면 이성을 잃게 되거든. 사람의 마음을 괴롭히는 격정이 다 그러하지만,

사랑만큼 사람을 엉망진창으로 만드는 것은 없지. 큰일이다. 그런데 요즘 네가 왕자님께 차갑게 대하기라도 했니?

오필리어 아니에요, 아버지. 그저 분부대로 편지를 모두 돌려보내고, 찾아오지 마시라고 전했을 뿐이에요.

폴로니어스 아마 그래서 실성하셨구나. 내가 좀 더 주의했어야 했는데 말이다. 왕자님을 믿지 못하고, 한때 객기로 네 신세를 망치려는 줄로만 알았지. 늙으면 괜스레 사서 걱정하는 일이 많아진단 말이야. 정반대로 젊은이들은 지나치게 분별이 없어서 탈이지만…… 어서 전하께 이 일을 말씀드려야겠다. 한동안 노여워하시겠지만, 숨기려다 일이 커지면 더 큰일이야.

제2장 - 성 안

나팔 소리. 클로디어스 왕과 거트루드 왕비, 로젠크랜스, 길덴스턴, 그 밖의 시종들 등장.

왕 오, 로젠크랜스와 길덴스턴! 잘 왔구나. 진작부터 만나고 싶기도 했지만, 급히 부탁할 일이 있어 불렀다. 너희도 얘기를 들어 알겠지만, 햄릿이 이상해졌다. 겉으로 보나 생각하는 것으로 보나 예전과는 영 딴판이거든. 물론 아버지를 여읜 탓도 있지만 그렇게까지 이성을 잃다니, 아무래도 이상해. 그래서 너희에게 청이 있다. 너희는 어릴 적부터 햄릿과 함께 자라 왔으니 햄릿에 대해 누구보다도 더 잘 알고 있으리라 믿는다. 잠시 성 안에 머무르면서 왕자의 벗이 되어 주기 바란다. 혹시 우리가 모르는 고민이 있을지도 모르니 잘 지켜보아라. 그 원인을 알아내면 치료 방법이 생기지 않겠느냐.

왕비 햄릿은 줄곧 그대들에 관한 이야기를 했었소. 그대들을 그리워하고 있었다오. 그러니 이곳에 머무르면서 우리에게 힘이 되어 주시오. 그보다 더 고마운 일이 어디에 있겠소. 이렇듯 일부러 찾아준 것에 대해서는 왕께서 잊지 않고 그에 대한 보상을 내리실 거요.

로젠크랜스 이렇게 말씀을 듣고 나니, 황송할 따름입니다. 분부대로 따르겠습니다.

길덴스턴 몸과 마음을 바쳐 충성을 다하겠습니다.

왕 오, 고맙구나. 로젠크랜스, 길덴스턴.

왕비 고맙소. 부탁하건대, 지금 곧 햄릿한테 가 주오. 여봐라, 두 분을 햄릿 왕자가 있는 곳으로 모셔다 드려라.

길덴스턴 저희가 하는 일이 햄릿 왕자님께 위로가 되고 도움이 되길 빌 따름입니다.

왕비 함께 빌겠소. (로젠크랜스와 길덴스턴, 시종들 퇴장)

　　폴로니어스 등장.

폴로니어스 전하, 노르웨이에 파견했던 사절 일행이 좋은 소식을 갖고 돌아왔습니다.

왕 그대는 언제나 반가운 소식만 가지고 오는구려.

폴로니어스 그렇게 여겨 주시니 황송하옵니다. 마땅히 해야 할 일을 했을 따름입니다. 전하께서 베풀어 주신 은혜는 하늘에서 내려 주신 은혜와 같다고 생각합니다. 실은 새로 알아낸 사실이 있습니다. 바로 햄릿 왕자님께서 발작을 일으킨 까닭을 말입니다.

왕 오, 그것이 정말이냐? 참으로 궁금하구나.

폴로니어스 먼저 사절 일행을 맞으시지요. 제 얘기는 좋은 소식을 들으신 뒤 입가심으로 들으시고요.

왕 그럼 어서 사절단을 들여보내라. (폴로니어스 퇴장) 여보, 왕비! 당신 아들이 실성한 까닭을 폴로니어스가 알아냈다는구려.

왕비 그저 짐작을 했다는 거겠지요. 선왕의 죽음이라든지, 우리의 갑작스런 결혼 따위가 아니겠어요?

왕 하여튼 알아봅시다. (폴로니어스가 볼티먼드와 코닐리어스를 데리고 등장.) 어서 오게. 그래 볼티먼드, 노르웨이 왕께서 뭐라고 하시던가?

볼티먼드 전하의 칙서에 대하여 정중하게 답하셨습니다. 칙서를 보시고 노르웨이 왕께서는 즉시 조카의 군사 모집을 중

단시켰습니다. 그 일이 폴란드를 상대로 한 준비인 줄로만 알았는데, 조사해 본 결과 사실은 전하에 대한 음모였다는 것이 드러났습니다. 노르웨이 왕은 자신을 속였다 하여 몹시 노하시어 포틴브라스 2세를 나무랐습니다. 그리하여 그는 두 번 다시 덴마크 왕가에 대해 무력행사를 시도하지 않겠다고 노르웨이 왕 앞에서 맹세했습니다. 이에 노르웨이 왕은 기쁨을 감추지 못하여 많은 양의 금화를 그에게 주었습니다. 이미 모집한 군대는 폴란드 정복에 쓰도록 권한을 주었습니다. 자세한 것은 여기 적혀 있습니다만, 원정시 덴마크 영토를 무사 통과할 수 있도록 허락을 요청하셨습니다. 또한 통과시 우리 측의 안전과 그쪽 병사들의 규율에 관해서는 여기에 적혀 있습니다. (서류를 바친다.)

왕 잘 되었소. 서한은 차차 천천히 검토해 보겠소. 깊이 잘 생각해 본 다음 회답을 하도록 하지. 그대들의 노고에 감사하오. 오늘 저녁에는 축배를 들어야겠군. 그대들의 귀국을 진심으로 환영하오. (볼티먼드와 코닐리어스 퇴장.)

폴로니어스 이번 일은 잘 매듭지어졌습니다. 그런데 전하, 그리고 왕비 마마! 도대체 왕권은 무엇이며, 신하의 본분은 무엇인지, 또한 어째서 낮은 낮이고, 밤은 밤이며, 시간은 왜 있는 것인지 따지는 것은 시간을 허비하는 것밖에 안 됩니다. 그러니 무릇 간결한 것이 지혜롭다고 할 수 있지요. 장황하게 늘어놓는 것은 포장 따위밖에 되지 않으니 간단히 아뢰겠습니다. 왕자님은 정신이상입니다. 정신이상이라고 말씀드린 까닭은 정신이상자를 말하는 데 있어서 다른 적당한 용어가 없는 탓입니다.

왕비 수다는 그만 떨고 어서 요점을 말하시오.

폴로니어스 왕비 마마, 저는 수다를 떠는 것이 결코 아닙니다. 왕자님께서 정신이상이 된 것만은 사실입니다. 그것이 사실이라 유감스러울 뿐입니다. 그런데 문제는, 이 같은 결함에는 반드시 어떤 까닭이 있다는 것입니다. 그런데 이 문제란, 바로 이런 것입니다. 제게는 딸이 하나 있습니다. 그 딸애가 효심이 지극하여 저에게 이것을 건네주었습니다. 들으시고 판단을 내리소서. (햄릿의 편지를 읽는다.) '천사 같은 내 영혼의 우상, 가장 아리따운 오필리어에게. 별이 반짝이는 것을 의심하여도, 태양이 움직이는 것을 의심하여도, 진실을 거짓이라고 의심하여도, 그러나 내 사랑만은 어이 의심하리. 사랑하는 오필리어! 내 시가 서툴구나. 애타는 마음을 시로 다 표현할 수는 없지만 그대를 누구보다도 가장 사랑하고 있다는 것을 믿어 주시오. 이 생명 다할 때까지 목숨처럼 사랑하는 그대여! 그대의 영원한 종 햄릿으로부터.' 이 편지를 딸은 순순히 저에게 보여 줬습니다. 뿐만 아니라 왕자님께서 어느 때 어디서 어떻게 사랑을 속삭였는지 모조리 다 털어놨습니다.

왕 그럼 오필리어는 햄릿의 사랑을 어떻게 받아들였소?

폴로니어스 저는 딸아이가 고백하기 전에 눈치채고 있었습니다. 만일 제가 알고도 모른 척했다면 전하께서는 저를 어떻게 생각하셨겠습니까? 전하, 저는 강 건너 불 보듯 구경만 하고 있을 수 없었습니다. 그래서 즉시 딸을 불러 이렇게 타일렀습니다. '햄릿 왕자님은 너와 신분이 다르다.'고 말입니다. 그러고 나서 앞으로는 왕자님이 다니시는 곳에는 얼씬도 하지 말고, 심부름 온 사람도 만나지 말 것이며 선물도 받지 말라고 일러 주었습니다. 딸아이는 물론 그 말대로 따랐지요. 햄릿 왕자님께서는 사랑의 고배를 마신 셈이죠. 그래서 왕자님께서는 슬픔에 빠져 식음을 전폐하시고 불면증에 시달리시다가 결국 정신착란에 이르게 된 것입니다. 그저 송구스럽고 슬플 따름입니다.

왕 당신은 어떻게 생각하오?

왕비 듣고 보니 그럴 법도 하네요.

폴로니어스 제가 분명히 단정 지은 일치고 어긋났던 적이 단 한 가지라도 있었습니까?

왕 그런 일은 없었지.

폴로니어스 (자기 머리와 어깨를 가리키며) 만일 그렇지 않을 경우 제 머리를 어깨에서 떼어 버리십시오. 실마리만 잡히면 저는 반드시 이 사건의 진상을 밝혀내겠습니다. 비록 그것이

지구 한가운데 숨겨져 있더라도 말씀입니다.

왕 그걸 어떻게 알아낸단 말인가?

폴로니어스 아시다시피 왕자님께서는 가끔씩 복도를 거닐 때가 있습니다.

왕비 그래요, 그럴 때가 있지요.

폴로니어스 그때를 노려 왕자님 앞에 제 딸아이를 풀어놓 겠습니다. 그런 다음 전하와 함께 커튼 뒤에 숨어서 둘이 만 나는 것을 살펴보는 겁니다. 만일 왕자님께서 상사병에 의 한 발작이 아니라면 저는 시골로 내려가서 농사나 지으며 살겠습니다.

왕 그렇게 해 보세.

　햄릿, 책을 읽으며 등장.

왕비 가엾은 햄릿! 슬픈 얼굴로 책을 읽으면서 오네요.

폴로니어스 자, 저쪽으로 비켜 주세요. 제가 만나 보겠습니다. (왕과 왕비 그리고 시종들 퇴장) 햄릿 왕자님, 안녕하신지요?

햄릿 덕분에 잘 있네.

폴로니어스 왕자님, 저를 알아보겠습니까?

햄릿 물론이지. 자넨 생선 장수 아닌가……?

폴로니어스 틀렸습니다, 왕자님.

햄릿 아, 그게 아니라면 자네가 그만큼이라도 정직한 사람 이라면 오죽 좋겠나…….

폴로니어스 정직한 사람이라니요?

햄릿 하기야 요즘 세상에 정직한 사람이 만 명 가운데 하나라도 있을까?

폴로니어스 옳으신 말씀입니다.

햄릿 햇살이 비쳐 죽은 개에 구더기가 끓는다면, 그 햇살이 썩은 고깃덩이를 핥게 되는 셈이지. 그런데 자네한테 딸이 있던가?

폴로니어스 네, 있습니다.

햄릿 그렇다면 햇볕 아래 거닐지 못하도록 하게. 지혜가 늘어나는 것은 좋은 일이지만, 배라도 불러오면 큰일이니까. 조심하게.

폴로니어스 (방백) 거봐, 여전히 내 딸 타령이군. 그렇지만 나를 두고 생선 장수라 했겄다. 완전히 맛이 갔어. 하기야 나도 젊었을 땐 사랑 때문에 꽤나 속을 썩었지. 한 번 더 말을 걸어 보자. 왕자님, 무엇을 읽고 계십니까?

햄릿 말이다, 말, 말!

폴로니어스 어떤 내용이냔 말입니다.

햄릿 험담이지. 늙은이들은 모두 수염이 희끗희끗하고, 얼굴은 쭈글쭈글하며, 눈알에는 누리끼리한 송진 같은 눈곱이 끼고, 노망이 들어서는 정신이 오락가락하고, 무릎에는 힘이 없다는 거야. 다 맞는 말이지만, 여기다 이렇게까지 적을 필요는 없잖아. 안 그래? 자네도 나만큼 젊어질 수 있어. 게처럼 뒷걸음질만 할 수 있다면 말일세.

폴로니어스 (방백) 돌긴 했어도 일리 있는 말을 하는걸. 왕자님, 바람이 찹니다. 안으로 드십시오.

햄릿 무덤 안으로 말이지.

폴로니어스 (방백) 하기야 무덤도 방은 방이지. 대답이 기가 막힐 정도로 의미심장하군! 가끔 미치광이들이 그럴 때가 있지. 그럼 이쯤 해 두고, 오필리어와 만나게 할 방법이나 찾아보자. 왕자님, 저는 이만 물러가겠습니다.

햄릿 어서 물러가라. 내가 허락할 것이라곤 그것뿐이구나. 내 목숨을 빼놓으면 말이야.

폴로니어스 왕자님, 안녕히 계십시오. (절을 한다.)

햄릿 귀찮고 따분한 늙은이 같으니라고. (다시 책을 읽는다.)

　　　로젠크랜스와 길덴스턴 등장.

폴로니어스 햄릿 왕자님을 찾고 있나? 저기 계시네.

로젠크랜스, 길덴스턴 (폴로니어스에게) 어르신, 고맙습니다.

　　　폴로니어스 퇴장

길덴스턴 왕자님!

로젠크랜스 햄릿 왕자님!

햄릿 오, 이거 참 반가운 친구들이로군! 요새 어떻게 지내는가?

로젠크랜스 그럭저럭 잘 지내고 있습니다.

길덴스턴 지나치게 잘 지내는 것도 탈이라면 탈이겠지요. 그렇다고 행운의 여신의 모자 깃을 잡은 것은 아니고요.

햄릿 여신의 발바닥에 있는 것도 아니지 않나?

로젠크랜스 네, 어느 쪽도 아닙니다.

햄릿 그럼 허리께쯤 되는가? 그렇다면 혹시 여신의 가장 소중한 곳 한가운데쯤인가?

길덴스턴 아, 실은 여신의 은밀한 곳이라고 할 수 있죠.

햄릿 뭐, 여신의 은밀한 곳이란 말이지? 그럴 테지. 행운의 여신은 화냥년이니까. 그런데 무슨 소식이라도 있나?

로젠크랜스 왕자님, 별다른 건 없습니다. 세상이 점점 더 부패해진다는 것 밖에요.

햄릿 말세가 가까워져서 그렇다네. 그런데 도대체 자네들은 행운의 여신에게 무슨 죄를 졌기에 이곳에서 감옥살이를 하게 됐나?

길덴스턴 감옥살이요?

로젠크랜스 그렇다면 이 세상도 감옥이겠군요.

햄릿 물론 훌륭한 감옥이지. 독방이 있고, 지하 감방도 있지만 그 가운데 덴마크가 가장 끔찍한 감옥이지 뭔가.

로젠크랜스 왕자님, 저희는 그렇게 생각하지 않습니다.

햄릿 자네들은 그렇게 생각하지 않는다고? 원래 좋고 나쁜 것은 다 생각하기 나름이지. 나에게 이 나라는 감옥이야.

로젠크랜스 그건 왕자님께서 큰 뜻을 품고 계시기 때문일 겁니다. 왕자님의 포부에 비하면 이 땅은 좁쌀만큼 작겠지요.

햄릿 천만에! 나는 호두껍데기에 갇혀 있더라도 무한한 우주의 왕이라고 생각할 수 있는 사람일세. 이 고약한 꿈으로 괴롭지만 않다면 말이야.

길덴스턴 그 꿈이 바로 야망이라는 겁니다. 야망의 실체는 꿈의 그림자에 지나지 않습니다.

햄릿 꿈 자체가 그림자에 지나지 않는 걸세.

로젠크랜스 옳습니다. 야망이란 것은 허망한 것으로, 결국은 그림자의 그림자에 지나지 않는 듯싶습니다.

햄릿 어쨌든 이런 토론은 그만두고 싶네.

로젠크랜스, 길덴스턴 저희가 모시겠습니다.

햄릿 그럴 필요 없네. 자네들을 하인처럼 부리고 싶지는 않아. 솔직히 묻겠네. 친구로서 대답해 주게. 도대체 무슨 일로 엘시노에 왔는가?

로젠크랜스 왕자님을 뵈러 왔습니다. 다른 일은 없습니다.

햄릿 내 신세가 이러니 감사할 마음조차 넉넉하지 못하네. 아무튼 고맙네. 그나저나 자네들 부름을 받고 온 건 아닌가? 정말 마음이 내켜서 온 건가? 자, 솔직하게 말해 보게.

길덴스턴 왕자님, 뭐라고 말씀드려야 합니까?

햄릿 뭐든지 솔직하게만 털어놓게. 누가 불렀는가? 얼굴에다 씌어져 있는걸. 딴전을 부릴 만큼 자네들은 능청스럽지 못하니까. 왕과 왕비가 불러서 왔지?

로젠크랜스 불러서 왔다니요? 무슨 까닭으로요?

햄릿 내가 묻고 싶은 것이 바로 그거라네. 우리는 친구 사이가 아닌가? 누가 불러서 온 게 틀림없지?

로젠크랜스 (길덴스턴에게 방백) 뭐라고 할까?

햄릿 (방백) 나를 친구로 여긴다면 제발 속이지 말게. 자, 내 눈을 보고 말해 보게.

길덴스턴 왕자님, 실은 부름을 받고 왔습니다.

햄릿 그 까닭을 내 입으로 말해야겠군. 그래야 자네들은 비밀을 누설하지 않아도 되지. 요즘 나는 우울증에 걸렸다네. 늘 해 오던 운동도 하지 않고 있다. 이 아름다운 대지도 황무지처럼 느껴진다네. 저 푸른 하늘도 내게는 독기 서린 음흉한 골방처럼만 보이고 말이야. 만물의 영장인 인간이 나에게는 티끌로만 여겨지네. 꼴 보기 싫은 인간들, 물론 여자도 마찬가지네. 자네들 웃는 걸 보니 그렇지 않은 모양이지?

로젠크랜스 왕자님, 그런 게 아닙니다.

햄릿 그럼 왜 인간의 꼴이 보기 싫다고 말했을 때 웃었느냐?

로젠크랜스 인간이 꼴 보기 싫다면, 배우들이 대우를 받기는 다 글렀구나 싶어 웃었습니다. 오는 길에 배우들을 만났는데,

왕자님께 연극을 보여 드리려고 이곳으로 온다 했습니다.

햄릿 그럼 환영해 주지. 왕의 역을 맡는 자라면 대환영이다. 기사 역에게 창과 방패를 실컷 휘두르게 하지. 어릿광대 역에게 마음껏 웃음거리를 만들게 하지. 그리고 귀부인 역에게 멋대로 수다를 떨도록 내버려 두어야지. 그렇게 해야 연극 대사가 술술 나올 테니까. 그래, 대체 그들은 어떤 배우들인가?

로젠크랜스 왕자님께서 늘 즐겨 하시던 비극 배우들입니다.

햄릿 어떻게 해서 이곳에 오게 된 것인가? 도심에 자리 잡고 있는 편이 이름도 나고 돈벌이가 괜찮을 텐데 말이다.

로젠크랜스 아마 최근에 사고를 일으켜 공연이 금지되어 있나 봅니다.

햄릿 요즘도 인기는 여전한가?

로젠크랜스 예전만 같지 못합니다.

햄릿 왜? 벌써 한물간 건가?

로젠크랜스 여전히 열심히 합니다만, 요즘에는 어린 배우들이 나와서 꽥꽥 소리를 질러 대야만 박수갈채를 받거든요. 그게 유행이죠. 이제 예전 연극들은 통속극이라 하여 사정없이 배척당하고 있습니다. 칼자루를 차고 점잔을 빼는 자들도 비평가들의 악담이 두려워 극장 근처엔 얼씬도 하지 않는답니다.

햄릿 뭐 어린 배우들? 누가 극장을 맡고 있는가? 생활은 어떻게 꾸려가고? 변성기가 될 때까지만 배우 노릇을 하나? 그 애들도 자라면 보통 배우가 될 텐데, 그때가 되면 다른 일자리를 찾아야 한단 말이냐? 그렇다면 지금 작가들을 원망하지 않을까? 앞날의 자기 직업을 욕했다고 해서 말일세.

로젠크랜스 아닌 게 아니라 양쪽은 지독히 싸우고 있답니다. 세상 사람들은 얼씨구 좋다고 싸움에 부채질까지 하지요. 한때는 작가와 배우의 싸움을 소재로 다루지 않은 연극은 상연되지도 않을 정도였답니다.

햄릿 그게 정말인가?

길덴스턴 굉장했습니다.

햄릿 그래, 결국 어린 배우들이 이겼는가?

로젠크랜스 네, 당당하게 해치웠지요.

햄릿 하기야 그다지 이상할 것도 없지. 아버지가 살아 계실 적에는 삼촌의 험담을 늘어놓던 자들이 이젠 서로 삼촌의 초상화를 못 사가서 안달을 내니 말일세. 어쨌든 이 부조리를 철학자인들 설명할 수 있겠는가.

　　　나팔 소리.

길덴스턴 아, 배우들이 도착했나 봅니다.

햄릿 하여튼 자네들 엘시노에 잘 왔네. 자, 우리 서로 악수를 나누세. 사람을 환영하는 데는 이것이 최선의 예의요, 격식 아닌가. 내가 배우들을 더 정중히 환영한다는 오해를 받아선 안 되니까. 정말 잘 왔네.

폴로니어스 등장.

폴로니어스 어이, 반갑소!

햄릿 (방백) 여보게 길덴스턴, 로젠크랜스, 두 귀로 잘 듣게나. 저 늙은 갓난아기는 아직도 기저귀를 차고 있다네.

로젠크랜스 (방백) 아마 다시 어린애가 됐나 보죠. 늙으면 다시 어린애가 된다고 하니까요.

햄릿 (방백) 어디 한번 맞춰 볼까? 배우들이 왔다고 얘기하겠지. 두고 보게나. (큰 소리로) 자네 말이 맞았어. 월요일 아침이었지. 참 바로 그랬어.

폴로니어스 왕자님, 반가운 소식이 있습니다. 배우들이 막 도착했습니다.

햄릿 알고 있어, 알고 있다고.

폴로니어스 최고의 명배우들입니다. 비극, 희극, 역사극, 전원극은 물론이고 전원 희극, 역사 전원극, 역사 비극, 전원 비희극, 완벽한 고선극, 로맨스 극 모두를 훌륭히 해낸답니다. 세네카의 비극은 지나치게 무겁지 않게, 폴로터스의 희극은 지나치게 가볍지 않게 잘 연기해 내는 명배우들입니다.

햄릿 아, 이스라엘의 이름난 재판관, 딸을 제물로 바친 에프타여! 그대는 훌륭한 보물을 갖고 있었군!

폴로니어스 보물을 갖고 있다뇨? 왕자님, 어떤 보물 말입니까?

햄릿 노래와 같아. '오직 하나뿐인 딸을 아버지는 극진히 사랑했네.'

폴로니어스 (방백) 여전히 내 딸 타령이군.

햄릿 에프타, 내 말이 틀렸는가?

폴로니어스 왕자님, 제가 에프타라고요? 제게도 극진히 사랑하는 딸이 있긴 있습니다.

햄릿 다음 소절은 이렇지. '어떤 인연인지 알 순 없지만, 이 세상 운명처럼 되어 갔네.' 자, 때마침 배우들이 오는군.

　　　배우들 등장.

햄릿 어서들 오게. 오랜만이군. 정말 잘들 왔네. 아, 자네는 수염까지 길렀군. 그 수염을 자랑하러 덴마크에 왔군. 아, 아가씨 배우들도 왔군. 지난번보다 구두 뒤축 높이만큼 하늘에 가까워졌군. 목소리가 갈라져서 쓸모없는 금화처럼 되지 않도록 기도하게나. 여보게들, 대환영이네. 프랑스의 매사냥꾼들처럼 당장 닥치는 대로 읊어 보게. 어서 맛 좀 보여 주게.

배우 1 어떤 장면으로 할까요, 왕자님?

햄릿 아, 언젠가 들려준 것 있잖소. 너무 고상해서 무대에 올린 적이 없는 걸로 알고 있네. 내가 보기에는 훌륭한 작품이었는데 말이야. 알 만한 사람들에게 구성도 짜임새가 있고 쓸데없이 멋을 부리지 않아 우아하다는 평을 들었지. 그 가운데 한 대목이 특히 내 맘에 들었소. 아에네이스가 디도에게 얘기하는 대목일세. 특히 프리암을 살해하는 장면이 좋았어. 여기부터 시작해 보게. 무엇이었더라. '히르카니아의 호랑이처럼 영웅 피러스······' 아니지, 그게 아니라 이렇게 시작되지. '영웅 피러스, 갑옷을 입고 캄캄한 밤에 불길한 목마 속에 숨었도다. 이제 그 무시무시한 모습은 머리끝부터 발끝까지 피로 물들어 있으니, 보기에도 섬뜩하구나. 지옥의 등불이 살인마의 만행을 비추고 치솟는 분노의 불길이 타오르는 가운데 살기등등한 눈초리로 피러스는 트로이의 늙은 왕 프리암을 찾아 나섰노라.' 자, 이어서 자네가 계속하게.

폴로니어스 정말이지 참으로 잘하십니다. 발음도 좋으시고, 내용 전달도 훌륭하십니다.

배우 1 '이윽고 발견된 프리암, 그리스 군을 물리치고자 칼을 휘둘렀건만 늙은 팔에 힘이 빠져 허공만 휘젓다가 칼을 땅에 떨어뜨린다. 피러스가 늙은 왕을 향해 분노의 칼을 내리치자 왕이 힘없이 쓰러졌도다. 무심한 트로이 성이여, 타오르는 불길 속에 하늘이 우레 같은 소리를 내며 땅 위에 무너져 내리는구나. 피러스는 귀가 멍멍한 채 어리둥절할 뿐이다. 보라! 폭풍이 오기 직전 하늘과 대지가 고요함에 휩싸였다가 느닷없이 천둥이 내리치는 것을. 피러스, 잠시 망설이다가 사정없이 프리암을 찌른다. 물러가라, 갈보 같은 운명의 여신이여! 여신의 수레바퀴를 산산조각으로 부숴 지옥의 밑바닥까지 굴러 떨어지도록 해다오.'

폴로니어스 좀 길군요.

햄릿 자네 수염과 함께 좀 잘라 버리라고 이발사에게 부탁할까? 어서 그 다음을 계속하게. 저 사람은 웃음거리나 음탕한 얘기가 아니면 졸고 말지. 자, 이번에는 헤쿠바(프리암의 아내)의 대목을 읊으시오.

배우 1 '아, 애처롭구나. 얼굴을 감싼 여왕의 모습을 보라. 맨발로 이리저리 뛰어다니며 흘리는 눈물은 타오르는 불길도 끌 것 같구나. 왕관을 쓰던 머리에는 너덜너덜한 천 한 조각, 한평생 아이를 낳느라고 뼈만 앙상하게 남은 허리에는 누더기 한 장뿐이구나. 누군들 오만한 운명의 여신에게 저주의 독설을 퍼붓지 않으리. 남편의 사지를 토막 내는 광경을 보고 늙은 왕비는 울부짖는다. 이 광경에 밤하늘에 빛나는 별들도 눈시울을 적시리.'

폴로니어스 저런! 왕자님 안색이 좋지 않습니다. 제발, 그만하게나.

햄릿 그래, 오늘은 그만하게. 나머지는 다음에 다시 듣기로 하지. 영감, 배우들을 잘 대접해 주게. 배우란 시대의 축도요, 기록이야. 죽은 뒤에 고약한 묘비명을 얻는 것보다는 살아 있을 때 혹평을 듣는 게 더 괴로운 법이니까.

폴로니어스 잘 알겠습니다. 왕자님 분부대로 분수에 맞는 대접을 해 주지요.

햄릿 뭐? 분수에 맞게? 그러지 말고 잘 대접하시오! 신분에 맞게 대우한다면 이 세상에서 회초리를 면할 사람이 누가 있겠소. 그러니 자기 명예와 체면에 어울리도록 상대방을 접대하란 말이오. 저쪽에 그만한 자격이 없으면 없을수록 이쪽의 친절은 더 빛이 날 게 아니오. 안으로 안내하시오.

폴로니어스 자, 이쪽으로 오시오.

햄릿 그럼 영감을 따라서 가 보시오. 내일 여러분의 연극을 보기로 합시다. (배우 1을 붙들고) 여보게, 부탁이 있네. <곤자고의 살해>를 해 줄 수 있겠나?

배우 1 네, 물론입니다.

햄릿 그럼 내일 밤 그걸 상연해다오. 어쩌면 열대여섯 줄쯤 내가 써서 삽입하려고 하는데, 외워 줄 수 있겠나?

배우 1 문제없습니다. (폴로니어스와 배우들 모두 퇴장)

햄릿 (로젠크랜스와 길덴스턴에게) 친구들이여, 밤에 다시 만나세.

로젠크랜스, 길덴스턴 그럼 안녕히 계십시오. (두 사람 퇴장)

햄릿 잘들 가게. 아, 이제야 나 혼자 남았구나. 난 어쩌면 이렇게 어리석을까? 저 배우는 한낱 꾸며 낸 얘기에 몰입해

갖은 감정을 표출해 내는데 난 내 감정 하나 다스리지 못하다니. 만약 나만큼 슬픈 일이 있다면 저들은 어떻게 표현할까? 무대를 눈물로 흠뻑 적실 것인가? 무시무시한 대사로 관객들의 고막을 찢을 것인가? 죄지은 자들을 미치게 할 것인가? 죄 없는 자들까지 두렵게 할 것인가? 그리고 관객들의 눈과 귀를 멀게 만들어 버릴 것인가! 나는 둔하고 미련하여 그저 얼빠진 사람처럼 서성대고만 있지 않은가. 왕관과 왕비를 빼앗기고, 귀중한 생명까지 빼앗기신 아버지를 위해 나는 무엇을 하고 있단 말이냐? 나는 겁쟁이인가? 나는 비열한 놈인가? 누구냐, 내 머리통을 후려갈길 자가 누구냐? 내 수염을 뽑아 내 낯짝에 집어던질 자가 누구냐? 제기랄! 아, 나는 욕을 먹어도 싸지. 비둘기처럼 순하고 약한 나는 용기라고는 눈곱만큼도 없으니까. 용기가 있었으면 벌써 저 악한을 독수리 밥으로 만들었을 텐데. 음탕한 악한! 잔인한 난봉꾼! 아아, 복수할 거다. 이 얼마나 못난 자식이냐! 거 참 장하기도 하지. 사랑하는 아버지를 악한에게 참살당하게 하고, 하늘과 지옥으로부터 원한을 풀라는 독촉을 받고도, 창부처럼 입으로만 나불대고 있으니…… 아, 가만 생각해 보자. 머리를 써야 해. 그래, 생각났어. 죄인들이 연극을 보다가 그만 깊이 감동된 나머지 그 자리에서 자신의 죄를 고백하겠다고 하지 않는가. 글쎄, 살인죄는 입이 없어도 스스로 실토한다지 않는가. 저 배우들을 시켜 삼촌 앞에서 아버지 살해 장면과 비슷한 연극을 하게 해야겠다. 그리고 그 얼굴색을 살펴보면서, 급소를 찔러보는 거야. 움찔하면 그땐 더는 주저할 게 없는 거지. 내가 보았던 그 유령은 마귀였는지도 모르잖아. 어쩌면 우울하고 허약한 틈을 타서 나를 지옥으로 떨어뜨리려는 것인지도 모르지. 그러니까 유령보다 더 확실한 증거를 잡아야겠어. 연극이야말로 가장 좋은 방법이군. 이 연극을 통해 왕의 속마음을 알아내고야 말겠다. (퇴장)

제 3 막

제1장 – 엘시노 성

접견실로 이어지는 복도 벽에는 휘장이 드리워져 있다. 가운데에는 탁자가 놓여 있다. 한쪽 구석에는 십자가 달린 기도대가 있다.

왕과 왕비 등장. 그 뒤에 폴로니어스, 로젠크랜스, 길덴스턴 등장. 조금 뒤에 오필리어 등장.

왕 도대체 햄릿이 어째서 미친 척하며 날마다 소란을 피우는지 그 까닭을 끝내 알아낼 수 없었단 말이지?

로젠크랜스 스스로 이상하다는 것을 인정하고 계십니다. 그러나 무엇 때문에 그렇게 되셨는지 말씀이 없으십니다.

길덴스턴 게다가 캐묻는 것을 싫어하셨습니다. 막상 속마음을 알아내려고 이것저것 물어보면 미친 척하십니다.

왕비 그대들을 반갑게 맞으시던가?

로젠크랜스 네, 반가워하셨습니다. 스스로 말문을 열지는 않으셨지만 이쪽에서 묻는 말에는 잘 대답해 주셨습니다. 특히 배우들을 만난 일을 말씀드렸더니 무척 기뻐하셨습니다. 배우들은 왕궁에 와 있습니다. 아마 오늘 밤 왕자님 앞에서 연극을 하게 되는 모양입니다.

폴로니어스 그렇습니다. 왕자님께서는 제게 두 분 전하께서 꼭 이 공연을 구경하시도록 간청할 것을 분부하셨습니다.

왕 기꺼이 구경하겠다. 연극에 관심이 있다니, 반가운 일이구나. 앞으로 그런 일에 재미를 붙일 수 있도록 계속 권유해 보라.

로젠크랜스 네, 알겠습니다. (로젠크랜스와 길덴스턴 퇴장)

왕 왕비, 당신도 이만 쉬시오. 실은 햄릿을 이리로 은밀히 불렀소. 이곳에서 오필리어와 우연히 만나도록 일을 꾸몄다오. 나는 폴로니어스와 함께 몸을 숨기고 살펴볼 참이오. 그래서 햄릿의 고민이 상사병 때문인지 아닌지를 판단해 봐야겠소.

왕비 말씀을 따르겠습니다. 그런데 오필리어야, 햄릿이 네 아름다운 모습에 빠져 미쳤다면 얼마나 다행이겠느냐? 그렇다면 네 상냥한 마음씨로 햄릿을 정상으로 돌려놓을 수 있을 텐데 말이다.

오필리어 왕비님, 저도 그렇게 되기를 간절히 바라고 있습니다. (왕비 퇴장)

폴로니어스 오필리어, 여기서 이 기도서를 읽고 있거라. 전하, 함께 숨으시지요. 기도서를 읽고 있으면, 혼자 있더라도 이상하게 보지는 않을 게다. 그리고 신앙심 깊은 표정을 지어야 돼. 악마의 본성을 사탕발림으로 감추는 일은 옳지 못하지만, 때로는 세상에 흔히 있는 일이니라.

왕 (방백) 아, 참으로 옳은 말이로다. 저 한마디가 내 양심을 찌르는구나. 분칠한 창부의 얼굴도 내 행실보다는 추악하지 않으리. 오, 죄지은 마음이 참으로 무겁구나!

폴로니어스 이리로 오시는가 봅니다. 전하, 숨으세요. (왕과 폴로니어스 퇴장)

햄릿 등장.

햄릿 사느냐 죽느냐, 이것이 문제로다. 가혹한 운명의 화살을 맞고도 죽은 듯 참는 것이 장한 일인가, 아니면 성난 파도처럼 밀려오는 고난과 맞서 싸워 물리치는 것이 옳은 일인가? 죽는 건, 그저 잠드는 것일 뿐…… 그뿐 아닌가. 잠들면 우리 마음과 육체에 따라붙는 무수한 고통이 모두 끝난다. 그렇다면 죽음, 잠 — 이것이야말로 우리가 열렬히 원하는 생의 결말이 아니겠는가! 잔다, 그러면 꿈도 꾸겠지. 아, 그것이 문제로다. 이 세상의 번뇌에서 벗어나 영원한 잠을 잘 때마저 악몽을 꾸게 되면 어쩌나…… 이를 생각하면 망설이지 않을 수가 없다. 이런 망설임 때문에 인생은 불행할 수밖에……. 그렇지 않으면 누가 이 세상의 채찍과 모욕을 참겠는가. 폭군의 횡포와 권력자의 오만함, 좌절한 사랑의 고통, 엉터리 재판과 오만방자한 관리들…… 소인배가 덕망 있는 사람을 모욕하는 그 비극을 도대체 누가 참아 낸단 말인가. 그저 칼 한 자루로도 이 모든 것을 깨끗하게 끝장낼 수 있는데 말이다. 결국 죽은 뒤의 세상에 대한 불안, 한번 길을 떠나면 두 번 다시 돌아올 수 없는 그 미지의 나라가 사람의 결심을 망설이게 하는 것……. 알지도 못하는 저 세상으로 달아나느니, 차라리 이대로 이 세상의 고통을 참고 견디기 마련이지. 그렇지 않다면 그 누가 무거운 짐을 걸머지고 평생 괴로운 삶을 신음하며 견딘단 말인가. 이래서 결국 분별심은 우리를 모두 겁쟁이로 만들고 만다. 우리의 결심은 겉으로는 건강한 혈색을 가진 것 같지만, 그 뒤에는 창백한 병과 죽음의 그림자가 드리워져 있다. 그리하여 뜨겁게 타오르던 큰 뜻도 마침내 방향을 잃고, 실천과는 멀어지고 마는 것……. 가만 있자, 저게 누군가? 오, 사랑스런 오필리어! 숲의 여신이여, 그대는 기도하고 있는가? 기도를 하려거든 잊지 말고 나의 죄를 위해서도 빌어 주오.

오필리어 왕자님, 그동안 어떻게 지내셨습니까?

햄릿 덕분에 아주 잘 지내고 있소.

오필리어 왕자님, 저에게 보내 주신 선물들을 오래 전에 돌려드리려고 했습니다. 화내지 마시고 받아 주십시오.

햄릿 아니오, 나는 선물한 적이 없으니 받을 것이 없소.

오필리어 잘 아시면서 농담하시는 거지요? 선물에다 달콤한 말씀까지 덧붙여 보냈잖아요. 하지만 아무리 훌륭한 선물도 준 사람의 마음이 식으면 볼품없어지는 법이죠. 왕자님, 여기 있습니다.

햄릿 하하, 당신은 정숙하오?

오필리어 네?

햄릿 당신은 아름답소?

오필리어 왕자님, 그게 무슨 뜻입니까?

햄릿 글쎄, 정숙하고 아름답다면 말이오, 그 둘 사이가 서로 친하지 않도록 조심하시오.

오필리어 여자에게 있어서 아름다움과 정숙함을 함께 갖추는 것보다 더 조화로운 게 어디 있습니까?

햄릿 천만의 말씀이오. 아름다움이 정숙한 여인을 타락시키는 것은 쉬운 법이오. 요즘 같은 세상엔 더욱 그렇소. 나도 한때는 당신을 사랑했었지.

오필리어 왕자님, 저도 그렇게 믿었습니다.

햄릿 믿지 말았어야 하는 것을……. 걸레를 아무리 빤다 해도 행주가 될 수는 없소. 나는 당신을 사랑하지 않았소.

오필리어 그렇다면 제가 속은 거로군요.

햄릿 더는 죄짓지 말고 수녀원으로 가시오. 나 역시 차라리 어머니께서 나를 낳지 말았으면 좋았을 걸 할 정도로 많은 죄를 범한다오. 거만하고 복수심에 불타서 어떤 죄를 저지를 지도 모르지. 분별력도 모자라는 내가 도대체 무슨 일을 할 수 있겠소? 우린 모두 악당들이니 아무도 믿지 마시오. 제발, 수녀원으로 가시오. 그나저나 아버지는 어디 계시오?

오필리어 아, 네. 집에 계십니다.

햄릿 그럼 바깥세상에 나와 미친 수작을 하지 못하도록 집에 가둬 두시오. 잘 있어요, 오필리어.

오필리어 오, 신이시여! 왕자님을 구해 주소서.

햄릿 만약 당신이 결혼한다면 선물 대신 저주를 당신께 보내리다. 비록 눈송이처럼 결백하다 할지라도 이 세상 험담은 피할 수 없는 법이오. 그래도 군이 결혼을 해야겠다면 바보하고 하시오. 똑똑한 녀석들은 결혼하고 나면 오히려 멍청이가 되는 세상이니 말이오.

오필리어 오, 신이시여! 제발 왕자님이 제정신을 찾도록 도와주소서.

햄릿 빌어먹을 세상! 더는 참을 수가 없어. 더는 결혼해선 안 돼. 이미 결혼한 놈들은 한 쌍만 빼고 어쩔 수 없이 살아야지. 하지만 미혼인 자들은 평생 혼자 사는 게 좋아. 오필리어,

어서 수녀원으로 가란 말이야. (햄릿 퇴장)

오필리어 아, 그토록 고결하던 분이 저렇게 실성하다니! 귀공자다운 눈매, 군인다운 기량, 학자다운 말씀씨는 이 나라의 꽃이었는데, 만인이 우러러보던 분이 완전히 폐인이 되셨구나. 나는 이 세상에서 가장 불행한 여자, 활짝 핀 꽃처럼 아름다운 젊음이 광란의 독기를 머금고 시들어 가는구나. 아, 어쩌면 좋아. 옛날 그 아름다운 일을 보았던 눈으로 참혹한 꼴을 보다니! (엎드려 흐느낀다.)

　　　왕과 폴로니어스 등장.

왕 뭐, 사랑 때문이라고? 그게 아니잖아. 횡설수설하고 있긴 하지만, 미치광이 짓이라고는 볼 수 없어. 무언가가 마음속 깊은 곳에 도사리고 있기에 저렇게 우울한 거야. 그것이 폭발하면 아무래도 위험하렷다. 그걸 막아야 해. 음, 이렇게 하면 어떨까? 햄릿을 영국으로 보내는 거야. 밀린 세금을 급히 거둬들이는 명목으로 말이야. 아마 다른 나라에 가서 색다른 풍물을 구경하다 보면 가슴에 맺힌 괴로움도 사라지겠지. 밤낮 골똘히 생각하고 있으니 미칠 수밖에 없지 않은가. 폴로니어스, 그대 생각은 어떤가?

폴로니어스 좋은 생각이십니다. 하지만 연극이 끝난 뒤에 왕비님께서 조용히 왕자님을 만나셔서 친히 물으시는 것이……? 그때도 알아내지 못하시면 영국에 보내시든지 아니면 어디 적당한 곳에 가두어 두시든지 하시지요.

왕 그렇게 하지. 아들이 미치광이가 되어 가는 것을 그대로 놔둘 수는 없는 노릇이오. (모두 퇴장)

제2장 - 성 안

햄릿과 배우 세 사람 등장.

햄릿 대사는 아까 내가 해 보인 것처럼 자연스럽게 해야 하네. 감정이 폭풍처럼 격하게 솟구칠 때에도 자제력을 잃지 말아야 한다는 얘기야. 손짓도 부드럽게 해야 하네. 가발을 쓴 엉터리 배우들이 나와 제멋대로 소리를 지르면 볼기짝을 때려 주고 싶어져. 그들은 난폭한 터마간트나 폭군 헤롯 왕보다도 한술 더 뜨는 작자들이야. 제발 그 짓만은 말아 주게.

배우 1 절대로 그런 일이 없도록 하겠습니다.

햄릿 그렇다고 활기를 잃어선 안 돼. 말과 동작을 잘 맞춰야 하네. 절도를 지키라는 말이지. 지나치거나 반대로 너무 모자라게 연기하면 어설픈 관객을 웃길지는 모르지만 안목 있는 관객은 분노마저 느끼게 돼. 이런 분들의 비난은 수많은 관객의 박수갈채보다 더 중요한 법이지.

배우 1 그 점에 대해서는 꽤 많이 바로잡았습니다.

햄릿 아주 철저하게 고쳐야 해. 어릿광대 역을 맡은 배우는 주어진 대사보다 더 많이 말하지 않도록 하게. 개중에는 저 혼자 떠들다가 관객보다 먼저 웃는 녀석들이 있어. 그러는 동안 연극의 중요한 대목을 까맣게 잊어버리는데도 말이야. 참으로 딱한 일이지. 그런 짓을 하는 동안 속이 빤히 들여다보인다는 거야. 자, 그럼 연극을 준비하게. (배우들 퇴장)

폴로니어스, 로젠크랜스, 길덴스턴 등장.

폴로니어스 왕비님께서도 곧 나오실 겁니다.

햄릿 배우들에게 서두르라고 일러 주게. (폴로니어스 퇴장)

로젠크랜스, 길덴스턴 네, 알겠습니다. (로젠크랜스, 길덴스턴 퇴장)

햄릿 어이, 호레이쇼!

호레이쇼 등장.

호레이쇼 왕자님, 부르셨습니까?

햄릿 호레이쇼, 어서 오게. 내가 믿을 사람은 오로지 자네뿐이네.

호레이쇼 왕자님, 별말씀을…….

햄릿 내가 무슨 득이 된다고 자네에게 아첨을 떨겠는가. 나 혼자만의 생각으로 자네를 진정한 친구로 정했다네. 실상, 허다한 고난을 겪으면서도 자네는 조금도 마음이 흔들리지 않았어. 운명의 고난과 영광을 똑같이 감사하게 받아들이고 있지. 자네는 감성과 이성이 잘 어우러져 운명의 여신의 손끝에 놀아날 일이 없지. 그런 사람은 행복한 사람이야. 격정의 노예가 되지 않는 그런 사람이 나에게는 필요하네. 자네가 꼭 그런 친구야. 부질없는 넋두리를 늘어놓았군. 실은 오늘 밤 연극 공연이 있네. 그 가운데 한 장면은 내가 지난번 자네에게 말했던 아버지의 살해 장면과 아주 비슷해. 그 장면이 시작되면 정신을 바짝 차리고 삼촌의 얼굴색을 살펴 주게. 만일 삼촌의 숨겨진 죄악이 드러나지 않는다면 우리가 보았던 그 유령은 마귀가 분명하네. 내 추리력도 불의 신 헤파이스토스의 대장간처럼 너저분한 것이 되고 말겠지. 나도 눈을 떼지 않을 테니, 자네도 주의를 집중하여 봐 주게. 그런 다음 서로 의견을 종합하여 판단을 내려보세.

호레이쇼 알았습니다. 단 한 순간이라도 한눈을 판다면 그 벌을 달게 받겠습니다.

　　　　나팔 소리와 북소리가 안에서 들린다.

햄릿 구경하러 오는군. 시치미를 떼고 있겠어. 호레이쇼, 자리를 잡게.

　　　　왕과 왕비 등장. 뒤를 이어 폴로니어스, 오필리어, 로젠크랜스, 길덴스턴, 그 밖의 시종들 등장.
　　　　호위병들은 횃불을 들고 있다.

왕 요즘은 어떠냐, 햄릿?

햄릿 아주 좋습니다. 카멜레온이 좋아하는 공기를 먹고 뱃속을 거짓 약속으로 가득 채우고 있습니다. 수탉인들 이렇게 기를 수는 없을 거예요.

왕 무슨 소린지 알 수가 없구나. 아예 동문서답을 하고 있으니.

햄릿 입 밖으로 나왔으니 이젠 제 말도 아니죠. (폴로니어스에게) 영감은 대학 시절에 연극을 했다고? 무슨 역을 맡아봤나?

폴로니어스 줄리어스 시저 역이었죠. 브루터스에 의해 신전에서 살해당했지요.

햄릿 그토록 어리석은 바보를 죽이다니, 브루터스란 놈도 참으로 잔인한 놈이로군. 배우들 준비는 다 되었는가?

로젠크랜스 네, 왕자님의 분부만 기다리고 있습니다.

왕비 햄릿, 이리 와서 내 곁에 앉거라.

햄릿 아닙니다, 앉고 싶은 자리가 있습니다. 아가씨, 당신의 무릎 위에 누워도 괜찮겠습니까? (오필리어의 발밑에 눕는다.)

오필리어 왕자님, 이러시면 안 됩니다.

햄릿 내 말은 그저 머리를 좀 기대자는 얘기요.

오필리어 네, 그렇다면 괜찮고요.

햄릿 내가 무슨 천박한 짓이라도 할 줄 아셨소?

오필리어 아닙니다.

햄릿 처녀 허벅지 사이에 눕는다는 건 꿀맛 같은 일이지.

오필리어 왕자님, 무척 기분이 좋으신가 보네요.

햄릿 그야 타고난 익살꾼이기 때문이지. 어머니를 좀 봐. 아주 명랑한 얼굴이시잖아. 아버지가 돌아가신 지 두 시간도 못 되었는데 말이야.

오필리어 아니에요. 두 달의 갑절이나 되었는걸요.

햄릿 벌써 그렇게 되었어? 그럼 검은 상복은 악마에게 돌려주고, 누런 수달피 옷이나 걸쳐야겠군. 돌아가신 지 두 달이나 지났는데도 아직 잊지 못하다니, 이거 참 놀라운 일이군. 위인의 명성은 죽어도 반년쯤은 더 계속될 희망이 있군.

> 나팔 소리와 함께 무대가 나타나고, 무언극이 시작된다.

(무언극)

왕과 왕비가 아주 정답게 나타나 껴안는다. 왕비는 무릎을 꿇고 왕에게 사랑을 맹세한다. 왕은 왕비를 일으켜 안은 뒤 꽃이 만발한 둑에 드러눕는다. 왕비는 왕이 잠든 것을 보고 그 자리를 떠난다. 곧 한 사나이가 나타나 왕관에 입을 맞춘 뒤 잠들어 있는 왕의 귓속에 독약을 부어 넣고 퇴장한다. 왕비가 들어온다. 왕이 죽은 것을 알고 슬퍼한다. 독살자가 시종 서넛을 데리고 다시 돌아와서 왕비와 함께 슬픔을 나누는 척한다. 송장을 들고 나간다. 독살자는 예물을 들고 왕비에게 사랑을 구한다. 얼마 동안 왕비는 아랑곳하지 않다가, 이윽고 그의 사랑을 받아들인다. (막이 내린다.)

오필리어 왕자님, 이 연극은 무엇을 뜻하는 건가요?

햄릿 터무니없는 수작이지. 음모라고나 할까…….

오필리어 이 무언극이 연극의 줄거리인 모양이죠?

배우 등장.

햄릿 이 배우가 지껄이는 말을 들어 보면 알 거요. 배우들은 비밀을 숨겨 두지 못하고 죄다 털어놓는다니까.

오필리어 그러면 아까 그 무언극의 뜻도 설명해 줄까요?

햄릿 그럼. 저 배우는 당신이 어떤 몸짓을 하더라도 모두 설명해 내지. 아무리 창피한 짓이라도 보여 주기만 하면 무엇이고 저자들은 서슴지 않고 설명해 줄걸.

오필리어 망측스런 말씀은 그만하세요. 그냥 연극이나 구경하겠어요.

배우 저희 배우들을 대표하여 여러분 앞에 감사의 말씀을 드립니다. 지금 보시는 이 비극을 끝까지 성원해 주시기 바랍니다. (배우 퇴장)

무대에 왕과 왕비의 역을 맡은 두 배우 등장.

극중 왕 왕비여, 그대와 내가 성스러운 결혼식을 올린 뒤로 태양의 수레바퀴는 바다 신의 바닷길과 대지 여신의 둥근 땅을 꼬박 서른 번을 돌았소. 그 빛을 빌린 달님은 열두 번씩

서른 번을 돌았소.

극중 왕비 참으로 기나긴 세월의 여로가 지난 뒤에도 우리의 사랑이 계속되게 해 주소서. 하지만 요즘 왕께서 병환이 잦으시어 저는 슬프답니다. 왕이시여, 언짢게 여기지 마소서. 사랑이 깊을수록 여자의 근심도 깊어지는 법이니 말이에요. 사랑이 깊을수록 사소한 염려도 두려움이 됩니다.

극중 왕 아, 나는 얼마 안 가서 떠나야 할 몸이오. 이제 내 몸이 쇠약해져 버렸소. 당신은 이 아름다운 세상에 남아서 백성들의 사랑과 존경을 받으며 남은 생을 즐기시오. 그리고 부디 나에 못지않은 남편을 맞이해 주오.

극중 왕비 아, 그만하세요. 그런 사랑은 제 마음에 대한 반역일 뿐입니다. 남편을 죽인 여자가 아니고서야 어찌 재혼을 꿈꾸겠습니까?

햄릿 (방백) 입맛이 쓸 거다, 입맛이 씁쓸할 거야.

극중 왕비 재혼을 바라는 것은 탐욕스런 더러운 마음입니다. 그것은 결코 진정한 사랑이 아니옵니다. 어찌 재혼을 하여 다른 남자와 잠자리를 같이하며 입맞춤을 할 수 있단 말입니까? 죽은 남편을 두 번 죽이는 일이죠.

극중 왕 그 말을 믿으리다. 하지만 인간이란 아무리 결심을 해도 그걸 깨뜨리는 것이 아주 쉬운 법이오. 우리는 스스로 진 마음의 빚을 잊어버리는 경우가 많소. 격정에 사로잡혀

행한 맹세가 식을 때 그 뜻도 함께 꺼져 가는 것은 당연한 일이오. 그러니 우리의 사랑이 운명과 더불어 변하는 것도 그리 이상한 일은 아니오. 다만 사랑이 운명을 이끄느냐, 운명이 사랑을 이끄느냐의 문제일 뿐이오. 권력자가 몰락하면 그를 아끼는 이들조차 그를 버리고, 미천한 자가 출세하면 원수도 친구가 되게 마련이오. 이처럼 우리의 뜻과 운명은 한배에 탈 수 없는 거라오. 그러니 당신도 지금은 재혼할 생각이 없겠지만, 내가 죽고 나면 그런 생각도 따라서 죽고 말 것이오.

극중 왕비 아, 어찌 그럴 수가 있을까? 비록 땅이 양식을 베풀지 않고 하늘이 빛을 내리지 않는다 해도, 낮의 즐거움과 밤의 휴식을 빼앗긴다 해도, 평생 감옥에 갇혀 고생을 한다 해도, 영겁의 고뇌가 현재뿐 아니라 내세에까지 쫓아온다 해도, 어찌 전하를 잃은 제가 다시 결혼할 수 있겠습니까?

햄릿 설마 저 맹세를 깨뜨리려고!

극중 왕 참으로 굳은 맹세요. 잠시 혼자 있게 해 주오. 심신이 피곤하구려. 한숨 자고 나면 개운할 것 같소. (잠이 든다.)

극중 왕비 푹 잠드소서. 우리 두 사람 사이에 불행한 일이 일어나지 않기를 바라옵니다. (퇴장)

햄릿 어머니, 이 연극이 마음에 드십니까?

왕비 저 여인은 너무 지나치게 맹세하는 것 같구나.

햄릿 아, 하지만 그 맹세를 꼭 지킬 겁니다.

왕 연극의 줄거리를 들었느냐? 해괴한 장면은 없겠지?

햄릿 아뇨, 이건 그저 연극일 뿐입니다. 해괴한 장면은 없습니다.

왕 연극의 제목은 무엇이냐?

햄릿 <쥐덫>이라고 합니다. 비엔나에서 일어난 암살 사건을 그대로 모방한 것입니다. 하지만 우리와 전혀 상관없는 일이니까 걱정할 필요가 없습니다.

> 루시어너스 역을 맡은 배우 등장.
> 검은 옷을 입고, 한쪽 손에는 독약 병을 들고 있다.
> 얼굴을 찌푸린 채 잠자는 왕에게 다가간다.

햄릿 저자는 왕의 조카 루시어너스란 사람입니다.

오필리어 왕자님은 해설을 썩 잘하시는군요.

햄릿 꼭두각시놀음만 봐도 난 당신과 애인 사이의 관계를 알아맞힐 수 있지.

오필리어 말끝마다 날이 서 있군요.

햄릿 내 칼날을 삼키면, 당신은 신음 소리를 낼 거야.

오필리어 농담이 지나치십니다.

햄릿 당신도 남편을 맞게 되면 알게 될 거야. (무대를 향하여) 시작해 봐, 살인자. 뭐야, 얼굴을 잔뜩 찌푸리고 있지 말고 어서 시작하라니까! '까마귀는 울부짖으며 복수를 외친다.'부터 해.

루시어너스 마음은 시커멓고 손은 날렵하다. 약효는 빠르고 때는 무르익었다. 다행히 아무도 없구나. 한밤에 캐어낸 약초에 마녀의 주문을 세 번 곁들이고, 독기를 세 번 쐬어 만든 무서운 독약이여, 당장 저 건강한 생명을 빼앗아라. (독약을 왕의 귀에 붓는다.)

햄릿 왕위를 빼앗기 위해 정원에서 왕을 독살하는 장면입니다. 죽은 왕의 이름은 곤자고입니다. 이제 보십시오, 저 살인자는 곧 왕비를 농락할 것입니다.

오필리어 전하께서 일어나시네요!

햄릿 제기랄!

왕비 무슨 일이십니까, 전하?

폴로니어스 연극을 중지하라!

왕 등불을 가져오너라. 그만 가야겠다!

모두 등불, 등불, 등불을! (햄릿과 호레이쇼만 남고 모두 퇴장)

햄릿 '울어라, 상처 입은 사슴아. 춤을 추어라, 암사슴아. 깨든지 자든지 세상만사 둥글둥글.' 어때, 호레이쇼! 새의 깃털을 잔뜩 달고, 거지발싸개 같은 신세가 되면 나도 배우들 틈에 낄 수 있지 않겠는가?

호레이쇼 반 사람 몫은 하겠지요.

햄릿 아, 아니야. 한 사람 몫이지. 그건 그렇고, 정말 유령의 말이 옳았어. 자네도 보았지? 독살 장면 때 말이야.

호레이쇼 네, 똑똑히 보았습니다.

햄릿 자, 피리를 불어라! 왕께서는 연극이 싫으신 게지. 자, 풍악을 울려라!

　　　　로젠크랜스와 길덴스턴 등장.

길덴스턴 왕자님, 한마디 여쭙겠습니다.

햄릿 그래, 한마디 해 봐라.

길덴스턴 방 안에서 꼼짝도 않으시고 몹시 언짢아하십니다.

햄릿 술을 드셨나?

길덴스턴 아닙니다. 화가 나셨습니다.

햄릿 그래, 그렇다면 의사를 부르는 것이 더 현명한 일 아닌가?

길덴스턴 왕자님! 제발 샛길로 빠지지 마시고, 제 말 좀 들어주십시오.

햄릿 반갑구나.

길덴스턴 왕자님, 제발 농을 거두십시오. 진지하게 말씀하신다면, 왕비님의 전갈을 올리겠습니다. 그게 싫으시면 저는 이만 물러가겠습니다. (설을 하고 돌아서려 한다.)

햄릿 그럴 순 없지.

로젠크랜스 왕자님, 무엇을요?

햄릿 진지하게 말하는 것 말이야. 난 머리가 돌았거든. 하지만 내가 할 수 있는 말이라면 기꺼이 대답할 테니 용건을 말해 보게나.

로젠크랜스 왕비님께선 왕자님의 행동에 깜짝 놀라셨다 하옵니다.

햄릿 어머니를 놀라게 했다니, 기특한 자식이로군.

로젠크랜스 주무시기 전에 왕비님께서 하실 말씀이 있다고 합니다.

햄릿 알았어. 찾아뵙도록 하지. 지금보다 몇 십 배나 훌륭하신 어머니라고 생각하며 따르겠네. 더 할 말이 남았나?

로젠크랜스 왕자님께서 그렇게 우울해하시는 까닭이 무엇인지 알고 싶습니다. 제발 알려 주십시오.

햄릿 출셋길이 막혔기 때문이다.

로젠크랜스 그건 또 무슨 말씀입니까? 덴마크의 왕위를 계승하실 왕자님께서…….

햄릿 그렇긴 하네만, '풀이 자라는 것을 기다리다 망아지는 굶어죽는다.'라는 옛말도 있지 않나…….

　　　　폴로니어스 등장.

폴로니어스 왕비님께서 하실 얘기가 있으시니 곧 납시랍니다.

햄릿 저기 낙타 모양의 구름이 보이는가?

폴로니어스 아, 정말 낙타 같군요.

햄릿 아냐, 족제비처럼 보이는데?

폴로니어스 그렇군요. 등 모양이 족제비 같네요.

햄릿 아냐, 다시 보니 고래 같네.

폴로니어스 네, 맞습니다. 고래 같습니다.

햄릿 그럼 곧 가서 뵙겠다고 아뢰시오. (방백) 나를 아예 바보 취급하는군. (폴로니어스에게) 곧 가겠노라!

폴로니어스 가서 그렇게 아뢰겠습니다. (폴로니어스, 로젠크랜스, 길덴스턴 퇴장)

햄릿 '곧 가겠다.'라는 말은 쉽지. 자, 다들 물러가게. (호레이쇼와 배우들 퇴장) 지금은 한밤중, 마녀들이 설쳐 댈 시간이다. 무덤이 입을 벌리고, 지옥이 세상을 향해 독기를 뿜어 댄다. 지금 같으면 나도 뜨거운 피를 흘리게 할 수 있을 것 같다. 하지만 지금은 어머니께 가 봐야겠군. 천륜을 저버릴 순 없지. 말로는 칼끝처럼 날카롭게 찌를지라도 진짜 칼을 휘둘러서는 안 되지. 말로 어머니를 욕하더라도 절대로 행동으로 욕보여서는 안 된다. (퇴장)

제3장 - 같은 장소

왕과 로젠크랜스, 길덴스턴 등장.

왕 난 그 녀석 낯짝도 보기 싫다. 미치광이를 이대로 놔둬선 위험하다. 곧 준비하게. 위임장을 써 줄 테니 너희들이 햄릿과 함께 영국으로 가거라.

길덴스턴 곧 준비를 하겠습니다. 전하의 은덕에 목숨을 의지하는 백성의 안위를 위한 참으로 자상한 배려라 생각되옵니다.

로젠크랜스 하잘것없는 우리들 생명도 일단 위험에 처하면 전력을 다하여 지키는 것이 도리입니다. 하물며 이 나라 백성의 생명이 걸린 일이니, 더욱 조심해야 할 줄로 압니다. 국왕의 탄식은 곧 만백성의 신음이지요.

왕 자, 그러면 어서 떠날 준비를 하게. 위험한 건 쇠사슬로 묶어 놓아야 안심이 되는 법이지.

로젠크랜스, 길덴스턴 서두르겠습니다. (두 사람 퇴장)
　　　폴로니어스 등장.

폴로니어스 지금 왕자님께서 왕비님을 뵈러 가고 있습니다. 제가 커튼 뒤에 숨어서 이야기를 엿듣겠습니다. 어머니는 언제나 아들을 감싸려 드는 법이니까요. 전하께서 주무시기 전에 다시 뵙고 결과를 아뢰겠습니다.

왕 고맙소. (폴로니어스 퇴장) 아, 내 죄의 악취가 하늘을 찌르는구나. 인류 최초의 무서운 저주를 받은 형제 살인죄. 아, 죄를 빌고 싶은 마음은 굴뚝같지만 정작 기도조차 올릴 수 없구나. 아, 하늘이 은혜로운 비를 내려 내 손을 깨끗하게 씻어 줄 수는 없을까? 죄를 짓고 얻은 왕관과 왕위와 왕비를 소유한 채 용서를 받을 수는 없을까? 썩어빠진 이 세상에서는 죄로 물든 더러운 손일지라도 황금으로 덧칠하면 정의를 밀쳐 버릴 수 있을 것이다. 아니야, 천상에서는 그것이 통하지 않아. 신을 속일 수는 없지. 그 앞에서는 지은 죄를 낱낱이 털어놓을 수밖에 없을 거야. 그럼 어찌하면 좋을까? 그래, 참회하자. 하지만 참회할 수도 없다면 어떻게 해야 하나? 아, 비참한 심정이여! 덫에 걸린 새 같은 내 영혼이여! 몸부림을 칠수록 더 죄어들기만 하는구나. 천사들이여, 나를 도와주소서! 굳어 버린 무릎이여, 구부려라! 강철 같은 심장이여, 갓난아기 근육처럼 부드러워져라! 그저 모든 것이 잘 해결되기를. (무릎을 꿇는다.)

　　햄릿 등장.

햄릿 기도 중이니 해치우기에는 지금이 좋겠다. (칼을 뺀다.) 내가 지금 복수를 하면 저자는 천당에 가겠지? 아버지를 죽인 악당을 천당에 보낸다? 그러면 복수라고 할 수 없지. 아버지는 현세의 죄를 씻을 겨를도 없이 살해됐어. 저자가 영혼을 깨끗하게 씻고 있을 때 죽이는 것은 복수가 아니지. 어림없는 소리. (칼을 칼집에 넣는다.) 칼이여, 제자리에 들어가거라. 저 악당이 술에 취해 곯아떨어졌을 때, 불륜의 쾌락에 빠졌을 때, 도박을 하거나 욕설을 퍼부을 때, 혹은 무엇이든 구원받을 수 없는 못된 짓을 저지를 때 복수해야 한다. 그렇게 하면 지옥의 저주를 받게 되겠지. 어머니가 기다리시겠다. 너를 지금 살려 두는 것은 네 고통을 연장시키기 위해서다. (퇴장)

왕 (일어서며) 내 기도는 하늘로 날아가고, 내 마음은 지상에 그대로 남아 있구나. 마음이 따르지 않는 빈말이 어찌 하늘에 닿을 수 있으랴. (퇴장)

제4장 - 왕비의 침실

왕비와 폴로니어스 등장.
커튼이 드리워져 있다. 벽에는 선왕과 클로디어스 왕의 초상화가 걸려 있다. 침대와 의자 몇 개가 놓여 있다.

폴로니어스 곧 오실 겁니다. 따끔하게 꾸중을 하십시오. 장난이 지나치셨습니다. 저는 여기 숨어서 있겠습니다. 단단히 타일러 주십시오.

햄릿 (바깥에서) 어머니, 어머니, 어머니!

왕비 걱정 마오. 어서 숨으시오. 오는가 보오.

폴로니어스, 커튼 뒤에 숨는다. 햄릿 등장.

햄릿 어머니, 무슨 일이십니까?

왕비 너 때문에 아버지가 매우 언짢으신 모양이다.

햄릿 어머니 때문에 제 아버지도 매우 화가 나셨죠.

왕비 뭐라고? 그게 무슨 말버릇이냐?

햄릿 어머니 말씀은 또 왜 그렇습니까?

왕비 넌 이 어미조차 잊었느냐?

햄릿 잊다니요? 당신은 왕비님이시죠. 당신 시동생의 아내이시며, 또 불행하게도 제 어머니이십니다.

왕비 아, 나 혼자 도저히 감당할 수가 없구나. 누구든 불러야겠다. (퇴장하려 한다.)

햄릿 (왕비를 붙들고) 진정하시고 여기 앉으세요. 거울로 어머니의 마음을 환히 비춰 보여 드릴 테니까요. 그러니 꼼짝 말고 계세요.

왕비 무슨 짓을 하려는 거냐? 나를 죽이려는 거냐? 여봐라, 누구 없느냐. 사람 살려라!

폴로니어스 (커튼 뒤에서) 아이구, 큰일 났구나. 사람 살려, 사람 살려!

햄릿 (칼을 뺀다.) 너는 대체 뭐냐! 쥐새끼냐? 죽어라, 죽어! (커튼 속으로 칼을 찌른다.)

폴로니어스 (커튼 뒤에서 쓰러지며) 으악!

왕비 이게 무슨 잔인한 짓이냐? 오, 신이시여!

햄릿 잔인한 짓이죠. 남편을 죽이고, 시동생과 결혼한 것처럼요.

왕비 남편을 죽였다고?

햄릿 그렇습니다. (폴로니어스의 송장을 가리키며) 아무데나 껴드는 쓸개 빠진 늙은이 같으니라고. 주제넘게 나서면 이런 꼴을 당하지. 어머니, 그렇게 손만 쥐어뜯지 마시고 앉으세요. 제가 어머니의 마음을 쥐어짜 드릴 테니까요.

왕비 이 버르장머리 없는 놈! 도대체 내가 무슨 잘못을 했다는 거냐?

햄릿 (벽에 걸린 두 초상화 쪽으로 왕비를 데려가며) 자, 보세요, 이 두 초상화를. 한 핏줄을 나눈 형제의 초상화를 보십시오. 이분의 고귀한 모습을 보시란 말예요. 히페리온 같은 머리카락, 주피터 같은 이마, 마르스 같은 눈, 신의 사자 머큐리가 막 내려앉은 듯한 모습을요. 신들이 각자의 자랑거리를 증명해 보이려는 듯 한 인간을 만든 것 같지 않나요. 이분이 바로 당신의 남편이었습니다. 자, 이번에는 이쪽 초상화를 보십시오. 어머니의 현재 남편이죠. 건강한 형을 병든 보리 이삭처럼 말려 죽인 인간입니다. 눈이 있으면 한번 보세요. 저 아름다운 산등성이를 버리고 이처럼 더러운 수렁에서 먹이를 찾다니, 눈이 멀지 않고서야 어찌 그럴 수가 있습니까? 행여 사랑 때문에 눈이 멀었다고 하지는 마세요. 어머니 나이쯤 되면 정욕도 사그라져 분별심을 찾게 되는 것 아닙니까? 어머니, 어떤 미치광이도 그런 실수는 하지 않을 겁니다. 모든 감각을 잃었다 해도 그런 차이를 구분 못하진 않을 겁니다.

왕비 아, 햄릿, 그만해라. 내 마음속에 스며든 더러운 죄는 씻을 길이 없구나.

햄릿 씻다니요? 오히려 더러운 잠자리에 기어들어 정담을 나누고, 더러운 돼지들처럼 바닥에서 서로 뒹굴며 사시지요.

왕비 네 말은 마치 비수처럼 내 가슴을 찌르는구나. 햄릿, 제발 그만해라!

햄릿 살인자, 악당, 벌레 같은 놈, 아니 벌레보다도 못한 곰팡이 같은 놈, 왕위와 왕국을 가로채어 슬쩍 제 주머니에 집어넣은 날도둑놈…….

왕비 제발 그만!

햄릿 거지발싸개 같은 놈.

　유령이 잠옷 차림으로 등장.

햄릿 (유령에게) 저를 원망하러 오셨군요. 우물쭈물하다가 때를 놓치는 불효자식을 꾸짖으러 오셨습니까?

유령 잊지 마라. 내가 다시 나타난 것은 무디어진 네 결심을 날카롭게 해 주기 위해서다. 하지만 겁에 질린 네 어머니를 보아라. 어머니의 고통을 덜어 드려라. 햄릿, 어머니께 따뜻한 말을 해 드려라.

햄릿 어머니, 괜찮으십니까?

왕비 너야말로 괜찮으냐? 무섭게 허공을 노려보며 얘길 하다니? 네 눈빛은 미친 듯이 이글거리고, 머리카락은 놀란 병사처럼 곤두서 있지 않느냐? 햄릿, 진정해라. 마음이 아무리 끓어오르더라도 꾹 참거라. 또 무엇을 노려보고 있느냐?

햄릿 저분을 보십시오! 창백한 얼굴로 이쪽을 보고 계십니다. 슬픔에 잠긴 저 모습을 본다면 목석도 소리 내어 울 거예요. 제발 저를 노려보지 마세요. 그렇게 서글픈 눈으로 저를 보시면 굳은 결심이 꺾이고 맙니다. 그렇게 되면 피를 보아야 할 때 눈물이 흘러 앞을 제대로 보지 못하게 됩니다.

왕비 대체 누구와 말을 하느냐?

햄릿 저기, 아무것도 보이지 않습니까?

왕비 아무것도 보이지 않는다. 내 눈은 아직 멀쩡한데 보이지 않는구나.

햄릿 자, 바로 저기를 보세요. 지금 사라지고 있어요. 살아 계셨을 때 입으시던 옷차림을 하고 지금 막 문 밖으로 나가십니다. (유령 퇴장)

왕비 망상이다. 네가 실성한 탓이야. 정신이 나가면 환상을 보게 되는 법이거든.

햄릿 실성했다고요? 제 맥을 짚어 보세요. 어머니 맥박이나 다름없으니까요. 제가 미쳐서 헛소리를 한 것이 아닙니다. 제발 부탁드려요. 양심을 속이지 마세요. 자신의 죄를 덮어두고 광증 탓으로 돌리지 마시라고요. 어머니, 참회하세요. 잘못을 뉘우치고 앞으로는 죄를 저지르지 않도록 하세요. 솔직하게 내뱉는 저를 용서하세요. 하기야 요즘같이 타락한 세상에서는 정의가 불의에게 용서를 빌어야 하지만요. 뿐만 아니라, 옳은 일을 하는데도 굽실거리며 눈치를 살펴야 하는 세상이지만요.

왕비 햄릿, 네가 내 가슴을 두 동강 내는구나.

햄릿 오, 그러시면 더러운 쪽은 버리세요. 나머지 반쪽으로 깨끗하게 살아가십시오. 그럼 안녕히 주무세요. 그러나 삼촌과 잠자리를 같이하지는 마세요. 정절을 지키는 척이라도 하세요. 오늘 하룻밤만 참으시면, 다음번에는 한결 참기가 쉬워지실 거예요. 습관은 우리들의 천성을 바꿔 놓습니다. 어머니께서 신의 축복을 구하고 싶으실 때 저를 부르세요. 저도 어머니를 위해 함께 기도드리겠습니다. (폴로니어스의 송장을 가리키며) 불쌍하게 되었군요. 그러나 이것도 하늘의 뜻인지 모릅니다. 신은 이 늙은이를 통해 저에게 벌을 주시고, 저를 이용하여 늙은이에게 벌을 주신 겁니다. 사람을 죽인 책임은 제가 충분히 지겠습니다. 어머니, 안녕히 주무세요. 아, 그리고 제가 영국으로 가게 되었습니다. 알고 계세요?

왕비 아참, 깜박했구나. 그렇게 결정되었단다.

햄릿 독사 같은 친구 두 놈이 이미 왕명을 받고 있습니다.

이놈들이 길잡이가 되어 가지고 저를 함정으로 몰고 갈 모양입니다. 해 볼 테면 해 보라죠. 그놈들이 파 놓은 무덤에 처넣을 테니까요. 생각만 해도 신 나는 일입니다. (폴로니어스의 송장을 가리키며) 하여튼 이놈 때문에 우물쭈물할 시간이 없게 되었군요. 송장은 옆방으로 끌어다 놓겠습니다. 생전에는 어리석은 수다쟁이 악당이더니, 이젠 조용히 입을 다물고 있군요. 자, 끌고 가 볼까. 너하고도 마지막이다. 안녕히 주무세요, 어머니. (송장을 끌고 햄릿 퇴장. 왕비는 침대에 엎드려서 흐느껴 운다.)

제4막

제1장 - 같은 장소

왕이 로젠크랜스와 길덴스턴을 거느리고 등장.

왕 당신의 깊은 한숨을 들으니 틀림없이 무슨 일이 있었구려. 나한테 한 가지도 숨기지 말고 자세히 말해 주오. 햄릿은 어디 갔소?

왕비 전하, 잠시 두 사람을 나가 있게 해 주세요. (로젠크랜스와 길덴스턴 퇴장) 오늘 밤 참으로 끔찍한 일을 당했습니다.

왕 왕비, 무슨 일이오? 햄릿이 일을 저지른 모양이군.

왕비 파도와 바람이 서로 다투듯 광기를 부리더군요. 한참 그러더니 문득 커튼 뒤에서 인기척이 나자 칼을 빼어 '쥐새끼, 쥐새끼다!'라고 외치면서 숨어 있던 노인을 찔러 죽였습니다.

왕 아, 세상에 이럴 수가! 나도 그 자리에 있었더라면 똑같은 봉변을 당할 뻔했구려. 햄릿을 더는 그냥 놔둘 수가 없소. 우리 모두에게 위험한 일이오. 아, 이 일을 어찌 설명해야 한단 말이오. 세상은 나를 원망할 것 아니오. 햄릿을 너무 아끼다 보니 화를 키우고 말았구려. 그나저나 햄릿은 어디로 갔소?

왕비 노인의 송장을 끌고 나갔어요. 미치긴 했어도 보잘것없는 광석 속에도 순금이 있는 것처럼 순진한 마음이 남아 있었습니다. 스스로 저지른 일에 참회의 눈물을 흘리더군요.

왕 오, 왕비, 갑시다. 날이 밝는 대로 즉시 햄릿을 배에 태웁시다. 이번 사건은 내 권위를 이용해서라도 마무리 지어야겠소. 여봐라, 길덴스턴!

　　　로젠크랜스와 길덴스턴 등장.

왕 너희 두 사람은 지금 즉시 햄릿을 찾아보거라. 햄릿이 미쳐 날뛰다가 폴로니어스를 죽여 끌고 나갔다. 서둘러 일꾼을 모아 송장을 교회로 옮겨 놓아라. (두 사람 퇴장) 자, 이제 곧 충신들을 불러 수습책을 마련해 봅시다. 남을 헐뜯는 말이 이 세상 끝까지 날아 퍼뜨린다 해도 우리의 명성은 끄떡없을 것이오. (모두 퇴장)

제2장 - 궁성 안의 다른 방

햄릿 등장.

햄릿 무사히 치웠구나.

로젠크랜스, 길덴스턴 (바깥에서) 왕자님! 햄릿 왕자님!

햄릿 가만 있자, 저게 무슨 소리야? 누가 나를 부르고 있지?

로젠크랜스, 길덴스턴 등장.

로젠크랜스 왕자님, 송장을 어떻게 하셨습니까?

햄릿 땅에 묻었네. 흙과 섞이도록 말이야.

로젠크랜스 어디에 묻었는지 알려 주십시오. 교회로 모셔야 합니다.

햄릿 내가 말할 것 같은가? 해파리 같은 놈들에게 쉽사리 말해 줄 수는 없지.

로젠크랜스 해파리 같은 놈이라고요?

햄릿 물론이지. 국왕의 총애를 빨아들이는 해파리 같은 놈이지. 하기야 너희 같은 놈들이 왕에게도 필요하겠지. 왕은 언제든 너희를 쥐어짜기만 하면 뭐든지 얻을 수 있으니까. 그러면 너희는 곧 말라비틀어져 죽는 거지.

로젠크랜스 무슨 뜻인지 잘 모르겠습니다.

햄릿 그것 잘 됐군. 어떤 독설이건 무식한 놈에게는 쇠귀에 경 읽기니까.

로젠크랜스 왕자님, 송장 있는 곳을 알려 주십시오. 그리고 함께 가시죠.

햄릿 송장은 선왕과 함께 있지만, 현왕은 송장과 같이 있지 않지. 왕이란…….

길덴스턴 왕이란 무엇인데요?

햄릿 하찮은 것이란 말이야. 자, 어서 가자. 숨고 찾는 술래잡기다. (퇴장)

제3장 - 궁성 안의 홀

　　왕이 시종들과 탁자에 앉아 있다.

왕 아무튼 햄릿을 찾아 송장을 옮겨 놓도록 일러두었소. 그대로 놔뒀다가는 큰일 날 일이오. 그렇다고 엄벌에 처할 수도 없는 노릇이지. 경박한 민중들의 사랑을 받고 있으니 말이오. 도대체 민중들이란 이성이 아닌 눈으로만 판단한단 말이야. 그러니 일을 원만하게 처리하기 위해서는 햄릿을 급히 다른 나라로 보내지 않으면 안 되겠소.

　　로젠크랜스 등장.

로젠크랜스 송장을 어디에 숨겼는지 말씀하지 않으십니다.

왕 그래, 햄릿은 어디 있느냐?

로젠크랜스 바깥에 계십니다. 어찌할까요?

왕 이곳으로 데려오라.

　　햄릿과 길덴스턴 등장.

왕 햄릿, 폴로니어스는 어디에 있느냐?

햄릿 밥을 먹고 있습니다.

왕 밥을 먹어? 어디서?

햄릿 먹고 있는 중이 아니라 먹히고 있는 중입니다. 지금 구더기 같은 정치꾼들이 모여 그 늙은이를 먹어 대는 중이지요. 구더기란 먹는 일에는 제왕이거든요. 우리가 다른 동물들을 살찌우는 것은 우리 자신을 살찌우기 위해서죠. 우리 자신을 살찌우는 것은 바로 구더기를 위해서입니다. 살찐 왕이나 야윈 거지나 맛은 다르지만 같은 식탁에 오르지요.

왕 도대체 무슨 소리를 하는지 모르겠구나. 폴로니어스는 어디 있느냐?

햄릿 천당에 사람을 보내서 찾아보세요. 천당에서 찾지 못하면 전하께서 직접 지옥이라도 가서 찾아보시고요. 이달 안에 찾지 못하면 복도로 가는 계단을 오르실 때 거기서 썩은 냄새가 날 겁니다.

왕 (시종들에게) 거기 가서 찾아보아라.

햄릿 천천히 가 보게. 도망치진 않을 테니. (시종들 퇴장)

왕 햄릿, 이번 일은 네가 지나쳤구나. 무엇보다도 네 신변의 안전이 걱정스럽다. 네 안전을 위해 즉시 이곳을 떠나거라. 시종들과 배가 기다리고 있으니 곧 준비해라. 영국으로 떠날 준비는 모두 갖춰져 있다.

햄릿 영국으로요?

왕 그렇다.

햄릿 좋습니다.

왕 내 뜻을 알아준다면 당연하지.

햄릿 그 뜻을 꿰뚫어보는 천사가 눈에 보이는 듯하군요. 하지만 가겠습니다. 영국으로! 안녕히 계십시오, 어머니.

왕 아버지라고 해야지, 햄릿.

햄릿 아버지와 어머니는 부부지간이요, 부부는 한마음 한몸 아니겠습니까? 그러니 어머니라고 해도 되지요. 자, 영국으로 가자! (퇴장)

왕 (로젠크랜스와 길덴스턴에게) 어서 뒤쫓아 가서 바로 배에 태우도록 해라. 무슨 일이 있어도 오늘 밤 안으로 떠나보내야겠다. 자, 급히 가거라. 그 밖의 일은 모두 준비되어 있다. 부탁한다. 급히 서둘러라. (로젠크랜스와 길덴스턴 퇴장) 영국 왕이여, 그대가 내 뜻을 존중한다면 이 엄명을 소홀히 다루지는 못하리라. 덴마크의 칼이 남긴 상처는 아직 생생할 터이고, 또한 자청해서 충성을 보였으니까. 그대에게 보내는 서한에 적힌 대로 햄릿을 즉각 사형에 처하라. 열병처럼 그는 내 핏속에서 발악하고 있으니, 그대만이 이걸 고칠 수 있노라. 햄릿이 처형된 것을 알기 전에는, 어떤 행운이 온다 해도 결코 기뻐할 수 없다. (퇴장)

제4장 - 엘시노 근처의 평야

포틴브라스 2세가 군대를 이끌고 행진.

포틴브라스 부대장, 가서 덴마크 왕께 문안 여쭈어라. 그리고 약속대로 영내를 통과하고자 허락을 얻으러 왔다고 전하여라. 다시 만날 장소는 알고 있겠지?

부대장 네, 알고 있습니다.

포틴브라스 (군대에게) 천천히, 그리고 조용히 전진하도록 하라! (모두 퇴장)

부대장이 항구로 향하는 햄릿, 로젠크랜스, 길덴스턴을 만난다.

햄릿 여보게, 자네들은 어느 나라 군대인가?

부대장 노르웨이 군입니다.

햄릿 무슨 일로 진군하는가?

부대장 폴란드를 공격하기 위해서입니다.

햄릿 지휘자는?

부대장 노르웨이 노왕의 조카인 포틴브라스입니다.

햄릿 폴란드 중심부를 공격하는가, 아니면 변두리 쪽인가?

부대장 사실대로 말씀드리면 아무런 이득도 없는 손바닥만 한 곳을 점령하러 가는 길입니다. 소작료로 5더컷만 내라 해도 부쳐 먹지 않을 척박한 땅입니다. 누가 그걸 사유지로 팔아도 별로 돈은 안 될 땅입니다.

햄릿 아, 그렇다면 폴란드 쪽에서도 별로 방어하지 않겠군.

부대장 아닙니다. 방어 태세가 대단합니다.

햄릿 비록 이천 명의 귀한 인명과 이천 더컷의 돈을 들인다 해도, 이 하찮은 문제는 해결되지 않겠군. 나라가 지나치게 배불러지면 이런 내종이 생기게 마련이지. 겉으로는 아무렇지도 않은데 속으로 곪아터져 사람의 목숨을 빼앗는 거 말이야. 여러 가지로 고맙소.

부대장 그럼 이만 실례하겠습니다. (퇴장)

로젠크랜스 자, 가실까요?

햄릿 곧 뒤따를 테니 먼저들 가게. (햄릿만 남고 모두 퇴장) 아, 눈에 보이는 모든 것이 나를 원망하며 무디어진 복수심에 채찍질을 하는구나. 도대체 인간이란 무엇인가? 인간의 하루하루가 단지 먹고 자는 일뿐이라면 짐승과 다를 바 없지 않은가. 신이 인간에게 생각할 수 있는 능력을 주신 것은 미래와 과거를 내다볼 수 있도록 한 것이 아닌가. 그렇다면 나는 짐승들처럼 건망증이 심한 탓인가, 아니면 겁이 많기 때문인가. 저토록 달걀 껍데기만한 땅을 빼앗기 위해서 젊음을 바치거늘, 남자의 명예가 위태로울 때는 지푸라기 하나를 놓고도 당당히 싸워야 한다. 하물며 나는 어떤가? 아버지가 살해되고, 어머니는 더럽혀지지 않았는가. 그런데 내 속에서는 모든 것이 잠들고만 있다니. 아! 내 마음아, 이제부터는 잔인해져야 한다. 복수심 외에는 아무것도 생각하지 말자! (퇴장)

제5장 - 궁성 안의 홀

　　왕비와 호레이쇼와 시종 한 사람 등장.

왕비 지금은 그 아이를 만나고 싶지 않소.

시종 하지만 기어이 뵙고 싶다며 졸라 댑니다. 좀 정신이 나간 모양입니다. 차마 눈뜨고 볼 수 없을 정도입니다.

왕비 어떻게 해 달라는 거지?

시종 자꾸 자기 아버지에 대해 넋두리를 늘어놓습니다. 세상에는 해괴한 일도 많다면서 가슴을 쳐 대기도 하고, 하찮은 일에도 화를 버럭 내기도 합니다. 뭐라 중얼대지만 도무지 알아들을 수가 없습니다. 물론 터무니없는 얘기들이지만, 뭔가 분명치 않은 그 말이 오히려 듣는 사람의 가슴을 때립니다.

뚜렷하지는 않습니다만, 무엇인가 불행한 일이 있지 않았는가 생각됩니다.

호레이쇼 아무튼 만나 보시는 것이 좋을 듯싶습니다. 괜히 사람들 입에 오르내릴지도 모르니까요.

왕비 그렇다면 데리고 오너라. (시종 퇴장, 혼잣말로) 죄를 지은 사람들한테는 작은 소리도 큰 재앙의 전주곡처럼 들리지. 죄진 마음은 숨기면 숨길수록 속이 드러난단 말이야.

　　　오필리어 등장. 머리칼이 헝클어져 있다.

오필리어 덴마크의 아름다운 왕비님은 어디 계세요?

왕비 오필리어, 어찌된 일이냐?

오필리어 (노래를 부른다.) '사랑하는 임을 어떻게 알아낼까? 지팡이에 짚신을 신고 갓을 쓴 나그네가 내 임이구나.'

왕비 오필리어, 그 노래가 무슨 뜻이냐?

오필리어 뜻이오? 아무튼 끝까지 들어 보세요. (노래를 부른다.) '내 임은 떠났어요. 영영 오지 않아요. 머리맡엔 초록빛 잔디, 발치에는 주춧돌 하나.'

왕비 애, 오필리어야.

오필리어 더 들어 보세요. (노래를 부른다.) '수의는 산에 내린 눈처럼 희구나.'

　　　왕 등장.

왕비 아, 저 아이를 좀 보세요.

오필리어 (노래를 부른다.) '꽃상여 타고 내 임은 떠나가네. 사랑의 눈물은 비 오듯 흐르네.'

왕 오필리어, 이게 웬일이냐?

오필리어 고맙습니다. 올빼미는 원래 빵집 딸이었지요. 오늘 일은 알지만 내일 일은 어떻게 될지 알 수 없지요. 당신의 식탁에 축복이 내리소서.

왕 아버지 생각을 하고 있구나.

오필리어 제발 그 얘기는 그만두세요. (노래를 부른다.) '내일은 밸런타인데이, 해가 뜨면 창가에서 당신을 기다릴게요. 남자는 일어나 옷을 입고 방문을 열어 주네. 처녀는 방안으로 들어갔다 나오면 처녀가 아니더라.'

왕 아이구, 큰일이구나.

오필리어 이제 군소리는 집어치우고, 노래나 끝내야겠어요. (노래를 부른다.) '아이고, 부끄러운 내 신세. 아무리 사내들을 믿지 말아야 한다지만 쓰러뜨려 뉘일 때에는 결혼을 약속하더니, 이제 와서 헌신짝처럼 버리는구나.'

왕 언제부터 저 모양이냐?

오필리어 모든 일이 잘 되겠죠. 그때까지 참아야 해요. 그러나 싸늘한 땅속에 묻힌 것을 생각하면 눈물이 멈추지 않아요. 오빠도 알게 되겠지요. 그럼 안녕히 주무세요. 여러분 안녕히 주무세요. 안녕히. (오필리어 퇴장)

왕 바싹 뒤쫓아라. 철저히 살펴봐라. (호레이쇼와 시종 급히 퇴장) 시름에 잠겨 병이 들었구나. 아버지는 살해되고 햄릿은 사라져 버렸으니…… 아, 저런 꼴이 되었구려. 폴로니어스의 죽음에 대해서 소문이 자자하니, 어떻게 해야 할지 모르겠소. 나도 경솔했소. 그 송장을 암매장하다니! 오, 가엾은 오필리어! 인간도 저 모양이 되고 나면 짐승과 다를 바가 없구나. 게다가 레어티즈가 프랑스에서 돌아왔을 텐데, 도무지 모습을 나타내지 않는구려. 아마 무언가 의심을 품고 있는 모양이오. 아, 비난이 빗발처럼 내 몸에 쏟아져 나중에는 목숨까지도! (밖에서 요란한 소리)

왕비 이게 무슨 소린가요?

왕 여봐라! 빨리 성문을 단단히 지키도록 일러라. 대체 무슨 일이냐?

　　시종 등장.

시종 전하, 자리를 피하소서! 파도가 단숨에 육지를 삼켜 버리듯, 레어티즈가 폭도를 이끌고 호위병들을 위협하고 있습니다. 폭도들은 그를 왕이라고 부르고 있답니다. 마치 새로운 세상이 시작되는 듯합니다. 모두 레어티즈를 왕으로 모시자고 소리 지르고 있습니다.

왕비 쳇! 제 딴에는 의기양양 짖어 대는 모양인데, 냄새를 잘못 맡았어! 얼빠진 덴마크의 개들이여, 도대체 짖어야 할 방향조차 알지 못하는구나!

왕 문을 부수는구나.

　　무장한 레어티즈 등장. 폭도들이 그 뒤를 따른다.

레어티즈 왕은 어디 있느냐? 모두 바깥에서 기다려 주게.

폭도 아닙니다. 저희도 들어가겠습니다.

레어티즈 제발, 이 일은 내게 맡겨 주게. (폭도들 퇴장) 오,
더러운 악당, 클로디어스 왕! 내 아버지를 살려 내라.

왕비 레어티즈, 진정해라!

레어티즈 진정할 수 있는 피가 내 몸에 한 방울이라도 남아
있다면, 나는 내 아버지의 아들이 아니다. 그렇게 되면 내 아
버지는 갈보의 남편이 될 것이요, 어머니의 순결한 이마에는
갈보의 낙인이 찍힐 것이다. (레어티즈가 앞으로 다가오자 왕
비가 가로막는다.)

왕 왕비, 내 신변은 걱정할 것 없소. 왕은 신의 보살핌을
받는 법이니, 내게는 손끝 하나 댈 수 없지. 레어티즈, 무엇
때문에 그토록 격분을 참지 못하느냐? 어서 말해 봐라.

레어티즈 내 아버지는 어디 있소?

왕 돌아가셨다. 무엇이든 물어봐라.

레어티즈 어떻게 돌아가셨소? 나를 속이려 해도 소용없소.
충성이고 군신의 맹세고 없으니까! 양심이나 신앙 따위는 지
옥에 던져 버려! 나에게는 현세도 내세도 없소. 나는 다만

아버지를 위해서 철저히 복수하겠소.

왕 그럼 네 아버지의 사인이 밝혀지면, 상대가 누구건 상관없이 복수하겠다는 거냐?

레어티즈 상대는 아버지의 원수일 뿐이다.

왕 그 원수를 알고 싶은가?

레어티즈 아버지 편이면 얼마든지 반기겠다. 새끼를 위해 자기 목숨까지 바쳐 희생하는 펠리컨 새처럼 내 피를 쥐어짜서라도 우리 편으로 환대하겠소.

왕 옳거니. 참으로 기특한 자식이고, 남자답구나. 나는 네 아버지의 죽음에 대해서 아무런 죄도 없다. 오히려 그 죽음을 마음속 깊이 슬퍼하고 있을 뿐이다.

폭도 (바깥에서) 여잘 안으로 들여보내라!

레어티즈 웬 소란인가?

　　　오필리어 등장.

레어티즈 아, 뜨거운 불길이여! 뇌수를 불태워라! 눈물이여, 일곱 배로 짜디짜져서 눈을 멀게 만들어라. 신께 맹세하지만 너를 미치게 만든 원수를 찾아 복수하마. 아, 오월의 장미처럼 사랑스러운 누이동생, 아름다운 오필리어! 신이시여, 누가 이 어린 소녀의 싱싱했던 마음을 노인의 목숨처럼 꺾어 놓았습니까?

오필리어 (노래를 부른다.) '무덤은 눈물에 젖어들고' 자, 노래하세요. 빙글빙글 도는 물레바퀴에 장단이 참 잘도 맞는구나! 주인집 딸을 훔친 그 하인은 나쁜 사람이에요.

레어티즈 헛소리를 지껄이니 더욱 가슴 아프게 들리는구나.

오필리어 (레어티즈에게) 이것은 로즈메리, 저를 잊지 말라는 뜻이에요. 이것은 팬지꽃, 저를 생각해 달라는 뜻이고요.

레어티즈 미쳐서도 뼈 있는 말을 하는구나. 잊지 말아 달라니……

오필리어 (왕과 왕비에게) 회향꽃과 매발톱꽃을 드립니다. 당신에겐 회한의 꽃을 드릴게요. 그리고 저도 하나 갖고요. 들국화도 여기 있어요. 실은 당신에게 오랑캐꽃을 드리려고 했는데, 아버지가 돌아가시고 죄다 시들어 버렸어요. 아버지는 편히 잠드셨대요. (노래를 부른다.) '귀여운 파랑새는 나의 사랑……'.

레어티즈 슬픔과 괴로움, 심지어 지옥까지도 저 아이는 아름답고 사랑스러운 것으로 바꿔 놓는구나.

오필리어 (노래를 부른다.) '다시 오지 않으리. 다시 오지 않으리. 영영 가 버렸으니 죽도록 기다려도 다시는 오지 않을 거예요. 백설 같은 흰 수염 늘어뜨리고, 하얀 백발 나부끼면서 말없이 가셨네. 신이시여 축복을 내리소서.' 여러분의 영혼을 위해서도 기도드립니다. 안녕히 계십시오. (퇴장)

레어티즈 똑똑히 보았겠지, 저 꼴을?

왕 레어티즈, 네 슬픔을 함께 나누자. 싫다고 할 까닭은 없겠지. 안으로 들어가자. 누구든 좋으니 가장 믿을 만한 친구 몇 사람을 골라 우리 둘의 얘기를 듣고 판단해 달라고 하자. 어쨌든 내가 이번 일에 티끌만큼이라도 잘못이 있다면, 이 왕국과 왕관, 목숨 그리고 내 모든 것을 너에게 넘겨주겠다. 그러나 아무런 잘못이 없다면 함께 힘을 합쳐 네 원한을 풀어 보자.

레어티즈 좋소! 그렇게 합시다. 아버지는 억울하게 돌아가신 게 틀림없습니다. 혼령의 곡성이 천지에 울리는 듯합니다. 기어코 진상을 밝히고야 말겠습니다.

왕 물론 그래야지. 죄가 있는 곳에는 마땅히 응징의 도끼를 내리쳐야지. (퇴장)

제6장 - 같은 장소

　　호레이쇼와 시종 등장.

호레이쇼 내게 할 말이 있다는 사람들이 누구냐?

시종 선원들입니다. 전해 드릴 편지가 있답니다.

호레이쇼 들어오라고 해라. (시종 퇴장, 방백) 나한테 편지라고? 햄릿 왕자님이 아니고서는 이 세상 어디에도 나에게 편지 보낼 사람이 없는데……

선원들 등장.

선원 1 안녕하십니까?

호레이쇼 자네들도 안녕하신가?

선원 1 여기 나리께 드릴 편지가 있습니다. 영국에 가시는 사절한테서 온 겁니다. 나리께서 바로 호레이쇼 님이시죠?

호레이쇼 (편지를 읽는다.) '호레이쇼, 이 편지를 받아 보거든 선원들이 왕을 만날 수 있도록 해 주오. 별도로 왕에게 보낼 편지를 보냈으니……. 우리는 출항한 지 이틀 만에 무장한 해적선의 추격을 받았다네. 우리 배가 너무 느려 미처 피하지 못하는 바람에 우리는 적과 싸우다가 난 적선에 타게 됐네. 내가 옮겨 타자마자 그 배는 우리 편에서 떨어져 나갔고, 나한 사람만이 해적들의 포로가 되어 버렸네. 그러나 그들은 나에게 호의를 베풀어 주었어. 물론 그것을 미끼로 뭔가 이득을 얻으려는 속셈이었지. 여하튼 또 한 통의 편지를 왕에게 전달해 주게. 그런 다음에는 잽싸게 이곳으로 달려와 주게. 조용히 할 말이 있네. 깜짝 놀랄 얘기가 있다네. 편지로 전하기에는 너무나 큰 사건이야. 신원들이 자네를 내가 있는 곳까지 안내해 줄 걸세. 로젠크랜스와 길덴스턴은 영국으로 항해를 계속하는 중이지. 그들에 대해서도 할 얘기가 많다네. 그럼 만나서 얘기하세. 마음의 벗 햄릿.' (선원들에게) 자네들이 가져온 이 편지는 국왕께 전하도록 하겠네. 그러고 나서 되도록

빨리 나를 햄릿 왕자님께 데려다 주오. (모두 퇴장)

제7장 - 같은 장소

왕과 레어티즈 등장.

왕 이제 내가 결백하다는 것을 인정하겠지. 앞으로 나를 믿고 내 말을 따라야 한다. 총명하니 잘 알아들었겠지. 실은 자네 아버지를 살해한 자가 바로 내 목숨까지도 노리고 있느니라.

레어티즈 네, 잘 알겠습니다. 그런데 어찌하여 그런 사악한 놈을 즉각 처벌하지 않으셨습니까? 전하의 안위와 권위를 위해서 엄한 처벌을 내렸어야 마땅하다고 생각합니다.

왕 거기에는 두 가지 특별한 까닭이 있지. 자네에게는 하찮게 보일지 몰라도 나에게는 매우 큰 문제였지. 내 생명이며 영혼인 왕비는 오로지 아들을 바라보는 일을 낙으로 삼고 있지. 또 하나는 백성들이 햄릿을 몹시 사랑한다는 거야. 그들은 그의 결점까지도 사랑하고 있다네. 마치 나무를 돌로 변하게 하는 광천수처럼 그에게 족쇄를 오히려 장식인 것처럼 찬양하지. 그러니 내가 화살을 쏘아도 겨냥했던 곳에 닿지도 못한 채 내게 되돌아오고 말았을 거야.

레어티즈 그 바람에 훌륭한 아버지를 잃고, 누이동생마저 미치고 말았습니다. 세상 사람들의 귀감이 되던 누이동생이 저 지경이 될 줄이야. 반드시 복수하고 말 것입니다.

왕 그렇다고 밤잠을 설치지는 마라. 나 역시 내 발등에 떨어진 불을 그냥 보고만 있을 바보는 아니니까. 자세한 이야기는 차차 하기로 하자. 나는 자네 아버지를 무척 아끼고 사랑했다. 이쯤 말하면 대충 알아듣겠지.

사절이 편지를 들고 들어온다.

사절 햄릿 왕자님으로부터 편지가 왔습니다. 전하와 왕비님께 올리는 것입니다.

왕 햄릿한테서! 누가 갖고 왔는가?

사절 선원들이라고 합니다. 그들을 직접 만난 것이 아니라 호레이쇼가 전해 주었습니다.

왕 레어티즈, 그럼 읽을 테니 들어 보아라. 너는 물러가라. (사절 퇴장. 편지를 읽는다.) '삼가 아뢰옵니다. 저는 맨몸으로 이 나라에 상륙했습니다. 내일 전하를 뵙도록 허락해 주소서. 그때 갑자기 귀국한 사정을 아뢸까 합니다. 햄릿 올림.' 도대체 어찌된 노릇이냐? 다른 일행도 함께 돌아왔느냐? 거짓 편지로 속이려는 것은 아니겠지?

레어티즈 필적은 틀림없습니까?

왕 분명 햄릿의 필적이다. '맨몸'이라고 씌어져 있네. 자네 생각은 어떠한가?

레어티즈 글쎄요. 올 테면 오라죠! 복수할 일을 생각하니 이제야 신이 납니다. 정면으로 맞서서 대결할 수 있으니까요.

왕 그렇다면 레어티즈, 내 말을 듣겠느냐?

레어티즈 듣다 뿐이겠습니까, 평화롭게 일을 처리하라는 말씀만 아니라면 좋습니다.

왕 자네 한을 풀어 주기 위한 것이네. 오래 전부터 생각해 온 일인데, 여기에 걸리면 그놈도 반드시 죽음이지. 게다가 아무도 비난할 수 없을 거야. 심지어 왕비 또한 진상을 알 턱이 없으니 우연한 사고라고 체념하겠지.

레어티즈 알겠습니다. 말씀대로 따르겠습니다. 전하가 뜻하시는 일에 제가 손발이 되어 움직일 수 있다면 그저 기쁠 따름입니다.

왕 일이 척척 잘 들어맞는구나. 실은 자네가 유학을 떠난 뒤에, 자네 솜씨에 대해 칭찬이 자자했지. 햄릿도 그 소문을 들어 알고 있어. 그런데 햄릿은 자네가 익힌 수많은 재주 중에 특히 한 가지를 시샘하는 모양이야.

레어티즈 어떤 재주 말씀입니까?

왕 자네가 검술에 매우 능숙하다는 거였네. 자네와 승부를 겨룰 수 있는 사람이 있다면, 그 경기는 볼만한 구경거리가 될 거라고 하더군. 프랑스의 검객들도 자네의 상대가 되지 못한다고 하더군. 이 말을 듣고 있던 햄릿은 금세 샘이 나는지 자네가 하루빨리 돌아오기를 바라는 눈치였어. 그래서 말인데…… 레어티즈, 돌아가신 아버지를 진정 사랑하고 있겠지? 그게 아니라면 그저 겉으로만 울상을 짓는 것일 테니까.

레어티즈 왜 그런 말씀을 하십니까?

왕 나 역시 자네가 아버지를 진정으로 사랑하지 않았다고는 생각지 않아. 그럴 리가 없지. 하지만 사랑도 다 때가 있는 법이 아닌가. 적당한 때야말로 사랑의 불꽃을 타오르게도 하고 꺼지게도 하지. 따라서 일단 마음먹은 일은 미루지 말고 당장 실천에 옮겨야 한단 말이야. 시간이 지나면 마음이 흔들리니까. 더구나 세상 사람들이 뭐라고 떠들어 대면 더욱 마음이 흔들려 자꾸 미뤄지게 되지. 그나저나 이제 햄릿이 돌아온다. 이때 자네가 어떻게 하겠느냐 하는 점이 중요해. 자식된 자의 도리를 몸소 보여 주어야 하지 않겠는가?

레어티즈 설령 교회 안으로 피한다 해도 단칼에 목을 자를 것입니다.

왕 아무리 신성한 장소라도 살인죄를 그냥 내버려 둘 수 없지. 그리고 복수를 하는데 때와 장소를 가리겠느냐. 하지만 레어티즈, 복수를 하고 싶거든 일단 집안에서 꼭 참고 있거라. 햄릿이 돌아오면 자네의 귀국을 알릴 테니. 그리고 나는 사람들을 부추겨서 자네 솜씨를 칭찬케 하겠다. 결국 내기를 걸어 경기로 승부를 가리게 한다, 그 말이야. 햄릿은 천성이 대범하지만 조심성이 별로 없는 편이다. 아마 술책이라는 것을 모르겠지. 자네는 끝이 아주 날카로운 칼을 집어 들면 돼. 그것으로 멋지게 한 번만 찌르면 아버지의 원수를 갚을 수 있을 거야.

레어티즈 그렇게 하겠습니다. 그리고 기왕이면 칼끝에 독을 발라 놓겠습니다. 실은 약장수한테서 독약을 사 둔 게 있는데 살짝 스치기만 해도 틀림없이 죽게 된다고 합니다. 달밤에 채취한 약초를 가지고 만든 영험한 약이 있어도 목숨을 구할 수 없을 겁니다.

왕 그건 좀 더 생각해 보자. 어떻게 해야 우리의 계획이 제대로 이루어질 수 있는지……. 만일 이 일이 실패해 우리의 계획이 드러날 바엔 처음부터 손을 대지 않는 것이 차라리 나을 것이니라. 무엇보다도 이 계획이 실패할 경우에 대비해서 다른 수단을 마련해야겠다. 그렇지! 서로 치열하게 싸우다 보면 목이 타겠지. 그렇게 되면 햄릿이 물을 청할 거야. 그때 준비해 두었던 잔을 내미는 거지. 한 모금만 마시면, 독검을 운 좋게 피했다 하더라도 우리의 목적은 이루어지겠지. 그런데 가만 있자…… 저게 무슨 소리냐?

왕비 울면서 등장.

왕비 불행한 일이 자꾸 꼬리를 물고 나타나는군요. 레어티즈, 네 동생이 물에 빠져 죽었다는구나!

레어티즈 물에 빠져서 죽었다고요? 아, 어디입니까?

왕비 버드나무가 비스듬히 서 있는 시냇가에서……. 그곳에 미나리아재비, 쐐기풀, 실국화, 난초 따위를 엮어서 이상한 화관을 쓰고 나타났다는 거야. 자주색 난초를 음탕한 목동들은 상스러운 이름으로 부르지만, 얌전한 처녀들은 그것을 죽은 사람의 손가락이라고 부르지. 아무튼 그 애가 화관을 걸려고 버드나무 가지에 올라갔다가 가지가 부러지는 바람에 그만 화관과 함께 시냇물 속에 빠지고 말았대. 그러자 옷자락이 활짝 펼쳐지고, 그 애는 마치 인어처럼 물에 둥실둥실 떠서 찬송가를 불렀다는 거야. 자신이 위험에 처했다는 걸 모르는 사람처럼 말이야. 하지만 그것도 잠깐이었어. 마침내 옷에 물이 스며들어 아름다운 노래도 사라지고, 시냇물에 휘말려 들어가 죽고 말았대.

레어티즈 결국 물에 빠져 죽었군요.

왕비 그래, 죽고 말았다.

레어티즈 가엾은 오필리어……. 이젠 물도 지긋지긋할 테니, 더는 눈물을 쏟지 않으마. 하지만 사람의 정이란 어쩔 수 없는 것, 복받쳐 오르는 울분을 참을 수 없구나. 실컷 울고 나면 연약한 내 마음도 영영 끝장이다. 그럼 전하, 저는 이만 물러갑니다. 불같이 활활 타오르는 말을 내뱉고 싶지만, 지금은 어리석은 눈물 때문에 아무 말도 할 수가 없군요. (퇴장)

왕 왕비, 뒤쫓아 갑시다. 저 애의 분노를 가라앉히려고 내가 얼마나 애썼는지 아시오? 그런데 다시 분노가 터져 나올까 두렵소. 자, 뒤를 따라가야겠소. (퇴장)

제 5 막

제1장 - 엘시노의 묘지

어릿광대인 무덤 파는 일꾼 두 사람이 삽과 곡괭이로 무덤을 파고 있다.

광대 1 스스로 목숨을 끊은 여자인데, 이렇게 기독교식으로 장례를 치러 줘도 된단 말인가?

광대 2 괜찮다니까 그래. 그러니 어서 파기나 해. 검시관이 조사한 뒤 기독교식으로 매장해도 좋다고 그랬단 말이야.

광대 1 그런 법이 어디 있어? 자기 몸을 지키기 위해 물에 풍덩 뛰어들었다면 몰라도…….

광대 2 아무튼 그렇다는 거야.

광대 1 그렇다면 이건 정당행위인 듯싶네. 가령 내가 일부러 풍덩했다면 이건 법적으로 하나의 행위라고 부르지. 그런데 행위는 세 가지로 나눌 수 있거든. 행위와 실천과 수행이지. 그러므로 그 여자는 일부러 빠져 죽은 거야.

광대 2 어쨌거나 이 여자가 귀족 집안의 아가씨가 아니었다면, 기독교식 장례는 아마 꿈도 꾸지 못했을 거야.

광대 1 오호라, 제법이군. 버젓한 귀족 집안치고 조상들 가운데 정원 가꾸는 일, 도랑 치는 일, 무덤 파는 일을 하지 않은 사람은 없었잖아. 모두 아담이 하던 일을 물려받았으니깐 말이야. (파놓은 무덤 구멍으로 들어간다.)

광대 2 아담도 귀족이었나?

광대 1 암. 그 분이야말로 이 세상에서 제일 먼저 삽을 든 귀족이지.

광대 2 아니야, 삽은 없었어.

광대 1 이거 왜 이래? 자네, 그러고도 신자인가? 성경을 어떻게 읽은 거야? 성경 말씀에 아담이 땅을 팠다고 그랬잖아. 삽도 없었으면 어떻게 땅을 팠겠어? 한 가지 더 물어보지. 제대로 답을 못하면 참회하라고.

광대 2 재수 없는 소리 그만둬.

광대 1 이봐, 석수장이나 조선공이나 목수보다 물건을 더 튼튼하게 만들 수 있는 사람이 누군 줄 아나?

광대 2 그야, 교수대 만드는 놈이지. 천 명이 들락날락해도 끄떡없으니까 말일세.

광대 1 호, 제법이로군. 교수대는 잘 만들어졌지. 그건 뭘 말하나? 악당들의 목을 조르는 데 좋다는 얘길 테지. 그렇다고 설마 교수대가 교회보다 더 튼튼하다고 말하진 않겠지? 교수대는 자네 목을 매달기에도 안성맞춤이니까. 자, 그러니 다시 한 번 대답해 봐.

광대 2 제기랄, 잘 모르겠네.

광대 1 더는 머리를 쥐어짜는 짓은 그만두게. 바로 우리 같은 무덤 파는 일꾼이네. 이 집은 세상이 끝나도 끄떡없거든. 자네는 술집에 가서 술이나 한 통 받아오게. (광대 2 퇴장)

　　　햄릿과 호레이쇼 등장.

광대 1 (무덤을 파며 노래를 부른다.) '젊은 시절 사랑은 달콤했었지. 짧은 세월 지나니 허망하구나.'

햄릿 무덤을 파면서 콧노래를 흥얼대는군. 자기가 하고 있는 일에 대해서 아무런 느낌도 없다는 말인가?

호레이쇼 늘 하던 일이라 아무렇지도 않은 모양입니다.

햄릿 과연 그런 모양이야. 쓰지 않는 손이 더 예민한 법이지.

광대 1 (노래를 부른다.) '어느새 밀려든 백발의 세월, 이 몸을 휘어잡고 놓지를 않네. 눈물의 황천길이 눈앞에 있는데, 꿈같은 시절은 어디 있느냐.' (해골바가지를 던져 올린다.)

햄릿 저 해골에도 한때는 혀가 있어 노래를 불렀겠지! 최초의 살인자 카인의 턱뼈를 다루듯이 저 녀석이 해골바가지를 아무렇게나 내동댕이치는구나. 지금 저 바보 녀석한테 푸대접을 받고 있긴 하지만, 저것은 한때 잘 나가는 정치가의 해골인지도 몰라.

호레이쇼 그랬을지도 모르죠.

햄릿 아니면 어떤 아첨꾼의 해골인지도 모르지. 그렇다면 '전하, 밤새 안녕하셨습니까? 기분이 어떠신지요?' 아니면, 아무개 전하의 말이 탐나서 '그 말 참 잘생겼군.' 이렇게 알랑거렸을 테지. 그렇지 않은가?

호레이쇼 그럴지도 모르죠.

햄릿 그래 틀림없을 거야. 지금은 구더기의 밥이 되고, 턱뼈는 빠진 채 무덤 파는 일꾼의 삽에 머리통을 얻어맞고 있군. 그러니 세상만사 골치 썩힐 필요 없어.

광대 (노래를 부른다.) '곡괭이 한 자루에 삽 한 자루, 그리고 수의도 한 벌. 오호라, 손님 한 분 모시기 위해 땅속에 만든 구멍이여.' (또 해골바가지 하나를 던져 올린다.)

햄릿 또 하나 나왔군. 이번엔 변호사의 해골인지도 모르네. 그럴듯한 궤변과 술수, 판례와 소송은 모두 어디로 갔는가? 천박한 녀석한테 흙투성이 삽으로 저렇게 머리통을 얻어맞고도 폭행죄로 고소하겠다고 말도 못하는군. (해골바가지를 손에 들고) 흥, 이 녀석은 부동산 중개업자였는지도 모르지. 땅투기니 담보 증서니 토지 양도 소송이니 하며 온갖 수단을 기리지 않았겠지. 결과는 뭔가? 토지 문제로 가득 찼던 머리통 속에는 진흙만 가득 차 있는걸. (해골바가지를 가볍게 두드리며) 기껏 남은 것은 이 해골바가지밖에 없지 않느냐 말이야. 안 그런가?

호레이쇼 정말 해골만 남았군요.

햄릿 토지 양도 문서는 양가죽으로 만들지 않던가?

호레이쇼 그렇습니다. 송아지 가죽으로 만든 것도 있습니다.

햄릿 그 따위 것들을 믿는 놈들은 양이나 송아지보다 못한 멍청이들일 수밖에 없지. 저 일꾼한테 말 좀 걸어 봐야겠다. (앞으로 나오며) 여보게, 이건 누구의 무덤인가?

광대 1 제 무덤입니다. (노래를 부른다.) '손님 한 분 모시기 위해 땅속에 만든 구멍이여.'

햄릿 네가 그 속에 들어 있는 걸 보니, 정말로 네 것이구먼.

광대 1 나리는 구멍 밖에 계시니 나리 것은 아니죠.

햄릿 그렇다고 네 것도 아니지. 무덤은 죽은 사람의 것이니까.

광대 1 이런 걸 새빨간 거짓말이라고 하죠.

햄릿 다시 묻겠네. 그 속에 누구를 묻으려는 거냐?

광대 1 살아 있을 때는 여자였지만, 지금은 그저 죽은 자의 혼백일 뿐이죠.

햄릿 이거 정말 까다로운 녀석이군! 함부로 말했다간 꼬투리를 잡혀 곤욕을 치르겠군. 호레이쇼, 요사이 몇 해 동안 느끼는 것이지만, 정말 막가는 세상이야. 농사꾼 발톱이 양반들 발뒤꿈치를 할퀴어놓는 세상이 되었네. 이봐, 무덤 파는 일은 언제부터 해 왔나?

광대 1 언제부터였더라? 글쎄 곰곰이 생각해 보니 선왕께서 포틴브라스를 쳐부수던 날부터입니다.

햄릿 그게 몇 해 전 일이더라?

광대 1 아니, 그걸 모르세요? 바보들도 다 아는걸. 바로 햄릿 왕자님이 태어나던 날 말이에요. 지금은 영국으로 쫓겨 갔지만……

햄릿 그래, 그 왕자는 왜 영국으로 쫓겨 갔다던가?

광대 1 왜라뇨? 그야 미쳤기 때문이죠. 거기서 제정신으로 돌아오겠지요. 그러나 뭐 제정신으로 돌아오지 않아도 상관없죠.

햄릿 왜?

광대 1 그곳에서는 머리가 돌아도 사람들 눈에 띄지 않을 겁니다. 글쎄, 그곳 사람들은 모두 머리가 돌았다고들 하니까요.

햄릿 그런데 왕자는 왜 그 모양이 됐다던가?

광대 1 그게 참 소문이 묘하더군요.

햄릿 어떻게 된 건데?

광대 1 그야 물론 제정신이 아니라고 하니까요.

햄릿 그러니까 그 이유가 무엇인데?

광대 1 무엇은 무엇이겠어요? 물론 덴마크 사람들 때문이 겠죠. 저는 삼십 년 동안 여기서 무덤 파는 일을 해 왔지요.

햄릿 송장이 무덤 속에서 얼마나 지나면 썩지?

광대 1 글쎄요. 죽기 전에 썩는 고약한 경우도 있습니다. 요즘은 매독에 걸려 죽은 놈이 많거든요. 그런 놈들은 미처 파묻을 겨를도 없이 썩어 버리죠. 보통 팔구 년은 충분히 견딥 니다. 가죽을 다루는 갖바치 같으면 구 년쯤 견디고요.

햄릿 갖바치는 어째서 더 오래가는 건가?

광대 1 그야 직업 덕분에 살갗이 두꺼워져 물기가 잘 스며 들지 않기 때문이죠. 물이 망할 놈의 송장을 썩게 하는 데는 그만이거든요. 이크, 또 하나 나오는군. 이 해골바가지도 땅속 에 묻힌 지 스물하고도 세 해나 된 거죠.

햄릿 그건 누구의 것이냐?

광대 1 어떤 빌어먹을 미친놈이죠. 염병에나 걸려 뒈질 놈! 글쎄 언젠가 이 자식이 제 머리에다 포도주를 통째로 들이부 었죠. 바로 이 해골은 왕의 어릿광대였던 요릭입니다.

햄릿 이게?

광대 1 틀림없습니다.

햄릿 어디 좀 보자. (해골을 받아 든다.) 아아, 불쌍한 요 릭! 호레이쇼, 나도 이 사람을 잘 알고 있네. 둘째가라면 서

러울 정도로 재주꾼이지. 재미있는 이야기를 기막히게 잘 했었지. 늘 나를 등에 업고 다녔지. 지금 이 꼴을 보니 온몸에 소름이 끼치네. 보기만 해도 구역질이 날 지경이야. 여기 쯤 내가 수없이 입맞춤했던 입술이 달려 있었겠지. 이제 그 익살, 광대 춤, 노래는 어디로 갔느냐? 그래 요릭, 이제 이빨을 드러낸 몰골로 귀부인들의 방으로 가서 알려 주거라. 분 가루를 한껏 처발라도 결국은 이 꼴이 된다고 말이지. 그래서 그 여자들을 실컷 웃겨 보라고. 여보게, 호레이쇼. 좀 물어볼 말이 있네.

호레이쇼 무엇입니까, 왕자님?

햄릿 알렉산더 대왕도 흙에 파묻혀 이런 꼴을 하고 있을까?

호레이쇼 그럴 겁니다.

햄릿 고약한 냄새도 풍기겠지. 에이 퉤! (해골을 땅바닥에 내동댕이친다.)

호레이쇼 그야 물론이죠.

햄릿 호레이쇼, 사람은 죽어서도 천대를 받는구나! 알렉산더 대왕의 거룩한 유해라고 해도 나중에는 한 줌 흙이 되어 술통 마개가 될지도 모를 일이 아닌가?

호레이쇼 그렇게까지 상상하시는 것은 좀 지나치신 듯합니다.

햄릿 아냐, 조금도 지나치지 않네. 말하자면 이런 거야. 알렉산더 대왕이 죽어 땅에 묻힌다…… 그래서 결국 흙이 되고, 흙은 진흙이 되고……. 다시 말해 알렉산더 대왕이 결국 술통 마개가 될 수도 있다, 그 말일세. 영웅 시저도 죽어 흙이 되어 벽의 구멍 막는 바람막이가 되었을지도 몰라. 오, 한때 온 천하를 뒤흔들던 그 사람들이 고작 흙덩이가 되어 모진 겨울바람을 막는 흙담이 되다니! 쉿, 저기 왕이 오는구나!

　　　　장례식 행렬 등장. 뚜껑 없는 관에는 오필리어의 유해
　　　　가 들어 있다. 그 뒤를 사제, 레어티즈, 왕, 왕비, 시종
　　　　들이 따르고 있다.

햄릿 도대체 누구의 장례식일까? 저렇게 초라한 걸 보니 스스로 목숨을 끊었나 보군. 하지만 신분은 상당히 높았던 모양이야. 잠시 숨어서 살펴보기로 하세. (호레이쇼와 함께 나무 뒤에 숨는다.)

레어티즈 의식은 이것뿐입니까?

사제 교회가 허락하는 한도에서 최대한 정중하게 모신 겁니다. 죽은 원인이 미심쩍기 때문입니다. 만약 왕의 특명으로 관례를 깨뜨리지 않았다면, 분명 마지막 심판 날까지 부정한 땅에 매장되었을 겁니다. 그리고 자비로운 기도 대신 사금파리나 부싯돌 따위를 던져 넣었겠죠. 하지만 이번에는 처녀에

게 어울리는 꽃 장식에다 특별히 장례의 종까지 울리며 명복을 비는 것을 허용했습니다.

레어티즈 그럼 이 이상은 도저히 할 수 없단 말이오?

사제 더는 안 됩니다. 조용히 숨을 거둔 사람의 장례처럼 진혼가를 부르며 미사를 드린다면 신성한 장례식을 모독하는 일이 됩니다.

레어티즈 좋다, 그럼 어서 묻어라. 아름답고 깨끗한 저 몸에서 오랑캐꽃이라도 피게 해다오! (관이 무덤 속에 내려진다.) 사제여, 내 말을 들어라. 네가 지옥에 떨어져 울부짖고 있을 때, 내 누이동생은 하늘의 천사가 되어 있을 거다.

햄릿 뭐? 그럼 아름다운 오필리어가!

왕비 (관 위에 꽃을 뿌리면서) 예쁜 처녀에게는 예쁜 꽃을! 잘 가거라! 널 햄릿의 아내로 삼아 신방을 꾸미려던 이 꽃을 네 무덤에 뿌리게 될 줄이야……

레어티즈 아, 저주받을 놈! 이 재앙이 몇 십 배가 되어 그 저주스러운 놈한테 한꺼번에 쏟아져라! 연약한 너를 미쳐 버리게 만든 그 자에게! 잠깐만, 한 번만 더 안아 보자. (무덤 속으로 뛰어든다.) 자, 이젠 흙을 덮어라. 산 사람이나 죽은 사람 위에 똑같이 흙을 덮어라. 저 펠리언 산보다 더 높이, 하늘을 찌르는 푸른 올림포스 산보다 더 높이 쌓아 올려라.

햄릿 (앞으로 나오며) 도대체 누가 그렇게 요란스럽게 한탄하는가? 그 울분에 찬 소리를 듣노라면, 하늘을 떠도는 별들도 넋을 잃고 발길을 멈추겠구나. 나는 덴마크의 왕자 햄릿이다. (무덤 속으로 뛰어든다.)

레어티즈 (햄릿의 멱살을 잡는다.) 이놈, 지옥에 떨어질 놈!

햄릿 무엄하구나! 냉큼 이 손 놓지 못할까. 비록 화낼 줄도 모르고 난폭하지도 않다만, 무슨 일을 저지를지 모르니 이걸 순순히 놓는 게 좋을 거다.

왕 둘을 뜯어말려라!

왕비 햄릿, 햄릿!

모두 자, 두 분!

호레이쇼 왕자님, 진정하십시오.

　　시종들이 두 사람을 뜯어말린다. 두 사람 무덤 밖으로
　　나온다.

햄릿 이 문제를 놓고 끝까지 싸우겠다. 내 눈에 흙이 들어간다 해도 이 문제만은 그냥 넘어가지 않겠다.

왕비 햄릿, 도대체 무슨 문제 말이냐?

햄릿 나는 오필리어를 사랑했다. 오빠가 사만 명이나 되어 그 사랑을 몽땅 합친다 해도, 내 사랑에는 미치지 못할 것이다. 너 따위가 도대체 오필리어에게 뭐란 말이냐?

왕 레어티즈, 햄릿은 미친 사람이다!

왕비 제발 참으세요!

햄릿 이 빌어먹을 놈, 어떻게 할 거냐? 울 거냐, 싸울 거냐? 굶어죽을래? 옷을 갈기갈기 찢기라도 할 테냐? 식초를 실컷 마실래? 악어라도 잡아먹을 거냐? 그까짓 것쯤은 나도 얼마든지 할 수 있다. 그래, 네가 산 채로 오필리어와 함께 묻히겠다면 나도 그렇게 하마. 뭐 산을 쌓으라고? 그렇다면 온 세상의 산을 다 무너뜨려서 이곳으로 가져와라. 그래서 흙더미가 태양에 닿을 때까지 쌓아 올려라! 옷사 산봉우리가 한 점 사마귀로 보일 때까지 쌓아 올려라! 그래, 네가 큰소리를 친다면 나도 얼마든지 마주 고함을 쳐 주마.

왕비 (레어티즈에게) 지금은 광기가 발작하여 소란을 피우지만, 곧 진정될 거야. 이건 모두 실성한 탓이야. 암비둘기가 귀여운 황금색 새끼를 까놓은 것처럼 얌전해지겠지.

햄릿 이봐, 레어티즈. 왜 그렇게 나에게 야단을 치는 거냐? 난 자네를 좋아했네. 하긴 이제 쓸데없는 말이 되었지만······. 헤라클레스가 제아무리 용을 써 봤자 고양이는 여전히 고양이, 개는 여전히 개일 수밖에 없으니까. (퇴장)

왕 호레이쇼, 부탁이다. 왕자의 뒤를 따라가 주게. (호레이쇼 퇴장. 레어티즈에게 방백) 꾹 참아야 한다. 간밤의 이야기를 설마 잊지는 않았겠지? 곧 일을 시작해야겠다. 왕비, 당신 아들을 단속하시오. 그리고 이 무덤에는 기념비를 세우리라. 머

지않아 평화로운 날이 오겠지. 그때까지 꾹 참고 일을 진행시
키자. (퇴장)

제2장 - 궁성 안의 홀

정면에 옥좌가 있고, 좌우에 의자와 탁자가 놓여 있다.
햄릿과 호레이쇼가 이야기를 나누며 등장.

햄릿 이 얘기는 이만큼 해 두고 다음으로 넘어가세. 그때
상황은 자네도 기억하고 있겠지?

호레이쇼 물론이죠.

햄릿 마음속에서 갈등이 일어 밤잠을 설쳤지. 반란죄로 붙
잡혀 족쇄를 찬 선원들보다 더 비참했어. 나는 선원용 외투
를 걸치고 그 꾸러미를 빼내 온 거야. 아주 대담한 짓이었지.
때로는 꾀를 부리지 않을 때 오히려 일이 잘 풀릴 수 있거
든. 결국 불길한 생각에 그 친서의 봉인을 뜯어보았지. 그렇
게 해서 왕의 무서운 흉계를 알게 된 거야. 날 보자마자 도
끼로 내려치라고 써 있었다네. 글쎄 나에 대해 덴마크 왕뿐
만 아니라 영국 왕의 목숨까지도 위협할 인물이라고 써 놓
았더군.

호레이쇼 그럴 수가 있습니까?

햄릿 이것은 그 친서이니, 틈이 나면 읽어 보게. 그 다음에 내가 어떻게 했는지 아나? 나는 책상머리에 앉아 새로운 친서를 쓰기 시작했지. 비슷한 글씨체로 말이야. 한때는 정치꾼들처럼 글씨를 깨끗하게 쓰는 일을 경멸한 적이 있었지. 애써 배운 글씨를 잊어버리려 한 적도 있었지만, 이번엔 큰 도움이 되었네. 어쨌든 개막사를 쓰기 전에 막이 오른 셈이었지. 내가 위조한 친서를 한번 들어 보겠나?

호레이쇼 네, 읽어 주십시오.

햄릿 우선 최대한 격식을 갖추었네. 영국은 덴마크의 충실한 속국이니, 양국 간의 우의가 종려나무처럼 날로 번영하길 바라느니, 평화의 여신이 밀 이삭의 관을 쓰고 양국 우호의 인연이 되어야 하느니 따위의 그럴듯한 문구를 숱하게 나열한 뒤, 이 친서를 보는 즉시 머뭇거리지 말고 이 친서를 지참한 자들을 사형에 처하되, 참회의 기회를 주지 말라고 썼지.

호레이쇼 봉인은 어떻게 하셨습니까?

햄릿 아, 그것 역시 신께서 도와주셨지. 마침 아버지의 인감이 주머니에 들어 있었지. 현왕의 옥새와 똑같은 인감이지. 봉인한 다음 아무도 눈치채지 못하도록 본래의 장소에 갖다 두었어. 그런데 바로 이튿날 해적의 습격을 받았다네. 그 뒤의 일은 자네도 이미 알고 있는 바대로일세.

호레이쇼 그렇다면 로젠크랜스와 길덴스턴은 죽겠군요?

햄릿 그야 어쩔 수 없지. 자청해서 나선 길이었으니까! 나는 조금도 양심의 가책을 느끼지 않네. 그들은 남의 일에 지나치게 끼어들지. 그에 대한 벌이야. 강자들 사이에 불꽃 튀는 싸움이 오가는 판에, 그 따위 하찮은 작자들이 끼어드는 건 위험한 일이지.

호레이쇼 왕으로서 그런 짓을 저지르다니!

햄릿 나는 절대로 물러설 수 없네. 싸워야 돼. 그놈은 아버지를 살해했고, 어머니를 더럽혔어. 게다가 나까지 죽이려고 했지. 그런 놈을 내 손으로 처치하는 것은 당연한 일이지. 그대로 놔두는 것이 곧 죄악일세.

호레이쇼 얼마 안 있어 영국으로부터 소식이 오겠군요.

햄릿 그렇겠지. 그때까지 시간은 내 차지네. 인생이란 어차피 잠깐이야. 여보게, 호레이쇼. 레어티즈한테 사과해야겠네. 지나치게 슬퍼하는 것을 보니 나도 모르게 분통이 터지더군.

호레이쇼 쉿! 누가 옵니다.

　　　젊은 시종 오즈릭 등장.

오즈릭 (모자를 벗고 절하며) 왕자님의 귀국을 충심으로 환영합니다.

햄릿 고맙다. (호레이쇼에게 방백) 자네, 이 쇠파리 같은 놈이 누군지 아나?

호레이쇼 (햄릿에게 방백) 모르겠는데요.

햄릿 (호레이쇼에게 방백) 그거 다행이군. 저런 놈을 알면 화근이 되지. 수다쟁이, 저놈은 땅도 많이 갖고 있네. 저 짐승 같은 놈이 바로 짐승들의 우두머리가 된 탓에 여물통을 왕의 식탁 옆에 갖다 놓을 수 있게 되었단 말이야.

오즈릭 (다시 절하며) 왕자님, 지금 바쁘시지 않다면 전하의 분부를 전해 드릴까 합니다.

햄릿 좋다. 말해 봐라. (오즈릭, 절을 하며 모자를 흔든다.) 모자는 모자답게 쓰고 있거라. 그건 머리 위에 쓰는 거니까.

오즈릭 그렇습니다만, 하도 더워서요.

햄릿 아니, 북풍이 불어 그런지 몹시 추운걸.

오즈릭 네, 사실은 소름이 돋을 정도로 춥습니다.

햄릿 무슨 소리야. 내 체질 탓인지 날씨가 푹푹 찌는군.

오즈릭 왕자님 말씀대로 무척 무더운 날입니다. 다름이 아니라, 왕께서 왕자님을 위해 굉장한 내기를 거셨습니다. 그 내용을 자세히 말씀드리겠습니다. 실은 이번에 레어티즈 님이 귀국하셨습니다. 그분은 신사답고, 기예 솜씨도 뛰어나시죠. 게다가 사교성도 원만한데다 풍채도 당당합니다. 그분은 신사로서 갖추어야 할 품격을 모두 갖추고 있는 분이지요.

햄릿 네기 찬시를 늘어놓으니 그도 손해 볼 일은 없겠지. 하지만 그렇게 재고품 정리하듯 나열해 댄다면 골치가 아프겠군. 내가 봐도 그는 큰 인물이지. 그와 견줄 만한 자는 오직 그를 비추는 거울이요, 그의 뒤를 따를 수 있는 자는 그의 그림자뿐이지.

오즈릭 왕자님, 참으로 옳으신 말씀입니다.

햄릿 대체 뭘 말하려는 건가? 레어티즈에 대해 그토록 조잡한 말로 떠들어 대는 이유가 뭐냐?

오즈릭 네? 레어티즈 님에 대한 말씀이신가요?

호레이쇼 (햄릿에게 방백) 저자의 말 주머니가 벌써 텅 비어버렸나 보군요. 금싸라기 같은 미사여구를 죄다 써 버렸나 봅니다.

햄릿 그래, 레어티즈 말이다.

오즈릭 왕자님께서도 그분이 뛰어나다는 것은 알고 계실 줄 압니다.

햄릿 그 점에 대해선 말하고 싶지 않네. 나 자신도 모르면서 어찌 남을 안다고 할 수 있겠나.

오즈릭 전 그분의 칼 솜씨를 말하는 것입니다. 사람들 얘기로는 그분과 대적할 만한 사람은 천하에 없다는 겁니다.

햄릿 좋아. 그래서?

오즈릭 왕께서는 레어티즈 님에게 바바리산 말 여섯 필을 거셨고, 이에 대하여 레어티즈 님은 프랑스제 장도와 단도 여섯 자루와 가죽 띠, 칼집을 걸었습니다. 그 가운데 칼집 세 쌍은 매우 아름다워 칼자루와도 조화를 잘 이루고 있습니다.

햄릿 그야말로 덴마크 대 프랑스의 내기로군. 네 말마따나 왜들 그런 내기를 걸게 되었지?

오즈릭 전하께서는 두 사람이 열두 번을 싸울 경우, 아무리 레어티즈 님이라도 세 번 이상 햄릿 왕자님을 이기기는 어려우리라 판단하시고 내기를 거셨습니다. 왕자님께서 도전하시면 경기는 곧 시작됩니다.

햄릿 내가 싫다면?

오즈릭 왕자님, 제 말은 왕자님께서 상대해 주실 경우에 해당됩니다.

햄릿 여보게, 가서 전하께 마음대로 하시라고 전해라. 마침 운동 시간이 되었구나. 경기용 검을 가지고 오너라. 레어티즈도 하고 싶어 하고 왕께서도 바라는 일이라 하니, 왕을 위하여 이겨 보도록 하지. 만일 경기에 지면 몇 대 얻어맞고 창피나 좀 당하겠지.

오즈릭 가서 그대로 전하리까?

햄릿 그래라. 미사여구를 늘어놓건 말건 네 맘대로 해라.

오즈릭 (절을 한다.) 앞으로도 잘 부탁드리겠습니다.

햄릿 알았네. (오즈릭 퇴장) 그래, 자기 자신에게 부탁해야 겠지. 자기 부탁을 누가 들어주겠어.

호레이쇼 저 햇병아리 같은 놈, 머리에 알껍데기를 뒤집어 쓴 채 달아나고 있습니다.

햄릿 제 어미젖을 빨기 전에 젖가슴에 인사부터 올렸을 놈이야. 하기야 요즘 세상에 저런 놈이 한둘인가. 세태에 장단을 맞춰 가면서, 낯간지러운 사교술이나 부리고, 허풍이나 떨며, 얼렁뚱땅 살아가고 있지. 한 번만 훅 불어도 꺼져 버리는 거품 같은 놈들이라네.

시종 한 사람 등장.

시종 왕자님, 전하께서 오즈릭을 보내어 전하신 분부에 따라 홀에서 왕자님을 기다리시겠다고 하셨습니다. 전하께서는 왕자님의 의향을 다시 알아오라고 하셨습니다.

햄릿 내 뜻은 그대로니, 전하의 뜻대로 하라고 하시오. 지금도 좋고, 나중에도 좋소. 몸 상태만 나쁘지 않다면 말이야.

시종 왕비님께서는 경기가 시작되기 전에 왕자님께서 레어티즈에게 따뜻한 말씀을 건네주실 것을 당부하셨습니다.

햄릿 당연하오. (시종 퇴장)

호레이쇼 왕자님, 이번 내기에는 승산이 없을 것 같습니다.

햄릿 아냐, 그렇지 않아. 그가 프랑스로 유학 간 이래로 나는 끊임없이 연습을 해 왔어. 그만큼 유리한 조건이니, 이길 수 있을 것이네. 그나저나 마음이 좀 불안하군. 하지만 상관 없어.

호레이쇼 마음에 걸리는 게 있으시면 무리하지 마십시오. 제가 얼른 가서 왕자님의 기분이 좋지 않다고 전하고 오겠습니다.

햄릿 그럴 것 없네. 참새 한 마리 떨어지는 것도 신의 뜻이 아닌가. 올 것은 지금 오지 않아도 꼭 오고야 마네. 그러니 평소 마음에 준비가 중요하지. 언제 버려야 좋을지 아무도 모르는 목숨, 그저 될 대로 되는 거지.

　　　하인들이 탁자와 의자, 방석을 운반해 온다.
　　　이윽고 나팔수, 북재비 등장. 그 다음에 왕과 왕비, 시종들 등장.
　　　심판을 볼 오즈릭과 시종이 경기용 검과 포도주 술잔을 가지고 들어온다.
　　　마지막으로 경기복 차림의 레어티즈 등장.

왕 햄릿, 이리 와서 악수하거라.

　　　왕이 레어티즈의 손을 햄릿 손에 쥐어주며 악수를 나누게 한다. 그러고는 왕비와 함께 자리에 앉는다.

햄릿 용서해 주게, 레어티즈. 내 잘못이었어. 자네도 들은 바 있겠지만, 나는 심한 정신착란으로 시달리고 있네. 내가 한 짓에 자네의 효성과 명예에 누를 끼쳐 미안하네. 하지만 그것은 어디까지나 내 광기 때문이었네. 자네를 모욕한 것이 햄릿이었다고 생각하지 말아 주게. 결코 햄릿이 아니었네. 그렇다면 누구의 짓일까? 바로 그의 광기가 저지른 짓이네. 그렇다면 햄릿도 피해자가 되는 셈이지. 그러니 부탁하네. 여기 참석하신 여러분들 앞에서, 내가 자네에게 고의로 그런 것이 아니었다는 걸 관대한 마음으로 받아들이길 바라네. 지붕 너머로 쏘아 올린 화살이 우연히 형제를 다치게 한 것이라고 생각해 주게.

레어티즈 아들된 도리로서 본다면 지금 당장 복수를 하고 싶었지만, 그렇게 말씀하시니 마음이 좀 풀립니다. 그러나 제 명예가 걸린 만큼 그대로 물러서지는 않을 겁니다. 결코 화해 같은 것도 하지 않을 작정입니다. 명예 높은 어떤 분이 선례를 제시하면서 화해하라고 하기 전까지는 말입니다. 물론 왕자님께서 보여 주신 우정은 기쁘게 받아들이겠습니다.

햄릿 그 말을 들으니 반갑네. 형제처럼 공정하게 겨뤄 보세. 자, 내게 검을 달라!

레어티즈 자, 내게도 한 자루를 주시오.

햄릿 내 무딘 검은 자네를 돋보이게 할 걸세. 레어티즈, 미숙한 나에 비하면 자네 솜씨는 밤하늘의 별처럼 반짝이겠지.

레어티즈 사람을 놀리지 마십시오.

햄릿 아냐, 정말이야.

왕 오즈릭, 두 사람에게 검을 주어라.

　　오즈릭, 경기용 검을 몇 자루 갖고 나온다. 레어티즈가
　　그 가운데 한 자루를 집어 들어 한두 번 휘둘러본다.

왕 햄릿, 내기를 걸었다는 건 알고 있느냐?

햄릿 잘 알고 있습니다. 약한 쪽에 유리한 조건을 붙이셨더군요.

왕 두 사람의 솜씨를 잘 아니까. 하지만 레어티즈의 솜씨가 늘었기 때문에 네 쪽에 좀 유리하게 조건을 걸었지.

레어티즈 이건 너무 무겁구나. 다른 것을 보여 다오.

　　탁자로 가서 칼끝이 뾰족한, 독이 칠해진 검을 골라잡
　　는다.

햄릿 (오즈릭으로부터 검을 받아들고) 이게 마음에 드는군. 길이는 다 똑같겠지?

오즈릭 그렇습니다, 왕자님.

　　두 사람, 경기 준비를 한다.

왕 만약에 햄릿이 첫 번째나 두 번째로 득점하거나 3회전에서 비기거든 모든 성벽에서 축포를 터뜨려라. 그때 나는 햄릿의 건투를 위해 축배를 들겠다. 술잔에는 진주를 넣어 두겠다. 4대째 덴마크 왕의 왕관에 달렸던 진주보다도 더 훌륭한 것이다. 술잔을 달라. 북을 쳐서 나팔수에게 알리고 나팔수는 포수에게 알려 포성이 하늘로, 하늘에서 지상으로 울리게 하라.

'지금 왕이 햄릿을 위해 축배를 든다.'고. 자, 시작하라. 너희 심판관들은 눈을 똑바로 뜨고 지켜봐라.

> 왕 옆에 술잔이 놓인다. 나팔 소리. 햄릿과 레어티즈,
> 각각 자리를 잡는다.

햄릿 자, 간다.

레어티즈 좋습니다.

> 경기가 시작된다.

햄릿 한 점.

레어티즈 아닙니다.

햄릿 심판, 판정하게.

오즈릭 깨끗하게 한 점 먹이셨습니다.

> 북소리, 나팔 소리 퍼지는 가운데 축포가 한 발 울린다.

레어티즈 자, 다시 시작합시다.

왕 잠깐! 술을 부어라. 햄릿, 이 진주는 네 것이다. 자, 너를 위해 건배하자. 햄릿에게 이 잔을 들게 하라!

햄릿 이 승부부터 가리고 들겠습니다. 술잔은 잠시 거기 놔두십시오. (다시 시작된다.) 또 한 점 들어간다. 어떠냐?

레어티즈 약간 스쳤습니다.

왕 우리 햄릿이 이길 것 같군.

왕비 땀범벅이 되어 숨을 헐떡이고 있군요. (자리에서 일어나면서) 햄릿, 여기 수건으로 이마를 닦아라. (햄릿의 술잔을

들며) 햄릿, 너를 위해서 내가 건배하마.

햄릿 어머니, 감사합니다!

왕 왕비, 마시면 안 되오!

왕비 아닙니다. 마실 테니 용서하세요. (술을 마시고 햄릿에게 잔을 건넨다.)

왕 (방백) 저건 독을 넣은 술인데! 이미 늦었군!

햄릿 어머니, 저는 나중에 들지요.

레어티즈 (방백) 아무래도 양심에 찔리는구나.

햄릿 자, 덤벼라! 3회전이다. 나를 놀릴 셈이냐? 힘껏 찔러 봐.

레어티즈 그렇다면 자, 한 점 받으시오. (다시 시작된다.)

오즈릭 무승부.

레어티즈 (느닷없이) 자, 한 점!

　　옆을 보는 틈을 노려, 햄릿에게 상처를 입힌다. 레어티즈의 비겁한 행동에 격분한 햄릿이 레어티즈와 싸운다. 격투하는 동안 우연히 서로 검을 바꿔 쥔다.

왕 뜯어말려라. 둘 다 흥분해 있다.

햄릿 아니다, 다시 덤벼라. 다시!

　　햄릿이 레어티즈를 깊이 찌른다. 왕비가 쓰러진다.

오즈릭 아, 왕비님이!

호레이쇼 두 분 다 피를 흘리시는군! 왕자님, 괜찮으십니까?

오즈릭 (레어티즈를 일으키며) 어찌된 일입니까?

레어티즈 내가 쳐 놓은 덫에 스스로 걸리고 말았네. 오즈릭, 내가 꾸민 흉계에 내 목숨을 잃게 되었어.

햄릿 왕비님은 어찌 되신 거냐?

왕 피를 보고 기절하셨다.

왕비 아니다, 아니야! 저 술, 저 술! 오, 햄릿! 저 술, 저 술에 독을 탔어. (죽는다.)

햄릿 여봐라, 문을 잠가라. 반역이다! 범인을 찾아라.

레어티즈 범인은 이곳에 있습니다. 왕자님도 목숨을 잃게 됩니다. 이젠 이 세상 어떤 약도 소용이 없습니다. 앞으로 삼십 분을 견뎌 내지 못합니다. 흉기는 왕자님 손에 쥐어져 있습니다. 칼끝에 독이 묻어 있습니다. 제 비열한 음모는 결국 제 자신에게 돌아와 이제 일어나지 못할 것입니다. 왕비님께서도 독살되셨습니다. 범인은 왕입니다. 바로 저 왕!

햄릿 칼끝에 독을 발랐다니! 그렇다면 이놈, 독약 맛을 좀 봐라! (왕을 찌른다.)

모두 반역이다! 반역이다!

왕 여봐라, 어서 날 좀 구해다오.

햄릿 (억지로 독이 든 잔을 먹인다.) 자, 살인마, 색마, 악마 같은 덴마크 왕이여! 이 독주를 마셔라! 내 어머니의 뒤를 따르거라. (왕, 죽는다.)

레어티즈 천벌이다. 자기 손으로 만든 독약을 마시게 되다니! 왕자님, 우리 서로 용서합시다. 저와 아버지의 죽음이 왕자님 탓이 아니고, 왕자님의 죽음 또한 제 탓이 되지 않도록! (죽는다.)

햄릿 하늘이 자네 죄를 용서하기를 바라네! 나도 자네 뒤를 따르겠네. 호레이쇼, 이제 끝장이다. 가련한 어머니, 고이 가십시오. 모두 창백한 얼굴로 떨고 있구나. 아, 죽음의 잔인한 사자가 사정없이 나를 붙잡아 가는구나. 호레이쇼, 자네는 살아남아서 나를 비난하는 사람들에게 나에 대해 올바로 전해 주게.

호레이쇼 제가 살아남는다는 것은 있을 수 없습니다. 저는 덴마크인이 되기보다는 차라리 고대 로마인이 되고 싶습니다. 아직 술이 남아 있습니다. (독배를 들어올린다.)

햄릿 (일어서며) 자네가 대장부라면 그 잔을 이리 주게. 자, 손을 놔. 제발 이리 달라니까! (호레이쇼의 손을 쳐서 잔을 바닥에 떨어뜨린 뒤 쓰러진다.) 아! 호레이쇼, 이 사건의 전말이 밝혀지지 않는다면 나는 오명을 뒤집어써야 하네. 자네가 진심으로 나를 위한다면 고통스럽긴 하겠지만 이 험한 세상에 남아서 내 얘기를 전해 주게. (멀리서 진군 소리, 대포 소리 들린다.) 저 떠들썩한 소리는 무엇인가? (오즈릭

등장)

오즈릭 포틴브라스께서 폴란드를 정복하고 개선하는 도중, 영국 사절을 만나 축포를 터뜨린 것입니다.

햄릿 호레이쇼, 나는 죽는다! 독기가 무섭게 퍼지는구나. 영국의 소식도 듣지 못하게 됐구나. 앞으로 덴마크 왕이 될 만한 사람은 포틴브라스밖에 없다. 나는 그를 추대하고 싶다. 그에게 내 뜻과 이렇게 된 사정 얘기를 빼놓지 말고 전하라. (숨을 거둔다.)

호레이쇼 이제 고귀한 영혼은 사라지고 말았구나. 왕자님이여, 편히 잠드소서. (안에서 행군 소리) 어째서 북소리가 가깝게 들리는 거지?

노르웨이의 왕자 포틴브라스, 영국 사절들, 기타 등장.

포틴브라스 참변이 일어난 곳이 어디냐?

호레이쇼 무엇을 보고 싶으신 겁니까? 이보다 더 슬프고 놀라운 일은 어디에서도 볼 수 없을 겁니다.

포틴브라스 송장 더미가 모든 걸 말해 주는구나. 아, 교만한 죽음의 신이여! 당신의 영원한 암실에서 잔치를 벌이기 위해 이토록 많은 귀인들을 무참히 쓰러뜨렸단 말이오!

사절 1 차마 눈뜨고 볼 수 없군요. 영국에서 가져온 보고는 너무 늦었구려. 들어 주실 분의 귀는 이미 감각을 잃었으니. 명령대로 로젠크랜스와 길덴스턴을 사형에 처했는데, 고맙다는 말은 누구한테 들어야 하나요?

호레이쇼 왕한테서는 들을 수 없습니다. 비록 살아서 입이 있다 해도 두 사람의 사형을 왕이 명한 적은 없으니까요. 여하튼 때를 맞춰 한 분은 폴란드에서, 또 한 분은 영국에서 오셨으니, 이 송장들을 사람들이 볼 수 있게 높은 단 위에 모시도록 명령해 주십시오. 그리고 저로 하여금 사건의 전말을 알릴 수 있도록 하소서. 이곳에서 일어난 여러 가지 음탕하고 잔인한 일들과, 잘못된 판단, 뜻밖의 살인 그리고 끝으로 흉계가 빗나가서, 도리어 이를 계획한 장본인의 머리 위에 그 벌이 떨어지게 된 경위를 제가 사실대로 다 말씀드리겠습니다.

포틴브라스 어서 들어 봅시다. 귀족들을 소집하시오! 나로서는 슬퍼하는 가운데 행운을 받아들이겠소. 이 나라에 대해서는 내게도 권리가 있으니, 그 권리를 주장하지 않을 수가 없소.

호레이쇼 그 일에 대해서도 말씀드리겠습니다. 하지만 아까 말씀하신 일부터 처리하십시오. 나라가 소란스러우니 만큼 무슨 불상사가 일어날지도 모르니까요.

포틴브라스 햄릿 왕자님을 무인의 예를 갖춰 단상으로 모셔라. 아마 그분은 세상에서 보기 드문 훌륭한 왕이 되셨을 거다. 자, 왕자님의 서거를 애도하며 군악을 울리고, 조포를 쏘아라.

자, 그분의 덕을 널리 알리자. 유해를 들어 올려라. 이러한 광경은 전쟁터에서는 어울릴지 몰라도 여기서는 보기 흉하구나. 자, 가서 병사들에게 조포를 쏘게 하라.

　　　병사들이 송장들을 맞들고 퇴장.

　　　장송 행진곡이 들려오고 조포가 울린다.

리어 왕

■등장인물

리어 왕 : 브리튼의 왕
고너릴 : 리어의 첫째 딸
리건 : 리어의 둘째 딸
코델리아 : 리어의 셋째 딸
알바니 공작 : 고너릴의 남편
콘월 공작 : 리건의 남편
프랑스 왕 : 코델리아의 남편
버건디 공작 : 코델리아의 구혼자
글로스터 백작 : 리어의 신하
켄트 백작 : 리어의 신하
에드거 : 글로스터 백작의 적자
에드먼드 : 글로스터 백작의 서자
오스왈드 : 고너릴의 집사
큐란 : 글로스터 백작의 하인
노인 : 글로스터 백작의 소작인
부대장 : 에드먼드의 부하
시종 : 코델리아의 시종
그 밖의 인물 : 의사, 광대, 전령, 콘월의 하인들, 리어의 기사들,
장교들, 사절들, 병사들, 시종들

■장 소 : 영 국

제 1 막

제1장 - **리어 왕의 왕궁**

켄트, 글로스터, 에드먼드 등장.

켄트 제 생각에는 왕께서 콘월 공작보다 알바니 공작을 더 아끼시는 것 같더군요.

글로스터 저도 늘 그렇게 생각했습니다. 하지만 막상 영토를 분배하는 마당에 이르러서는 어느 공작을 더 아끼시는지 분간이 되지 않더군요. 저울에 단 듯이 똑같이 나눠 주시더군요. 정말 누구를 더 좋아하는지 알 수가 없을 정도였습니다.

켄트 이분이 아드님이시죠?

글로스터 제가 기르긴 했습니다만, 우리 집 애라고 부르기엔 얼굴이 붉어집니다. 이젠 낯가죽이 두꺼워질 대로 다 두꺼워졌습니다만……

켄트 무슨 말씀인지요?

글로스터 글쎄, 이 애 어머니가 제 씨를 받았어요. 그래서 애 어머니는 배가 둥글게 부풀어 올라서, 잠자리를 같이할 남편을 얻기도 전에 아들 하나를 제 요람에 뚝 떨어뜨렸답니다. 제 실수가 다 드러나는군요.

켄트 이토록 훌륭한 아드님을 두게 되었으니, 실수라도 참 부럽네요.

글로스터 본처에게서 얻은 아들이 하나 더 있어요. 이 애보다 한 살 많죠. 그렇다고 해서 더 귀여워하는 것은 아닙니다. 어쨌거나 이 애 어머닌 예뻤답니다. 아이를 만들면서 재미 좀 봤지요. 그 일을 생각하면 첩에게서 얻긴 했어도 자식으로 인정해 줘야겠지요. 에드먼드야, 너 이분을 아느냐?

에드먼드 모르겠습니다.

글로스터 켄트 백작이시다. 내가 존경하는 어른이니, 앞으로 잘 모시도록 해라.

에드먼드 잘 부탁드립니다.

켄트 자네가 맘에 들어. 앞으로 잘 지내세.

에드먼드 열심히 노력해서 어르신 뜻에 어긋나지 않도록 하겠습니다.

글로스터 아홉 해 동안 외국에 나가 있었어요. 다시 나갈 예정입니다. 왕께서 오고 계십니다.

나팔 소리. 왕관을 든 시종, 리어 왕, 콘월, 알바니, 고너릴, 리건, 코델리아, 시종들 등장.

리어 왕 글로스터, 프랑스 왕과 버건디 공작을 접대해 주오.

글로스터 분부대로 하겠습니다, 전하. (글로스터와 에드먼드 퇴장)

리어 왕 이제부터 내 계획을 말하겠다. 저기 있는 지도를 이리 다오. 알다시피 왕국을 이미 셋으로 나눠 놨다. 늙은 이 몸에서 근심 걱정을 다 떨쳐 버리고, 나랏일은 젊고 활기찬 사람에게 맡기고 싶다. 그래서 남은 인생을 홀가분하게 살고 싶구나. 콘월과 알바니, 두 사람 다 내 맘에 꼭 든다. 그럼 두 딸에게 줄 지참금을 말하겠다. 이렇게 해 두면 뒷날의 싸움을 막을 수 있지 않겠는가. 프랑스 왕과 버건디 공작은 내 막내딸에게 청혼하려고 왔다. 오늘 막내사위가 결정이 되겠구나. 자, 딸들아! 나는 권력과 영토 소유권뿐만 아니라 세상의 근심 걱정까지 몽땅 넘겨줄 작정이다. 너희가 나를 얼마나 사랑하는지 말해다오. 나를 가장 사랑하는 착한 딸에게 가장 많은 재산을 주겠다. 고너릴, 네가 맏딸이니 먼저 말해 보라.

고너릴 말로 다 표현할 수 없을 정도로 아버지를 사랑합니다. 훌륭하고 귀하신 아버지는 그 무엇보다도 소중합니다. 우아하고, 건강하고, 아름답고, 영예스런 목숨보다도 더 소중합니다. 자식된 도리를 다하면서, 아버지께서 여태껏 받아 보지 못한 그런 사랑으로 아버지를 모시겠습니다. 숨이 차서 말로 다할 수 없는 효성으로, 이 모든 것을 다 바쳐 아버지를 사랑하겠습니다.

코델리아 (방백) 코델리아는 어떻게 하면 좋아? 아버지를 사랑하지만 잠자코 있자!

리어 왕 (지도를 가리키며) 이 경계선 내에 있는 이곳을 네게 주겠다. 그늘진 수풀과 기름진 들판, 그리고 물고기가 넘실대는 강물, 그 주변의 넓은 목장까지 몽땅 가져라. 이것은 고너릴과 알바니의 몫이다. 콘월의 아내인 내 사랑하는 둘째딸, 리건도 할 말이 있으면 하라.

리건 언니와 한마음 한뜻이므로, 제 효성 또한 언니와 같은 줄 알고 있습니다. 진심으로 말씀드립니다만, 언니가 제 마음을 있는 그대로 전한 셈입니다. 다만 언니의 말에 보충해서 말씀드린다면, 이 세상에서 느낄 수 있는 행복도 효성에서 오는 행복이 아니라면 원수로 삼겠습니다. 오직 아버지께 바치는 효성 지극한 사랑에서만 행복을 느끼겠습니다.

코델리아 (방백) 다음은 불쌍한 코델리아 차례로군! 하지만 사랑이 부족한 건 아냐. 내 효성은 정말로 입으로 말할 수 없을 만큼 큰걸.

리어 왕 이 훌륭한 왕국의 3분의 1을 네게 주겠다. 넓이로나 가치로나 기쁨을 주는 일에 있어서 결코 고너릴에게 준 것

못지않다. 이 땅을 리건과 콘월에게 물려주마. 막내이긴 하나, 언니들에 못지않을 만큼 내게 기쁨을 안겨다 주는 코델리아! 포도밭이 많은 프랑스 왕과 기름진 목장을 가진 버건디 공작이 네 애정을 구하려고 안간힘을 쓰고 있다. 언니들의 땅보다 더 큰 세 번째 땅을 받기 위해 네가 할 수 있는 일이 무엇인지 말해 보렴.

코델리아 드릴 말씀이 없습니다.

리어 왕 없어?

코델리아 네, 없습니다.

리어 왕 할 말이 없다면, 받을 것 또한 아무것도 없느니라. 다시 말해 보라.

코델리아 저는 불행하게도 입에 꿀을 바른 듯한 말은 할 줄 모릅니다. 다만 자식의 도리로서 효성을 다하렵니다. 그것이 제가 할 노릇입니다.

리어 왕 코델리아! 너는 어찌 그렇게 밖에 말을 하지 못한단 말이냐? 네 행운을 놓칠지도 모르니, 말을 고쳐서 다시 해 보라.

코델리아 아버지는 저를 낳으시고, 기르시고, 사랑해 주셨습니다. 자식된 도리를 다하는 것은 너무나도 당연한 일입니다. 저는 제 방식대로 아버지를 사랑하고 존경하렵니다. 언니들이 아버지를 그토록 사랑한다면, 어째서 언니들은 결혼을 했단 말입니까? 저도 결혼을 하게 되면, 아마도 제 남편에게 애정과 관심을 갖게 될 것이 틀림없습니다. 저는 아버지께 효도를 다하기 위해서라도 언니들처럼 결혼하지는 않을 겁니다.

리어 왕 정녕 그게 네 마음이냐?

코델리아 그렇습니다.

리어 왕 아직도 한참 어린 네가 어찌 그리 고집이 세단 말이냐?

코델리아 비록 어린 몸이긴 해도 진심입니다.

리어 왕 네 멋대로 하고, 네 마음을 지참금으로 삼아라. 태양의 거룩한 광채와 밤의 여신 헤카테에게 맹세하고, 우리에게 생명을 주고 빼앗는 우주 만물에 맹세하여, 이제 나는 아버지로서의 관심과 혈연관계를 끊을 것이며, 영원히 너를 생판 남으로 여기겠다. 너보다는, 식욕을 채우기 위해서 자기 육친까지도 먹어치운다는 시디아의 야만인이 차라리 더 가깝게 여겨진다.

켄트 전하!

리어 왕 닥쳐라, 켄트! 딸애와 내 분노 사이에 끼어들지 마라. 한때 나는 막내딸을 가장 귀여워했다. 딴 애들을 제쳐 놓고 코델리아의 보살핌을 받으면서 여생을 보내고 싶었다. (코델리아를 향해) 썩 물러가라, 꼴도 보기 싫다! (켄트에게) 프랑스 왕과 버건디 공작을 불러라. 콘월 공작과 알바니 공작은 막내딸에게 줄 몫까지 나눠 가져라. 코델리아는 자신이 솔직하다고 착각하고 있는 모양인데, 그렇다면 그 자만심하고나 결혼하라고 해라. 내 권력과 지위에 따르는 모든 혜택은 사랑하는 두 딸에게 넘겨주련다. 나는 너희가 마련해 줄 백 명의 기사를 거느리고, 다달이 번갈아 가며 두 딸집에 머무를 것이다. 다만 국왕의 칭호와 자격만은 내가 갖고, 그 밖의 집행권은 너희에게 넘겨주겠다. 그 증거로 왕관을 줄 테니, 두 공작이 번갈아 가며 사용토록 하라. (왕관을 준다.)

켄트 전하! 잠깐 그 뜻을 거두시고, 진실과 자만심을 먼저 가리십시오. 그러지 않으면 뒤에 후회하실 수도 있습니다.

리어 왕 활은 이미 팽팽히 당겨졌다. 화살을 피하라!

켄트 차라리 쏘아 주십시오. 화살촉이 제 심장을 꿰뚫어도 좋습니다. 전하께서 얼이 빠져 계신데, 무엄하게 군들 어떻겠습니까? (리어 왕이 격노하여 칼을 잡는 것을 보고) 늙은 왕이시여, 무엇을 하시렵니까? 왕이 아부하는 자에게 눈이 멀었다고, 충신이 진실을 말하는 것을 두려워할 줄 아십니까? 왕권을 그대로 보존하십시오. 제발 엉뚱하고 경솔한 일만은 그만두십시오. 제 목숨을 걸고 말씀드립니다만, 막내라고 해서 효성도 꼴찌인 것은 아닙니다. 낮은 목소리라도 정성이 깃들어 있다면, 그 사람의 마음은 결코 빈 것이 아닙니다.

리어 왕 켄트, 목숨이 아깝거든 그만 입을 닫아라.

켄트 이 목숨은 전하의 적들에게 내던져진 담보물에 지나지 않습니다. 전하의 만수무강을 위해서라면 제 목숨 따위는 버려도 좋습니다.

리어 왕 내 눈앞에서 썩 꺼져라!

켄트 리어 왕이시여, 똑똑히 보십시오. 언제나 전하의 눈동자 한복판에 제가 자리 잡고 있을 것입니다.

리어 왕 이 못된 놈! 제 분수도 모르고! (칼에다 손을 댄다.)

알바니, 콘월 전하, 참으십시오!

켄트 칼을 빼십시오! 의사를 죽이고, 저주스런 병마에 사례를 하십시오. 전하의 결정을 바꾸지 않으시면, 제 목에서 소리가 나는 한 전하의 잘못을 말하겠습니다.

리어 왕 이 못된 놈아, 내 말을 들어라! 충신이 되려면 명령에 복종하라. 나는 한 번도 내 결정을 바꾼 적이 없다. 건방지게 내 결정과 권위를 침범하려 하였으니, 도저히 참을 수 없다. 왕의 권위가 어떤 것인지 쓴맛을 보여 주겠다. 닷새 안에 이곳을 떠나라! 그 뒤로 추방된 몸이 이 나라에서 발견되면, 그땐 사형이다. 자, 가라! 주피터에게 맹세하지만, 이 결정은 절대로 바꿀 수 없다.

켄트 전하, 안녕히 계십시오. 자유가 떠난 이 나라에는 추방만이 남는군요. (코델리아에게) 공주님의 생각은 그지없이 훌릉하십니다. 신께서 공주님을 지켜 주시리라 믿습니다. (고너릴과 리건에게) 꼭 실천하셔서 입에 발린 말이 되지 않기를 바랍니다. (모두에게) 켄트는 이제 여러분께 작별 인사를 드립니다. 새로운 나라에 가서도 그전처럼 뜻을 펴며 살아가겠습니다. (켄트 퇴장)

나팔 소리. 글로스터가 프랑스 왕과 버건디 공작을 안내해서 다시 등장.

시종들이 이들 뒤를 따른다.

글로스터 프랑스 왕과 버건디 공작이 오셨습니다.

리어 왕 버건디 공, 그대는 내 막내딸을 얻기 위해 프랑스 왕과 경쟁하였소. 딸의 지참금을 얼마나 원하시오?

버건디 전하께서 주시는 것 이상을 바라진 않습니다. 하지만 전하께서 적게 주시리라고도 생각지 않습니다.

리어 왕 딸애가 나에게 귀중한 존재였을 때는 그만한 재산을 주려고 했지만, 지금은 그렇지가 않소. 저기 지금 그 딸애가 서 있소. 저 애에게 딸린 것이라고는 내 노기밖에 없소. 그래도 딸애가 마음에 든다면 아내로 삼아도 좋소.

버건디 뭐라 말씀을 드려야 할지 모르겠습니다.

리어 왕 결점 투성이라 편들어 주는 사람도 없소이다. 다만 내 저주를 지참금으로 얻었고, 아주 남이 되겠다고 내가 맹세까지 했소. 그래도 딸애를 아내로 삼겠소, 아니면 단념

하겠소?

버건디 전하! 매우 죄송한 말씀이오나, 그런 조건으로는 결혼할 수 없겠습니다.

리어 왕 그렇다면 포기하시오. 나를 만드신 신께 맹세하오만, 딸애가 가진 것은 내가 말한 그대로요. (프랑스 왕에게) 국왕이여, 나는 그대가 내게 베푼 그동안의 호의를 배반할 수 없소. 따라서 내가 미워하는 딸과 결혼하라고 말할 수가 없구려. 그러니 인정머리라곤 눈곱만큼도 없는 창피스런 내 딸애와 결혼하기보다는, 좀 더 가치 있는 여자를 사랑하는 것이 좋을 것이오.

프랑스 왕 참으로 해괴망측한 일이군요. 지금까지 전하께서 가장 아끼던 따님이었고, 늘그막에 위안으로 삼았던 착하고 사랑스런 공주가 무슨 죄를 지었기에 갑자기 이렇게 되셨는지요? 이런 일이 일어나리라고는 참으로 생각지도 못했습니다.

코델리아 전하, 저는 마음에 없는 소리를 혀끝으로 놀리지 못합니다. 제 잘못은 바로 그겁니다. 저는 마음먹은 것을 말하기 전에, 먼저 실천하지요. 제가 아버지의 총애를 잃은 까닭은 결점이나 살인, 부정하고 불미스런 행실 때문이 아닙니다. 오직 허울 좋은 말솜씨를 지니지 않았기 때문이라는 것을 말씀해 주십시오.

리어 왕 마음에 들고 안 들고는 나중 문제다. 너 같은 것은 태어나지 않았어야 좋았어.

프랑스 왕 그것뿐입니까? 마음속으로 하고픈 얘길 때늦어 못하고 만 것, 그것뿐입니까? 그럼 버건디 공작, 이 공주와 결혼하시겠소? 그녀의 지참금은 오직 몸뿐이랍니다.

버건디 전하, 처음 제의하신 것만이라도 주십시오. 그러면 공주를 버건디 공작부인으로 삼겠습니다.

리어 왕 아무것도 줄 수 없소. 나는 이미 굳게 맹세했소.

버건디 (코델리아에게) 매우 죄송합니다. 아버지를 잃다 보니 남편까지 얻지 못하게 되겠군요.

코델리아 버건디 공작은 입을 다무세요! 재산을 탐내 사랑을 맹세하는 사람에게는 저도 시집가기 싫습니다.

프랑스 왕 코델리아 공주, 아주 훌륭합니다. 당신은 가난해도 넉넉하고, 버림받아도 귀하고, 멸시 당해도 사랑스럽습니다. 당신과 당신의 미덕을 이 손으로 꼭 붙잡겠습니다. 버려진 것을 주워 얻었으니, 누가 감히 입을 열겠습니까! 공주를 향한 제 사랑의 불꽃이 타오르고 있습니다. 리어 왕이시여, 지참금도 없이 내팽개쳐진 따님, 코델리아 공주를 이제부터 프랑스 왕비로 삼겠습니다. 코델리아, 불친절한 사람들이지만 작별 인사만은 하구려. 이곳을 잃은 대신에 보다 좋은 곳을 얻게 될 것이오.

리어 왕 프랑스 왕이여, 그 아이는 이제 당신 것이오. 그런 딸은 내게 더 이상 필요 없소. 두 번 다시 보고 싶지 않소. 그러니 데리고 가 주시오. 우아하고 사랑이 넘치는 축복도 해 줄 수 없소. 버건디 공작, 갑시다! (나팔 소리. 프랑스 왕, 고너릴, 리건, 코델리아 외 모두 퇴장.)

프랑스 왕 언니들에게 작별 인사를 하시오.

코델리아 아버지의 보석인 언니들, 코델리아는 눈물을 흘리며 떠납니다. 저는 언니들의 사람됨을 누구보다도 잘 알고 있습니다. 동생으로서 언니들의 결점을 낱낱이 들춘다는 것은 괴로운 일입니다. 아버지께 부디 효도를 다해 주십시오. 언니들의 말을 그대로 믿겠습니다. 제가 아버지 눈 밖에 나지만 않았다면, 더 좋은 곳으로 모실 수 있었을 것입니다. 언니들, 안녕히 계십시오.

리건 우리가 할 일은 하도 많이 들어서 더 이상 말할 것도 없다.

고너릴 남편을 기쁘게 해 드리는 데나 힘을 써라. 너는 그분의 자선 행위 덕분에 구제되었어. 네게 부족한 것은 복종이야. 네가 당하고 있는 이 곤경도 지극히 당연한 결과가 아니겠니?

코델리아 때가 지나면 술책을 부린 계략이 천하에 드러날 겁니다. 악독함을 아무리 숨기려 해도, 언젠가는 반드시 드러날 날이 올 겁니다. 안녕히 계세요.

프랑스 왕 자, 갑시다. 코델리아 공주. (프랑스 왕과 함께 코델리아 퇴장.)

고너릴 우리 둘에게 관련된 일에 대해 여러 가지 해 둘 얘기가 있다. 아버지는 오늘 밤 이곳에 들르시지 않을 것 같아.

리건 틀림없이 그렇겠죠. 먼저 언니한테 가실 테니……. 다음에는 우리 집 차례겠죠?

고너릴 나이 탓인지, 망령이 드신 것 같아. 우리가 본 것만 해도 한두 가지가 아니잖니. 아버지는 막내를 지극히 사랑하셨는데, 별로 따져 보지도 않고 내쫓다니 너무하셨어.

리건 나이가 드셔서 멍청해지신 거지. 자기 자신에 관한 것은 별로 알지 못하고 계시잖아.

고너릴 정신이 온전했을 때에도 성미가 급하셨는데, 나이가 드시면서 더 심해진 것 같아. 오랜 세월 동안 몸에 밴 고약한 버릇뿐 아니라, 심술까지 계속 부리잖니. 이제 망령까지 우리 몫이 된 셈이지.

리건 켄트 백작을 추방할 정도로 심술궂은 망령이 우리에게도 벼락처럼 닥쳐올 거예요.

고너릴 프랑스 왕과 아버지의 작별 인사가 아직 끝나지 않았을 거야. 제발 너하고는 한마음이 되어야겠다. 만약 아버지께서 지금처럼 망령 든 행동으로 계속 위세를 부리신다면, 유산으로 주신 영토도 거북스러울 거야.

리건 그 점에 대해선 좀 더 생각해 봐요.

고너릴 무슨 수를 쓰긴 써야겠어. 그것도 열이 식기 전에 말이다. (퇴장)

제2장 – 글로스터 백작의 성

에드먼드가 편지를 들고 등장.

에드먼드 나는 자연의 법칙에 그대로 복종하고 있다. 내가 무엇 때문에 관습에 희생되어 권리를 뺏기지 않으면 안 되는가. 내가 형보다 일 년 늦게 태어났기 때문인가? 어째서 나는 사생아로 태어났단 말이냐? 그럼 나는 천한 놈인가? 내 몸은 건강하고 마음씨는 한없이 너그럽다. 나도 형처럼 아버지를 꼭 닮았다. 그런데도 세상 사람들은 나에게 낙인을 찍지 않는가! 천하다고, 야비하다고, 사생아라고……. 천하다고, 천해? 재미없군. 넌덜머리나고 지긋지긋한 잠자리 속에서 자는지 깨어 있는지도 모르는 사이에 생긴 이 세상 바보들과는 달리, 자연의 본능을 즐기며 태어난 우리가 더 많은 생명의 힘을 이어받았을 게 아닌가. 좋아! 정실 자식 에드거야, 네 영토를 내가 차지해야겠다. 아버지의 애정은 정실 자식이나 사생아나 별 차이가 없다. '정실'이라는 말은 매우 훌륭하지! 만약에 이 편지가 잘 들어가서 내 뜻대로 된다면, 사생아 에드먼드는 반드시 정실 자식 에드거를 누르게 될 것이다. 그리고 나는 위대해질 것이며, 출세할 것이다. 아, 하늘이시여! 사생아들의 편을 들어주소서.

　　　　글로스터 등장.

글로스터 켄트가 그렇게 추방되다니……! 프랑스 왕은 화가 치밀어 떠났고……. 전하께서는 오늘 밤에 왕권을 넘겨주시고, 딸 둘의 보살핌을 받으며 여생을 보낸다니……. 이 모든 일이 너무나 급작스럽게 일어났구나! (에드먼드가 옆에 있는 것을 눈치채고) 에드먼드야, 무슨 일이라도 있느냐?

에드먼드 (편지를 숨기면서) 아닙니다. 아무 일도 없습니다.

글로스터 그런데 왜 그렇게 놀라느냐? 그리고 뒤에 감춘 것은 무엇이냐?

에드먼드 아무것도 아닙니다.

글로스터 무엇을 읽고 있지 않았느냐?

에드먼드 아무것도 읽지 않았습니다.

글로스터 아무것도 아니라면 황급히 감출 까닭이 무엇이더냐? 어디 보자. 아무것도 아니라면 안경도 쓸 필요가 없었겠지.

에드먼드 아버지, 용서하십시오. 이 편지는 형한테서 온 것입니다. 아직 다 읽어 보지 않았지만, 아버지께서는 읽지 않으시는 것이 좋을 듯합니다.

글로스터 그 편지를 이리 다오.

에드먼드 보여드리나 안 보여드리나 기분이 상하시는 것은 매한가지겠습니다. 아직 잘은 모르겠지만 내용이 끔찍합니다.

글로스터 어서 편지를 다오.

에드먼드 제 생각으로, 이 편지는 형이 제 효심을 시험하고 떠보기 위해 쓴 것인 듯합니다.

글로스터 (읽는다.) '노인을 존경하라는 관습 때문에 인생의 꽃인 우리들 청춘은 괴롭고 고달프다. 우리가 재산을 물려받을 때쯤이면 우리도 늙은 합죽이가 될 텐데, 어찌 인생을 마음껏 즐길 수 있겠느냐. 노인이 폭력을 휘두르는 것은 그들에게 힘이 있어서가 아니다. 우리가 그들에게 복종하기 때문이다. 이 일에 대해서 더 얘기를 나누고 싶으니 이곳으로 와다오. 만약에 아버지께서 내가 깨울 때까지 푹 주무시고 계신다면, 너는 아버지 재산의 반을 영원히 차지할 수 있으며 내 사랑을 받으며 살아갈 수 있을 것이다. 에드거로부터.' 으음, 음모로구나. '만약에 아버지께서 내가 깨울 때까지 푹 주무시고 계신다면, 너는 아버지 재산의 반을 영원히 차지할 수 있으며……' 진정 내 아들 에드거가 쓴 편지가 맞는다는 말이냐! 그 녀석이 이 같은 생각을 품고 있었다니……! 언제 이 편지를 받았느냐? 누가 갖고 왔더냐?

에드먼드 누가 들고 온 것이 아닙니다. 참, 희한한 일도 다 있지요. 제 방의 창문 안으로 던져져 있었습니다.

글로스터 네 형이 쓴 것만은 확실하지?

에드먼드 편지 내용이 좋다면 형이 썼다고 생각하겠지만, 그렇지 않으니 형이 쓴 글이라고 생각하고 싶지 않습니다.

글로스터 네 형의 글씨가 틀림없다.

에드먼드 그렇기는 해도, 이 내용에 진심이 스며 있는 것은 아닐 겁니다.

글로스터 전에 이런 일로 네 마음을 떠본 적이 있었느냐?

에드먼드 없었습니다. 하지만 가끔 이런 말은 했지요. 아들이 훌륭히 성장하면 아버지는 아들의 신세를 지고, 아들은 아버지의 재산을 차지하는 것이 알맞은 일이라고요.

글로스터 몹쓸 놈! 후레자식 같으니라고! 이 편지도 바로 그 얘기나 다름없지 않느냐! 씹어 삼키고 싶은 악당이다. 아버지의 마음도 모르는 흉악한 짐승 같은 악당 놈! 짐승보다 못한 놈이야! 가서 그놈을 찾아오너라. 그놈을 잡아야겠어. 그놈은 어디 있느냐?

에드먼드 잘 모릅니다. 형에 대한 노여움을 잠시 거두시고, 더 뚜렷한 증거를 찾을 때까지 기다리시는 것이 좋을 듯싶습니다. 형의 뜻을 잘못 파악하여 난폭한 행동을 하신다면, 아버지 명예를 더럽힐 뿐만 아니라 형의 효심까지 산산조각 내고 말 겁니다. 아마 형이 제 효심을 시험하려고 한 것이지, 다른 의도가 있었던 것은 아닐 겁니다.

글로스터 정말 그렇게 생각하느냐?

에드먼드 네. 만일 아버지께서 원하신다면 형과 이 일에 대해 얘기해 볼 테니, 직접 들으시고 판단하시지요. 더 지체할 것도 없이 오늘 밤 가 보도록 하겠습니다.

글로스터 에드거가 그런 괴물은 아닐 텐데…….

에드먼드 물론이죠. 절대로 그럴 리가 없습니다.

글로스터 이토록 몸 바쳐 사랑하고 아끼는 이 아비에게…….
하늘이여, 땅이여! 에드먼드, 알아내라. 그놈의 속셈을 내게 좀 알려다오. 네 생각대로 일을 진행해라. 내 모든 것을 희생하더라도 이 일만은 그냥 넘어가지 않겠다.

에드먼드 곧 찾아보겠습니다. 수단과 방법을 가리지 않고 진상을 알아내는 대로 아버지께 말씀드리겠습니다.

글로스터 요즘에 있었던 일식과 월식 따위가 모두 불길한 징조다. 천지 이변이 있은 다음에는 언제나 인심을 들뜨게 만드는 법이다. 사랑은 식고, 우정은 깨지고, 형제는 서로 흩어지며, 나라에는 반란이 일어나고, 집집마다 서로 미워하며, 부자의 정도 끊어진다. 의리 없는 내 아들놈에게도 이 예언은 맞아떨어지지 않았느냐. 아들은 어버이에게 등을 돌리고, 왕은 자연의 이치를 떠나고, 어버이는 아들을 미워하는구나. 이 세상이 말세로다. 에드먼드, 악당을 찾아내라. 네게는 피해를 주지 않겠다. 조심해라. (글로스터 퇴장)

에드먼드 이것이 세상에서 가장 어리석은 꼴이로구나. 불행은 자업자득으로 생기는 건데, 그것을 태양이나 달, 별의 탓으로 돌리다니 참으로 희한한 책임 회피로다. 내 아버지와 어머니가 불륜을 저질렀기 때문에 내가 태어났고, 그래서 내 성격이 거칠고 음탕하다는 것 아닌가. 사생아가 세상에 태어날 때 하늘에서 가장 밝은 별이 빛나고 있었다 하더라도, 나는 여전히 요 모양 요 꼴이 될 수밖에 없었을 것이다. 아, 에드거 형이구나.

　　에드거 등장.

에드먼드 꼭 알맞은 때에 와 주었구나. 옛 희극의 결말 같군. 우울한 표정을 지어야지. 미친 거지처럼 한숨을 푹푹 내쉬는 거야. 오, 일식과 월식이 일어나 이 같은 불화가 일어나는구나! 파, 솔, 라, 미.

에드거 야, 에드먼드! 왜 그렇게 얼굴을 찌푸리고 있느냐?

에드먼드 일식과 월식이 일어난 다음에는 어떤 일이 일어날까 생각하고 있었어요.

에드거 그런 것 따위에 정신이 팔려 있다니……!

에드먼드 거기 적혀 있는 예언대로 계속 일이 터지고 있어요. 자식과 부모 사이의 불화, 뜻밖의 죽음, 굶주림, 오래된 벗끼리 절교, 나라 안의 싸움, 국왕과 귀족에 대한 공갈과 중상모략, 근거 없는 의심, 부부의 이혼 따위가 일어나잖아요.

에드거 너 언제부터 점성술 공부를 했느냐?

에드먼드 그건 그렇고, 최근에 아버지를 만난 게 언제였죠?

에드거 간밤이었지.

에드먼드 얘기를 나눴나요?

에드거 그럼. 두 시간 동안.

에드먼드 기분 좋게 헤어졌나요? 아버지 말씀이나 안색에 불쾌한 흔적은 없었나요?

에드거 전혀 없었다.

에드먼드 아버지 비위를 거스른 일이 없었는지 잘 생각해 보세요. 그리고 아버지의 화가 좀 수그러들 때까지, 당분간 아버지를 뵙지 않는 게 좋겠어요. 지금 머리끝까지 화가 치밀어 올라 있어서, 아버지께서 형을 해칠 수도 있으니까요.

에드거 어떤 몹쓸 녀석이 내 욕을 지껄여 댄 모양이군.

에드먼드 제 걱정이 바로 그겁니다. 아버지의 노여움이 가라앉을 때까지 꾹 참고 있어야 해요. 제가 시키는 대로 하세요. 자, 제 방으로 들어가요. 아버지가 말씀하시는 것을 형이 직접 들으실 수 있도록 할게요. 자, 갑시다. 열쇠는 여기 있어요. 그리고 외출하실 때에는 무기를 잊지 마세요.

에드거 무기를 갖고 다니라고?

에드먼드 형, 솔직히 말씀드려서 지금 형을 좋게 생각하는 사람은 한 사람도 없어요. 제가 보고 들은 것을, 지금 다 말할 수는 없어요. 하지만 어서 몸을 피하셔야 해요.

에드거 곧 소식을 전해 주겠지?

에드먼드 이 일에 대해서는 형을 위해 힘쓰겠습니다. (에드거 퇴장) 남의 말을 잘 믿는 아버지, 그리고 고상한 형은 남을 해칠 줄 모른단 말이야. 그러니 남을 의심할 줄도 모르지. 그 덕택에 내 계략이 순조롭게 착착 진행되는 것 아니겠어! 이 일의 결말이 손에 잡힐 듯이 보이는구나. 혈통으로 재산을 얻지 못할 때는 지혜를 짜서 얻어야 해. 내가 제대로 꾸미기만 하면 절대로 어긋나는 일은 없을 것이다. (에드먼드 퇴장)

제3장 - 알바니 공작 저택의 어느 방

고너릴과 그녀의 집사 오스왈드 등장.

고너릴 광대를 나무랐다는 이유로, 아버지께서 우리 집사를 때리셨단 말이오?

오스왈드 그렇습니다.

고너릴 밤낮으로 나를 괴롭히는군. 한시도 편할 날이 없구

나. 온 집안이 싸움판이 됐어. 더는 참을 수 없어. 아버지의
시종들은 점점 난폭해지고, 아버지는 아무것도 아닌 일로 우
리를 야단만 치고 있잖아. 사냥에서 돌아오셔도 못 본 척할
테니, 묻거든 내가 앓아누웠다고 전해요. 그 전처럼 부지런
떨지 않아도 좋아요. 누가 뭐라 하면 그 책임은 내가 질 테
니…….

오스왈드 지금 오시는 모양입니다. 소리가 들리는데요. (안
에서 뿔나팔 소리 들린다.)

고너릴 될 수 있는 대로 게으름을 피워서, 그것을 문제 삼도
록 만들어야 해. 못마땅하시면 동생한테 가겠지. 동생도 짓눌
리며 살아가지는 않겠지만……. 일단 넘겨준 권력을 마음대
로 휘두르겠다는 것도 망령이지. 정말이지, 늙은이들은 다시
어린애가 되는 것 같아. 비위만 맞추지 말고, 호되게 나무라야
겠다. 내 말을 잘 알아들었느냐?

오스왈드 잘 알겠습니다.

고너릴 아버지의 시종들한테도 그전보다 더 쌀쌀맞게 대해
라. 결과가 어떻게 되든 알 게 뭐야. 무슨 일이 일어나도 상관
없어. 아니, 일어나도록 해야지. 그것을 트집 잡아야만, 하고
싶은 말을 모두 할 수 있거든. 동생에게는 곧 편지를 보내어
내 생각을 일러둬야겠다. 그럼 가서 저녁 준비를 해라. (두
사람 퇴장)

제4장 - 같은 집의 큰 방

　　켄트 백작, 변장하고 등장.

켄트 딴사람의 목소리를 흉내 내어 내 말투를 감출 수만 있다면, 내 뜻을 충분히 이룰 수 있을 텐데…… 아, 추방된 켄트여! 벌을 받으면서까지 헌신한다면, 언젠가는 왕께서도 네 뜻을 알아주실 거다.

　　뿔나팔 소리. 리어 왕, 많은 기사와 시종들을 거느리고 등장.

리어 왕 잠시도 기다릴 수 없다. 자, 저녁 준비를 하라. (시종 한 사람 퇴장) 아니, 너는 누구냐?

켄트 한 사나이올시다.

리어 왕 무엇을 하는 놈이냐? 내게 뭘 해 달라는 거냐?

켄트 몰골은 이렇지만, 저를 믿어 주시는 분을 위해서는 최선을 다해 일을 하지요. 정직한 분을 섬기며, 현명하고 말수가 적은 분을 좋아합니다. 하늘의 심판을 두려워할 줄 알고, 어쩔 수 없을 때에만 싸우는 진짜 사나이랍니다.

리어 왕 도대체 너는 누구냐?

켄트 이 나라의 국왕처럼 정직하지만, 가난한 사람입니다.

리어 왕 자네의 가난함이 내 처지와 같다면, 자네는 정말 가난한 몸이로구나. 무슨 일로 왔는가?

켄트 섬기고 싶습니다.

리어 왕 누구를?

켄트 당신을 섬기고 싶습니다.

리어 왕 나를 알고 있는가?

켄트 잘 모릅니다. 그러나 당신의 얼굴에는 주인어른이라고 부르고 싶은 그 무엇이 있습니다.

리어 왕 그것이 뭔가?

켄트 위엄입니다.

리어 왕 어떤 일을 할 수 있느냐?

켄트 충실하게 비밀을 지킬 만큼 입이 무겁습니다. 말 타기와 뜀박질을 잘하고, 심부름도 잘 하지요. 복잡한 얘기는 망쳐 놓기도 하지만, 간단한 얘기는 솔직하게 잘합니다. 보통 사람이 할 수 있는 것이면 무엇이든 합니다. 하지만 뭐니 뭐니 해도 제 최대의 장점은 부지런하다는 것입니다.

리어 왕 나이는 몇 살이냐?

켄트 노래를 잘한다고 해서 한 여자를 사랑하는 풋내기도 아니고, 무작정 여자에 반할 만큼 나이든 늙은이도 아닙니다. 마흔여덟 살입니다.

리어 왕 따라오너라. 하인으로 써 주마. 저녁을 먹은 뒤에도 계속 내 마음에 들면, 너를 내 곁에다 두겠다. 어서 저녁을 갖고 오너라! 시종은 어디로 갔느냐? 그리고 광대는 어디로

갔어? 너는 가서 내 광대를 불러오너라. (시종 한 사람 퇴장)

오스왈드 등장.

리어 왕 여봐라, 내 딸은 어디 있느냐?

오스왈드 황송합니다만……. (오스왈드 퇴장)

리어 왕 저 녀석이 뭐라고 얼버무리는 거야? 저 느림보를 다시 불러오너라. (기사 한 사람 퇴장) 내 광대는 어디 있느냐? 마치 온 세상이 잠든 것 같구나.

기사 다시 등장.

리어 왕 어떻게 됐어! 그 들개 같은 놈은 어디로 갔느냐?

기사 그 녀석 말로는, 공작부인의 몸이 아프답니다.

리어 왕 내가 불렀을 때, 왜 그 녀석은 오지 않았느냐?

기사 갈 기분이 나지 않는다고 퉁명스럽게 대답하더군요.

리어 왕 뭐라고!

기사 속사정을 확실하게 알 수는 없습니다만, 겉으로 보아서는 그전 같지가 않습니다. 애정이 듬뿍 깃들인 예절 바른 태도로 전하를 대하는 것 같지도 않습니다. 매우 불친절해졌습니다. 공작님 댁의 하인들은 물론이고 공작님과 공작부인도 마찬가집니다.

리어 왕 아니, 무엇이 어째?

기사 전하, 제 생각이 틀렸으면 용서해 주십시오. 전하께서 그런 대우를 받으실 때, 입을 다물고 가만히 있는 것은 신하된 도리가 아닌 줄 압니다.

리어 왕 네 말을 듣고 보니, 그동안 나 혼자 생각하고 있던 것이 떠오르는구나. 나도 요즘 좀 무시당하고 있다는 느낌이 들었지. 그래도 일부러 그런 짓을 하리라고는 생각지 못하고, 오히려 내 자신이 너무 까다롭지 않은가 하는 생각을 했다. 좀 더 시간을 두고 생각해 보자. 내 광대는 어디 있느냐? 이틀 동안이나 코빼기도 보이질 않으니…….

기사 막내따님이 프랑스로 떠난 뒤로, 광대는 힘이 빠지고 풀이 죽어 있습니다.

리어 왕 그 얘기는 그만해 둬. 나도 그건 알고 있으니까. (시종을 보고) 가서 내 딸에게 내가 할 말이 있다고 일러라. (시종 한 사람 퇴장) 너는 가서 내 광대를 불러오너라. (시종 또 한 사람 퇴장)

오스왈드 다시 등장.

리어 왕 여봐라, 이리 좀 오너라! 내가 누군 줄 아느냐?

오스왈드 주인아씨의 아버지가 아닙니까?

리어 왕 '주인아씨의 아버지'라! 건방지고 못된 놈!

오스왈드 황송합니다만, 저는 그런 사람이 아닙니다.

리어 왕 이놈이 나를 노려보네. 이 악당아! (오스왈드를 때린다.)

오스왈드 맞고 가만히 있을 줄 아세요?

켄트 (딴죽을 걸며) 이런 못된 녀석 같으니라구. 이래도 버틸 테냐!

리어 왕 고맙다. 나를 도와주었구나. 네 신세를 잊지 않겠다.

켄트 (오스왈드에게) 이 자식, 일어나! 꺼져 버리라구! 위아래도 모르는 놈, 따끔하게 혼내 주마! 썩 꺼져라! 네 바보 같은 몸뚱이로 땅의 넓이를 재고 싶거든 거기 누워 있고, 아니면 당장 꺼져 버려라! (오스왈드, 기어나간다.)

리어 왕 자넨 참으로 친절하군. 고맙네. (돈을 조금 주면서) 급료를 선불해 주겠다.

　　　광대 등장.

광대 저도 이 사람을 부리고 싶어요. 자, 내 닭털모자를 써 봐. (켄트에게 모자를 준다.)

리어 왕 아니, 이놈아! 이게 무슨 짓이냐?

광대 이 모자를 받는 것이 좋을 겁니다.

켄트 어째서?

광대 인기 없는 사람 편을 드니까 그렇지. 바람 부는 대로 웃고 지나지 않으면 곧 감기에 걸린답니다. 자, 이 닭털모자를 받아라. (리어 왕 쪽을 향해서) 아니, 이 사람은 두 딸을 쫓아내고 막내딸에게는 마음에도 없는 축복을 주었어. 이 사람을 따르려면 닭털모자를 써야 해. (리어 왕에게) 어떻습니까, 아저씨! 내게 닭털모자가 두 개 있으면 얼마나 좋을까!

리어 왕 어째서?

광대 재산은 딸들에게 몽땅 주더라도 닭털모자만은 내가 가질 수 있으니까요. 이것은 제 것입니다만, 하나 갖고 싶으시면 따님에게 조르세요.

리어 왕 정신 차려라! 아니면, 맞는다.

광대 충실한 개는 개집에서도 쫓겨나 매질만 당하고, 아첨꾼 사냥개는 난롯가에 누워 냄새를 풍기고 있네요.

리어 왕 아픈 데만 찌르는구나!

광대 (켄트에게) 이봐, 네게 교훈적인 말을 해 줄게.

리어 왕 그래라.

광대 잘 들어 보세요, 아저씨. 겉치레보다는 속을 채우고, 아는 것을 다 말하지 말라. 가진 것 이상으로 꾸어 주지 말라. 뚜벅뚜벅 걷지 말고, 말을 타거라. 들어도 전부 믿지 말고, 내기엔 적게 걸어라. 술과 계집을 가까이하지 말고, 집에 들어앉아라. 그러면 열의 곱인 스물보다 돈이 더 많이 모인다.

켄트 부질없는 소리 작작 해라, 이 바보야.

광대 그렇다면 무료 변론 같구먼. 저한테 주신 것이 아무것도 없죠. (리어 왕에게) 아저씨, 쓸데없는 것은 아무데도 못 씁니까?

리어 왕 못 쓰고말고. 쓸데없는 것에서는 아무것도 생기는 것이 없어.

광대 (켄트에게) 제발, 아저씨 땅값도 꼭 그 꼴이 되었다고 말해 주세요. 광대 말은 도무지 믿을 수가 없으니까요.

리어 왕 입버릇이 고약한 광대로군!

광대 입버릇이 고약한 광대와 입버릇이 안 고약한 광대가 노는 거네요.

리어 왕 이놈아, 그럼 내가 광대란 말이냐?

광대 글쎄요. 태어날 때 받은 모든 직함은 몽땅 딸들에게 넘겨줬으니까요.

켄트 이놈은 완전한 바보가 아닌 것 같습니다.

광대 그야 훌륭하신 분들이 제가 혼자서 바보 노릇하는 것을 내버려 두진 않습니다. 혼자서 광대를 독차지하려고 하면, 그 양반들도 한몫 끼겠다고 야단입니다. 부인들도 마찬가지에요. 혼자서 바보짓을 하도록 내버려 두지 않는단 말씀이지요. 그들은 바보짓을 빼앗아 가려고 해요. 아저씨, 달걀 하나만 주세요. 그러면 두 개의 관을 줄게요.

리어 왕 두 개의 관이라니?

광대 달걀 한가운데를 두 토막 내어 가운데 노른자위를 먹어치우면 달걀 관이 두 개 생겨요. 당신은 관을 두 토막 내어 그것을 다 줘 버리고 나서, 당나귀를 둘러메고 진흙길을 걸어갔죠. 황금의 관을 넘겨줄 때 당신 머릿속에 남은 지혜는 별로 없었지요. 말이 바보 같더라도, 누구든지 맨 먼저 이 사실을 안 사람은 매를 맞아야 돼. (노래를 부른다.) '올해는 바보가 손해 보는 해. 지혜 있는 사람이 바보가 되어 지혜를 쓰는 법도 잊어버리고, 그들의 태도가 이상해졌네.'

리어 왕 언제 그런 노래를 다 배웠냐?

광대 아저씨께서 딸들에게 어머니 노릇을 시켰을 때부터 나는 노래를 배웠죠. 그때 당신은 딸들에게 매질을 하며 바지를 걷어 올렸으니까요. (노래를 부른다.) '별안간 그들은 기뻐서 울고, 나는 별안간 슬퍼서 노래했네. 술래잡기 놀이를 하는 왕이 바보들 사이에 끼어 지내네.' 아저씨, 선생님을 두어 광대에게 거짓말을 가르쳐 주세요. 거짓말을 배우고 싶어요.

리어 왕 거짓말을 하면 회초리로 매질을 하겠다.

광대 아저씨 딸들은 내가 참말을 한다고 매질을 하던데요. 그런데 아저씨는 거짓말을 하면 매질을 한다고 하는군요. 게다가 저는요, 입을 꼭 다물고 있다고 해서 매질을 당한 경우도 있어요. 정말 광대는 되고 싶지 않아. 그렇지만 아저씨처럼 되는 것도 싫어. 저기 따님이 오네요.

　　고너릴 등장.

리어 왕 무슨 일이냐?! 요즘엔 계속 이맛살을 찌푸리고 있구나.

광대 딸이 이맛살을 찌푸리든 말든 신경 쓸 필요가 없었던 때가, 아저씨는 상팔자였죠. 지금 아저씨의 몰골은 값이 나가지 않아요. (고너릴에게) 아무 말씀 안 하셔도, 당신의 얼굴색만 봐도 난 금세 알아차릴 수 있죠. (리어 왕을 가리키며) 저작자는 알맹이 빠진 콩 껍데기야.

고너릴 아버지! 무슨 짓이나 멋대로 하는 이 광대는 물론이고, 데리고 있는 기사들까지 틈만 나면 싸우기 일쑤여서 도저히 살 수가 없습니다. 그런데도 아버지는 이런 난폭한 행동들을 그냥 모른 척하시니, 그저 두려울 뿐입니다. 오히려 아버지가 선동하시는 게 아닌가 하는 생각까지 든다니까요. 이제 저희도 그냥 모른 척하며 지나칠 수가 없습니다. 나라 안의 모든 질서를 바로잡고 싶은 간절한 소망 때문에 아버지의 기분을 상하게 할 수도 있습니다. 다른 경우라면 제가 욕을 먹을 수도 있겠지만, 이번에는 어쩔 수 없는 일이므로 모두가 저희 마음을 헤아려 줄 겁니다.

광대 아저씨, 바위종다리가 뻐꾸기를 길렀다가 결국에는 먹혀 버렸다는 노래를 아시나요?

리어 왕 너, 내 딸 맞느냐?

고너릴 아버지께서는 지혜를 많이 갖고 계시다고 알고 있습니다. 그러니 아버지답게 지혜롭게 처신하세요! 이제 노망은 그만 부리시고요.

리어 왕 여봐라! 너희 가운데 나를 아는 자가 있느냐? 여기 있는 이 사람은 리어가 아니다. 리어가 이렇게 걷고, 이렇게 말을 하다냐? 리어의 눈이 어디 있느냐? 그의 생각이 둔해졌거나, 그의 판단력이 잠자고 있거나, 둘 중 하나다. 아! 이게 생시인가? 내가 누구인지 말해 줄 사람이 없느냐?

광대 리어의 그림자죠.

리어 왕 그걸 알고 싶다. 난 국왕이었으며, 내게는 딸들이 있었다.

광대 딸들이 당신을 말 잘 듣는 아버지로 만들 작정이래요.

리어 왕 귀부인, 당신의 이름은 무엇인가요?

고너릴 이렇게 놀란 척하는 것도 아버지가 요즘 나타내는 노망기입니다. 제 뜻을 헤아려 주세요. 아버지께서는 백 명의 기사와 시종들을 거느리고 계십니다. 실로 그 기사들은 난폭하고 방탕하며 무례한 자들이죠. 이 훌륭한 저택이 그들의 나쁜 행동에 물들어 술집처럼 되고 말았습니다. 명예스럽지 못한 일들은 바로 고쳐나가는 게 옳을 듯합니다. 아버지의 시종들 수를 조금 줄여 주십시오. 아버지가 줄이시지 않겠다면, 저희 마음대로 줄여 버리겠습니다. 그리고 나머지 시종들도 아버지의 처지와 신분을 잘 아는 사람으로 뽑아야 할 줄로 압니다.

리어 왕 캄캄한 지옥에서 탈출한 악마가 따로 없군! 말에 안장을 달아라. 그리고 시종들을 불러라. 썩어문드러진 사생아 같으니라고! 더는 네 신세를 지지 않겠다. 내게는 너 말고도 딸이 있다.

고너릴 아버지는 저희 집 사람들을 때리고, 난폭한 저 사람들은 자기 상전을 하인처럼 대하고 있다고요.

　　알바니 등장.

리어 왕 후회는 빠를수록 좋다. (알바니에게) 아, 자네가 왔군. 이것이 자네의 뜻이었는가? 말해 보게나. (시종에게) 내 말을 준비하라. 배은망덕한 년! 네가 내 딸이라는 사실은, 바다의 괴물이 내 딸이라는 것보다 더 끔찍하구나!

알바니 제발 참으세요!

리어 왕 (고너릴에게) 흉악한 계집! 거짓말쟁이! 내 시종들은 고르고 고른 우수한 기사들이다. 그들은 자기 의무가 무엇인지 낱낱이 알고 있다. 자신들의 평판이 떨어지지 않도록 애쓰는 자들이다. 오, 코델리아의 몹시 작은 허물이 어찌하여 그렇게 추악하게 보였는지! 오, 리어여! 어리석구나! 소중한 딸을 몰아낸 이 아둔한 아비의 머리를 원망하라! (자신의 머리를 때린다.) 자, 가자, 시종들이여.

알바니 제게는 죄가 없습니다. 무엇 때문에 화가 나셨는지 통 모르겠습니다.

리어 왕 그럴지도 모르겠다. 들어라, 자연의 신이여! 저 계집의 뱃속에 아기를 갖지 못하도록 만들어라! 저 계집에게 자손 번영의 길을 끊어라! 만약 아이를 낳게 될 경우에는 그 자식이 살아서 저 계집에게 가혹한 불효의 아픔을 주게 하라! 그 패륜아 때문에 젊은 이마에 주름이 잡히고, 두 뺨에 흐르는 눈물로 골이 패고, 자식에게 멸시를 받도록 하라. 그리하여 은혜를 모르는 아이를 두는 것은 독사의 이빨에 물리는 것보다도 더 고통스럽다는 것을 저 계집이 깨닫도록 해다오. 가자, 가자! (퇴장)

알바니 오, 신이시여! 어째서 일이 이렇게 되었습니까?

고너릴 원인 같은 것은 알려고 애쓰실 필요가 없어요. 기분 내키는 대로 성질을 부리니까요.

　　　리어 왕 다시 등장.

리어 왕 이게 무슨 짓이냐! 보름도 채 되지 않았는데, 시종을 한꺼번에 오십 명이나 줄였어.

알바니 어떻게 된 일입니까?

리어 왕 그 까닭을 말해 주지! (고너릴에게) 참으로 부끄러운 일이다. 사나이인 내가 몸을 떨며, 뜨거운 눈물을 흘려야 하다니! 아, 결국 이런 꼴이 되고 말았구나. 하지만 걱정할 거 없다. 내게는 딸이 또 하나 있다. 리건은 틀림없이 나를 친절하게 맞이해 줄 것이다. 리건이 네가 어떻게 했는지를 알게 되면 손톱으로 여우같은 네 얼굴을 긁어 놓으려고 할 거다. 나는 원래의 내 모습으로 돌아갈 것이다. 어디 두고 보자.

리어 왕 퇴장. 켄트와 시종들 뒤를 따른다.

고너릴 글쎄, 좀 보시라니까요.

알바니 당신에 대한 사랑은 깊소만, 그렇다고 해서 당신 편만 들 수는 없소.

고너릴 제발 가만히 좀 계세요. (광대에게) 바보라기보다는 악당에 가까운 광대야, 주인 뒤를 따라가야지.

광대 리어 아저씨, 리어 아저씨! 기다리세요. 광대를 데려가 줘요. 내가 만약 여우 한 마리를 잡는다면 도살장으로 끌고 가야지. 그러나 이 모자를 팔아 목매는 밧줄을 살 수 있다면, 광대는 뒤쫓아 갈 거예요. (퇴장)

고너릴 아버지한테는 약이 되는 충고를 해 드렸어요. 기사가 백 명이라니! 기사를 백 명씩이나 거느리고 계신다는 것은 안전한 일이죠. 하지만 그 무력을 이용해 망령을 부린다거나 우리의 생활을 마음대로 하려는 것은 그냥 두고 볼 수 없어요. 오스왈드, 이리 오너라.

알바니 당신은 지나치게 겁을 내고 있는 듯하오.

고너릴 한도 끝도 없이 믿는 것보다는 안전하죠. 걱정거리를 없애는 것이 늘 겁에 질려 벌벌 떨고 있는 것보다 낫습니다. 아버지 속마음은 제가 잘 알고 있어요. 내가 아버지 하신 말씀을 편지로 동생에게 썼어요. 동생이 편지를 읽고도, 아버지와 기사 백 명을 부양한다면……

오스왈드 다시 등장.

고너릴 어떻게 되었느냐, 오스왈드! 동생에게 보낼 편지는 다 썼는가?

오스왈드 네, 다 썼습니다.

고너릴 몇 사람을 거느리고 곧 말을 타고 출발하거라. 내가 특히 걱정하고 있는 점을 전하고, 그 얘기를 강조하기 위해서라면 네 말재주를 부려도 좋다. 자, 떠나거라. 오는 길도 서둘러라. (오스왈드 퇴장)

알바니 당신의 눈이 얼마나 사태를 잘 꿰뚫어 보는지는 몰라도, 잘하려고 하다가 일을 망친 적이 한두 번이 아니잖소.

고너릴 그렇다면······.

알바니 좋소. 어디 한번 결과를 기다려 봅시다. (두 사람 퇴장)

제5장 - 같은 저택의 앞뜰

리어 왕, 켄트, 광대 등장.

리어 왕 너는 이 편지를 갖고 글로스터 백작한테로 가거라. 딸애가 그 편지를 읽은 다음 묻는 것에 대해서만 답변을 하여라. 나머지는 알고 있어도 모른 척하라. 서둘러서 급히 가지 않으면 내가 먼저 닳을는지도 모른다.

켄트 친서를 전달할 때까지는 잠도 자지 않겠습니다. (퇴장)

광대 사람의 두뇌가 발뒤꿈치에 붙어 있다면, 날마다 터져 피가 나겠지. 하지만 아저씨의 알량한 지혜는 발뒤꿈치에 없으니 안심하세요.

리어 왕 허허!

광대 둘째따님은 아저씨를 자기의 천성대로 대할 터이니 두고 보십시오. 왜냐면 능금하고 사과하고 같듯, 이 두 따님이 꼭 닮았으니까요.

리어 왕 예끼, 이 녀석! 무슨 말을 그렇게 하느냐?

광대 두 딸은 한 뱃속이죠. 맛이 같아요. 사과는 다 같은 맛이에요. 왜 사람의 코가 얼굴 한가운데 있는지 아세요?

리어 왕 몰라.

광대 코 양쪽에 눈을 붙여 두기 위해서예요. 코로 냄새를 맡을 수 없는 건 눈으로 볼 수 있으니까요.

리어 왕 (코델리아를 생각하며 독백) 막내한테 잘못했어.

광대 굴이 어떻게 제 껍데기를 만드는지 아세요?

리어 왕 몰라.

광대 저도 몰라요. 그러나 달팽이가 왜 집을 갖고 있는지는 알고 있죠.

리어 왕 왜 그래?

광대 왜냐하면 머리를 쑤셔 박기 위해서죠. 또한 딸들에게 뿔을 내주지 않기 위해서랍니다. 집이 없으면 제 뿔을 감출 껍데기가 없어지니까요.

리어 왕 나도 한땐 다정한 아버지였어! 이제부터는 아비로서의 정을 끊어야지.

광대 아저씨가 내 광대였다면, 난 때려 주었을 거야. 때가 오기 전에 미리 늙어 버렸으니까.

리어 왕 그게 무슨 소리냐?

광대 현명해지기 전에 늙어 버리면 안 되잖아요.

리어 왕 오, 신이시여! 저를 미치지 않도록 도와주십시오. 제정신을 갖도록 해 주십시오. 결코 미치고 싶지 않습니다!

　　시종 한 사람 등장.

리어 왕 어떻게 됐느냐! 말 준비는 다 됐느냐?

시종 준비됐습니다.

리어 왕 가자! (모두 퇴장)

제2막

제1장 - **글로스터 백작의 저택 뜰**

에드먼드와 큐란 등장. 서로 만난다.

에드먼드 안녕하세요.

큐란 안녕하세요. 방금 당신의 아버님을 뵙고, 콘월 공작과 리건 공작부인께서 오늘 밤에 이곳에 오신다는 것을 알려 드렸소.

에드먼드 무슨 일이 있는 거요?

큐란 모르겠소. 소문은 들었죠? 아직까지는 귓밥이나 때리는 정도지만…….

에드먼드 못 들었는데……. 무엇이오?

큐란 머지않아 전쟁이 터진다는 소문을 듣지 못했소? 콘월 공작과 알바니 공작 사이에요.

에드먼드 한마디도 듣지 못했소.

큐란 곧 듣게 될 것이오. 그럼 이만……. (큐란 퇴장)

에드먼드 공작이 오늘 밤 이곳에 오신다? 일이 척척 들어맞는군! 이것을 내 꿍꿍이속에 포함시켜야겠다. 아버지는 형을 잡기 위해 파수를 보냈을 테니까. 우선 골치 아픈 일이 한 가지 있으니, 그것부터 처리하자. 형, 내려와요! 할 얘기가 있어요.

　　　에드거 등장.

에드먼드 어서요! 아버지가 망을 보고 있어요. 형 빨리 도망가요! 여기 숨어 있는 게 발각됐어요. 지금 바로요! 칠흑 같은 밤이니 다행이네요. 혹시 콘월 공작을 헐뜯지 않았나요? 공작님이 부인과 함께 오신답니다. 서둘러서 피해야 해요. 그분들과 한패가 되어 알바니 공작을 헐뜯지는 않았나요? 꺼림칙한 일은 없나요?

에드거 그런 일은 정말 없다.

에드먼드 아버지 발소리가 들립니다. 용서해 줘요. 칼을 뽑아, 형을 치는 척하지 않으면 안 됩니다. 형도 칼을 빼고 방어 태세를 취하세요. 자, 어디 해봅시다. (목소리를 돋워) 항복이냐? 아버지 앞으로 나오너라! 어이, 여기다! 불을 밝혀라! (작은 소리로) 도망쳐요, 형! (큰 소리로) 횃불이 온다, 횃불이 와! (작은 소리로) 잘 가요. (에드거 퇴장) 피가 나면, 내가 용감하게 싸웠다고 생각하겠지. (한쪽 팔에 상처를 낸다.) 주정꾼들은 장난삼아서 이보다 더 심한 짓도 하더군. (큰 소리로) 아버지, 아버지! 여기예요! 살려 주세요!

글로스터와 횃불을 든 하인들 등장.

글로스터 에드먼드야, 그놈은 어디 있느냐?

에드먼드 시퍼런 칼을 뽑아 들고, 달을 보며 괴상한 주문을 중얼거리고 있었지요. 행운을 내려 달라고 빌고 있었습니다.

글로스터 도대체 그놈이 어디 있느냐고?

에드먼드 보십시오. 이렇게 피가 나고 있습니다.

글로스터 그래, 어디로 갔느냐?

에드먼드 이쪽으로 달아났습니다. 아무래도 안 되니까…….

글로스터 쫓아가라, 쫓아가! (하인들 몇 사람 퇴장) 한데 무엇이 안 된다는 것이냐?

에드먼드 아버지를 죽이자고 저를 아무리 설득해도 안 되었단 말이죠. 저는 아버지를 죽이는 놈에게는 신들이 벼락을 내린다고 형에게 말했습니다. 그뿐만 아니라, 아들이 아버지로부터 받은 은혜는 무한한 것이라고 말했습니다. 결국 제가 목숨을 걸고 반대하자, 형은 더는 어쩔 수 없었는지 미리 준비했던 칼로 저를 찌르고 도망쳤습니다.

글로스터 아무리 멀리 뺑소니쳐도 이 나라 안에 있을 테니, 꼭 붙잡고야 말겠다. 잡기만 하면 그놈을 없애 버리겠다. 그

비겁한 살인자를 찾아 형장에 끌고 오는 사람에게는 사례를 하고, 그놈을 숨겨 두는 놈은 모조리 사형에 처하겠다.

에드먼드 저는 형을 맹렬히 비난하면서, 그 계획을 세상에 폭로하겠다고 을러댔습니다.

글로스터 악당 놈! 그놈은 내 아들이 아니야. (안에서 요란한 기병 나팔 소리) 들어 보라, 공작님이 오셨다! 무엇 때문에 이곳까지 오셨는지 알 수 없구나. 온갖 문을 막아 버릴 테니, 악당은 도망갈 수 없을 것이다. 공작님도 이 일은 허락하시겠지. 그놈을 찾을 수 있도록 그놈의 얼굴을 방방곡곡에 붙여 놓을 테다. 그런데 내 재산 말이다. 네가 충성과 효자 노릇을 다하니, 네게 재산을 물려주겠다.

콘월, 리건, 그리고 시종들 등장.

콘월 어떻게 된 일이오? 이곳에 온 지 얼마 되지 않아 이상한 소문들이 들리니…….

리건 그 소문이 사실이라면 범인에게 엄벌을 내려야 해요.

글로스터 오, 부인! 이 늙은이 가슴이 터질 듯합니다.

리건 어찌된 일이오? 우리 아버지가 이름을 지어 준 아들이 백작님의 목숨을 노렸다니…….

글로스터 부인, 그저 부끄러울 따름입니다.

리건 혹시 그 아들이 바로 아버지를 따르고 있는 난폭한 기사들과 한패가 아닌가요?

글로스터 모르겠습니다. 그놈은 악독한 놈입니다.

에드먼드 그렇습니다. 한패입니다.

리건 그렇다면 악독할 수밖에 없어요. 백작을 죽이고 재산을 빼앗으라고 부추긴 것은 그놈들이죠. 그 패거리에 관해서, 오늘 밤 언니로부터 자세한 편지가 왔어요. 그 기사들이 우리 집에 와서 묵겠다고 할지도 모르니, 집에 있지 않는 게 좋을 거라고 알려 주더군요.

콘월 나도 집에 있지 말아야겠어. 에드먼드, 자네는 아버지에게 효자 노릇 한번 제대로 했다지?

에드먼드 자식된 도리를 지켰을 뿐입니다.

글로스터 이 애가 에드거의 음모를 알려 주었고, 그놈을 잡으려고 애쓰다가 다치기까지 했습니다.

콘월 잡으려고 쫓아갔나요?

글로스터 네, 뒤쫓고 있습니다.

콘월 잡히기만 하면, 더는 사람들에게 해를 끼치지 못하도록 해 줄 테다. 에드먼드, 너를 내 부하로 삼겠다. 너처럼 믿을 만한 사람이 필요하다. 너야말로 내가 찾던 사람 가운데 으뜸이구나.

에드먼드 비록 부족한 점이 있더라도 온힘을 다하여 공작님을 섬기겠습니다.

글로스터 아들을 대신해서 감사드립니다.

콘월 우리가 어째서 백작을 찾아왔는지 아직 모를 것이오.

리건 이토록 어두운 한밤중에 밤길을 더듬어 온 것은 백작의 조언을 들을 일이 있어서예요. 아버지와 언니 사이에 불화가 생긴 모양이에요. 두 분이 다 편지를 보내왔죠. 저는 집을 떠나서 답장을 보내는 것이 좋다고 생각했어요. 백작의 충고를 듣고 싶어요.

글로스터 알겠습니다. 두 분께서 오신 것을 진심으로 환영합니다. (나팔 소리. 모두 퇴장)

제2장 - **글로스터 백작 저택 앞**

켄트, 오스왈드, 양쪽에서 따로 등장.

오스왈드 잘 잤소? 당신은 이 집 사람이오?

켄트 그렇소!

오스왈드 어디다 말을 맬까?

켄트 진흙 속에나 매시오!

오스왈드 제발 부탁이니 가르쳐 주오.

켄트 싫소!

오스왈드 당신하고는 별 볼일 없겠구면.

켄트 난 너를 돼지우리에 집어넣고 싶다!

오스왈드 어째서 그런 야단을 하시오. 서로 알지도 못하면서……

켄트 난 알고 있다!

오스왈드 나를 누구라고 생각하오?

켄트 악당에다 불한당이며, 고기찌꺼기나 처먹는 놈이지. 천하고, 경박하고, 한 해에 옷을 세 번밖에는 못 갈아입는 놈이지! 돈벌이도 못하며, 더러운 털양말을 신고 있는 놈이지. 간덩이가 콩알만 하고, 얻어터지면 싸울 생각은 않고 소송이나 거는 놈! 밤낮 없이 거울만 들여다보는 천한 놈! 주제넘고, 옷 입는데 까다로운 놈! 재산이라고는 더러운 몸뚱이밖에 없는 종놈! 남을 위한답시고 뚜쟁이 노릇을 하는 놈! 악당에 거지에 겁쟁이에 뚜쟁이에 잡종 암캐의 자식 놈을 함께 섞어 놓은 놈이지.

오스왈드 참으로 고약한 놈이로구나! 나도 너를 모르고, 너도 나를 모르는데, 이토록 욕을 퍼붓다니……

켄트 철면피 같은 놈이로구나. 나를 모른다고 하다니! 전하 앞에서 널 딴죽을 걸어 넘어뜨리고 두들겨 패 준 것이 바로 이틀 전이 아니더냐? 이놈아, 칼을 뽑아라! 비록 밤이지만, 달빛이 있다. 네놈을 박살내어 명월탕을 끓여 먹겠다. (칼을 빼면서) 자, 칼을 빼라! 이 건달 놈아!

오스왈드 비켜라! 나는 너한테 볼일이 없다.

켄트 이놈, 칼을 빼라! 전하께 불리한 편지나 전하는 놈! 너는 왕권을 해치고 있어. 어서 칼을 빼라! 네 정강이에서 살점을 떼어 내야겠다. 이놈아, 칼을 빼서 덤벼라!

오스왈드 사람 살려! 살인이다! 사람 살려!

켄트 덤벼라, 이 나쁜 놈! 가만 있거라, 악당 녀석! 가만 있거라, 이 노예 같은 놈아! 노예치고는 매끈하게 빠졌군. 자, 쳐라! (켄트가 오스왈드를 친다.)

오스왈드 사람 살려! 아, 살인이다! 살인이다!

에드먼드가 가늘고 긴 칼을 빼들고 등장.

에드먼드 어떻게 된 일이냐! 무슨 일이냐! 떨어져라!

켄트 애송이로군. 아가야, 피 맛을 보여 줄 테니 덤벼라!

콘월, 리건, 글로스터 그리고 하인들 등장.

글로스터 칼을 빼들고 여기서 무엇 하는 거냐?

콘월 목숨이 아깝거든 가만히 있어! 다시 칼을 내려치는 놈은 죽여 버릴 테다. 도대체 무슨 일이냐?

리건 언니와 아버지께서 보낸 사절이군요.

콘월 왜 싸움을 하는 거냐? 말해 보라.

오스왈드 저는 숨을 쉴 수가 없습니다.

켄트 그야 그럴 테지. 그토록 용감하게 덤벼들었으니……. 비겁한 악당 놈아, 우주도 너 같은 놈을 만들었다고 하지는 않을 것이다. 너 같은 놈은 양복쟁이가 만든 게 분명해.

콘월 이상한 놈도 다 있군. 양복쟁이가 사람을 만들어?

켄트 그래요. 양복쟁이가 만들었죠. 석공이든 화가든 두 시간만 일을 해도, 이토록 서툰 작품을 만들어 내진 않을 겁니다.

콘월 왜 싸움을 시작했나?

오스왈드 저 허연 수염을 불쌍히 여겨 목숨만은 살려 줬더니, 저 늙은 흉악한 놈이……

켄트 쓸모없는 놈아! 어르신, 허락해 주신다면 이놈을 짓이겨서 회반죽을 하여 변소의 벽에다 바르겠습니다. 흰 수염 때문에 나를 살려 줘? 빌어먹을 놈!

콘월 입 닥쳐! 이 짐승 같은 것들아, 예의범절도 모르느냐?

켄트 압니다! 그러나 화가 치밀 때는 눈에 보이는 게 없는 법이죠.

콘월 왜 화가 났느냐?

켄트 이 따위 노예 놈이 칼을 차고 있으니, 기가 막힐 노릇이지요. 이런 악당 놈들은 쥐새끼처럼 부자간의 핏줄까지도 물어뜯습니다. 이런 놈들은 아첨을 떨면서 불에는 기름을 붓고, 싸늘한 마음에는 찬물을 뿌리면서 그저 개처럼 따라다니는 것밖에는 모릅니다. (오스왈드를 향해서) 토할 것 같은 그 얼굴을 집어치워라!

콘월 아니! 이 늙은 놈이 미친 것 아냐?

글로스터 왜 싸움을 하게 되었나? 그것을 말하라!

켄트 아무리 서로 다른 인간이라 할지라도, 저하고 이 악당놈처럼 맞지 않는 관계는 없을 겁니다.

콘월 왜 자꾸 저 사람을 악당이라고 하느냐? 저놈 잘못이 뭐냐?

켄트 저 꼴이 보기 싫어서요.

콘월 그렇다면 우리 얼굴도 마음에 들지 않겠구먼.

켄트 솔직하게 말씀드리겠습니다. 저는 지금 여기 계신 분들보다 훨씬 훌륭한 얼굴을 본 적이 있습니다.

콘월 내 이런 녀석들을 잘 알고 있지. 이런 놈들은 흉계를 감추고, 가면을 쓰고 있지. 어수룩한 척해도, 굽실거리면서 아첨하는 놈들보다 훨씬 나쁜 놈들이지.

켄트 제 말투가 공작님의 마음에 거슬렸다면 용서하십시오. 하지만 저는 아첨할 줄 모르는 사람입니다. 솔직히 말해서 공작님을 속이는 짓까지 하면서 악당이 되고 싶지는 않습니다. 절대로 그런 놈은 될 수 없지요.

콘월 (오스왈드에게) 무엇 때문에 이 사람을 화나게 만들었는가?

오스왈드 화나게 한 일은 없습니다. 며칠 전에 저놈이 모시고 있는 국왕께서 무슨 오해 때문에 저를 때린 적이 있습니다. 그때 저놈이 국왕 편을 들어 뒤에서 저에게 딴죽을 걸었습니다. 제가 넘어지니까 의기양양해져서 저에게 욕설을 퍼부었지요. 영웅이나 된 깃처럼 우쭐해서 말입니다. 제법 용감한 척하면서 야단법석이었죠. 저놈이 국왕 편을 들어 칭찬을 받은 겁니다. 그런 일에 맛이 들어서인지 다시 칼을 빼들고 제게 달려든 겁니다.

켄트 비겁하고 못된 놈! 저놈에 비하면 에이잭스가 제아무리 자랑을 잘한대도 바보가 되고 말겠군.

콘월 차꼬를 갖고 오너라! 이 난폭한 늙은이에게 따끔한 맛을 보여 줘야겠다.

켄트 나이가 많아 배울 수가 없습니다. 그러니 차꼬를 채울 필요는 없겠지요. 게다가 저는 국왕의 심부름으로 이곳에 온 사람입니다. 전하의 사절에게 차꼬를 채우면 국왕의 위엄과 인격을 모독하는 것일 뿐만 아니라, 악의를 보이시는 것이 되겠지요.

콘월 차꼬를 가져오너라! 내게 목숨이 붙어 있는 한, 저놈을 내일 낮까지 거기다 앉혀 놔야겠다.

리건 낮까지라뇨! 밤새도록 앉혀 놓읍시다.

켄트 제가 아버지의 개라도 이렇게 학대를 해서는 안 됩니다.

리건 아버지가 데리고 있는 악당이기 때문에 이렇게 하는 거야.

콘월 저놈은 당신 언니 편지에 적혀 있는 녀석들과 한패거리야. 어서 차꼬를 가져오너라!

　　시종들이 차꼬를 들고 들어온다.

글로스터 공작님, 참으십시오. 저놈의 죄가 비록 크긴 하지만, 주인이신 국왕께서 마땅히 벌을 주실 겁니다. 국왕께서 자신의 사절이 이토록 모욕을 당했다는 것을 아시면 적잖이 화를 내실 겁니다.

콘월 그 책임은 내가 진다.

리건 언니야말로 더욱 화를 낼 거야. 언니의 시종이 모욕당한 걸 알기라도 해 봐. 저놈의 다리를 채워 놓아라. (켄트를 차꼬에다 채운다.)

콘월 자, 갑시다. (글로스터와 켄트만 남고 모두 퇴장)

글로스터 미안하네. 공작님 분부라 어쩔 수 없었네. 세상 사람이 다 알고 있듯이, 한번 성을 내면 아무도 막을 수 없지 않은가. 하지만 내가 자네를 위해서 간청은 해 보리다.

켄트 걱정 마시오. 밤잠도 안 자고 먼 길을 걸어왔더니 피곤하오. 잠이나 좀 자야겠소. 세상에는 착한 사람이라도 불행을 겪을 때가 적지 않은 법이오. 그럼 안녕히 주무시오.

글로스터 누가 봐도 이 일은 공작님 잘못이야. 전하께서 아시면 무척 화를 내실걸. (글로스터 퇴장)

켄트 재난을 겪지 않고서는 기적을 볼 수가 없지. 이것은 코델리아 공주님의 편지로구나! 내가 신분을 숨기고 지내는 것을 알고 계시니, 다행이다. 때가 되면 나라를 구하고 충성을 다한 자에게 상금을 내리시겠지. 아, 피곤하다! 잠을 못 자서 무거워진 눈이여, 부끄러운 잠자리에서 잠들지 않은 것이 그나마 다행이로구나. (잠든다.)

제3장 - 숲 속

에드거 등장.

에드거 나는 죄인이다. 다행히 나무 숲 속에 숨을 수 있어서 잡히지는 않았지만 도망갈 구멍이 없다. 파수병이 물샐틈없이 지키고 서 있어 어떤 곳에도 갈 수가 없다. 나를 잡으려고 눈에 불을 켜고 있단 말이야. 도망갈 수 있을 때까지 살아남아야겠군. 초라한 거지꼴을 하고 지내야겠다. 이제 짐승처럼 사는 거야. 얼굴을 검게 칠하고, 허리에는 남루한 담요 자락을 감고, 머리털을 엉키게 하여 텁수룩하게 만들고, 알몸뚱이를 그대로 드러내어 비바람을 견디리라. 이 나라에 들끓는 미친 거지들의 흉내를 내자. 그 거지들은 신음 소리를 질러가면서 바늘, 나무꼬챙이, 못, 들장미의 잔가지 따위를 마비된 맨살 팔뚝에다가 꽂는다. 미친 듯이 떼를 쓰기도 하고, 밥을 빌어먹는다지…… 나는 이제 에드거가 아니야. 그 거지들 틈에 있는

불쌍한 티얼리고드야. 불쌍한 톰인지도 몰라. 그래야 살아남을 수 있어. (에드거 퇴장)

제4장 - 글로스터 백작의 저택

켄트는 차꼬를 채운 채로 있다. 리어 왕, 광대, 시종과 함께 등장.

리어 왕 이상한 일이다. 그들이 이렇게 갑자기 집을 떠난 것도 그렇고, 내가 심부름 보낸 사람을 여태 돌려보내지 않다니…….

시종 제가 들은 바로는, 어젯밤까지만 해도 전혀 집을 떠날 생각이 없었다고 합니다.

켄트 전하, 안녕하십니까!

리어 왕 아! (켄트가 옆에 있는 것을 발견하고 한참 쳐다본 뒤) 아니, 이런 모욕을 재미로 알고 있느냐?

켄트 전하, 아닙니다.

광대 헛! 참 재밌는 양말대님을 매고 있군. 말은 머리를, 개와 곰은 목을, 원숭이는 허리를 그리고 사람은 다리를 잡아매는구나. 다리를 함부로 파닥파닥 놀려 걷어차기를 좋아하는 놈은 나무양말을 신겨야 해.

리어 왕 네 신분을 몰라보고, 차꼬를 채운 놈이 누구냐?

켄트 전하의 딸과 사위입니다.

리어 왕 그럴 리가 없다.

켄트 사실입니다.

리어 왕 아니야. 그들이 그랬을 리가 없어.

켄트 보시다시피 그들이 이렇게 만들었습니다.

리어 왕 그들이 감히 그럴 수가 있나? 그들은 그럴 수도 없고, 그렇게 하지도 않을 거다. 그것은 살인보다 더 흉측한 일이 아닌가. 고의로 그런 난폭한 짓을 하다니……. 어서 대강이라도 얘기해 봐라. 어째서 네가 이 같은 벌을 받아야만 했는지. 내 사절을 누가 감히……!

켄트 전하! 제가 그 두 분의 저택에 도착하여 친서를 바치고, 자리에서 일어나기도 전에 숨을 헐떡이면서 큰따님의 사절이 들이닥쳤습니다. 제가 전한 친서는 아랑곳하지 않고, 언니가 보낸 편지를 우선 읽으셨지요. 편지를 읽은 뒤 하인들을 소집하더니 바로 말을 타셨지요. 저보고는 뒤따라오라는 겁니다. 틈이 나면 회답을 해 주겠다는 거지요. 여기서 다시 그 사절을 만났습니다. 그놈은 며칠 전에 전하께 버릇없이 굴었던 놈이지요. 저는 앞뒤를 가리지 않고 사나이답게 칼을 뽑았습니다. 그놈은 겁에 질려 빽빽 소리를 지르면서 집안사람들을 깨우더군요. 공작과 공작부인은 제가 이런 모욕을 받아도 마땅하다는 겁니다.

광대 기러기가 저쪽으로 날아가는 걸 보니 아직 겨울이 다가지 않았구나. 아비가 누더기를 걸치면 자식들은 장님이 되고, 아비가 돈주머니를 차고 있으면 자식들은 친절하다네. 운명의 여신은 갈보라서 가난한 사람에게 문을 잠그네. 하지만 아저씨는 따님들 덕택으로 넉넉한 돈주머니와 근심주머니를 얻게 될 겁니다.

리어 왕 아하! 가슴속에서 울화가 치미는구나. 내 딸은 어디 있느냐?

켄트 글로스터 백작과 함께 안에 계십니다.

리어 왕 여기 있거라. 따라오지 마라. (퇴장)

시종 지금 말씀하신 것 말고 저지른 잘못은 없었나요?

켄트 없었소. 그런데 어째서 전하께서는 시종들 수를 줄여 초라한 모습으로 오셨소?

광대 그런 것을 물어보니까 차꼬가 채워지지. 싸다 싸!

켄트 뭐야? 이 광대 녀석!

　　　　리어 왕이 글로스터와 함께 다시 등장.

리어 왕 면회 사절이라고! 나한테? 몸이 아파? 간밤에 밤새워 여행을 해서 피곤하다고? 그건 핑계에 지나지 않아. 아비를 거역하고, 아비를 버리려는 뜻이야. 좀 더 그럴듯한 대답을 가져와라.

글로스터 말씀드리기 황송합니다만, 전하도 아시다시피 공작은 성질이 불같아서 한 번 마음먹으면 절대 양보하는 법이 없지요.

리어 왕 염병에 걸려 죽어 버려라! 뭐, 성질이 불같아? 양보를 못 한다고? 글로스터, 콘월 공작 내외를 직접 만나야겠다.

글로스터 그대로 말씀드렸습니다만…….

리어 왕 두 사람에게 그대로 전했는가? 여보게, 자넨 내 말 뜻을 알고 있는 건가?

글로스터 네, 알고 있습니다.

리어 왕 국왕이 제 딸과 얘기를 나누고 싶다는 거다. 아비가 사랑스런 딸에게, 딸로서 도리를 다하라는 것이다. 이 뜻을 두 사람에게 전했느냐? 숨이 막히고 피가 끓는다! 불같은 공작이라고? 성질 급한 공작에게 가서 말하라. 아니, 지금 말하지 않아도 좋다. 사람은 더러 지치면 제정신이 아닐 수도 있으니까. 참자! 나는 내 급한 성질 때문에 분통이 터졌던 거야. (켄트를 보며) 내 권세도 땅에 떨어졌구나! 무엇 때문에 네게 차꼬를 채웠느냐? 이 꼴을 보니 공작 내외가 무슨 계략을 꾸미는 듯싶구나. 내 하인을 당장 풀어 놓아라! 그리고 공작 내외에게 가서 내가 만나고 싶어 한다고 전하라. 지금 곧 가라! 두 사람보고 내 말을 들으라고 하라. 오지 않으면 내가 침실 앞에서 북을 쳐 잠을 깨울 것이다.

글로스터 서로 잘 지내시기 바랍니다. (퇴장)

　　콘월, 리건, 하인들과 함께 글로스터 다시 등장.

리어 왕 잘들 있었나?

콘월 전하의 은혜, 망극합니다. (켄트를 풀어 놓는다.)

리건 아버지를 뵈오니 기쁩니다.

리어 왕 그럴 것이다. 리건, 네가 기쁘지 않다고 한다면 네 어미는 화냥년이 될 테니. 그렇다면 나는 무덤을 헤쳐서라도 네 어미와 이혼할 생각이다. (켄트에게) 아, 이제야 풀려났구나. 그 일에 대해서는 나중에 따지기로 하자. 사랑하는 리건, 네 언니는 흉악한 계집이다. 그 계집은 독수리 같은 이빨로 (자기 가슴을 가리키며) 여기를 물어뜯었다. 네게 말로 다 표현할 수가 없구나. 너는 믿어지지 않을 거야. 오, 리건!

리건 제발 진정하세요. 언니가 효성을 다하지 않았다니, 혹시 뭔가를 오해하신 건 아닌지요?

리어 왕 오해라니?

리건 언니가 아버님을 소홀히 했다니, 도저히 믿어지지가 않습니다. 그 일에는 그럴 만한 까닭이 있었을 겁니다. 무작정 언니를 비난할 수는 없어요.

리어 왕 그 계집을 저주한다!

리건 아버지, 이제는 늙으셨어요. 아버지보다도 더 나라 사정에 밝은 젊은이한테 모든 걸 맡길 필요가 있어요. 그러니 제발 언니한테 돌아가셔서 미안하다고 사과하세요.

리어 왕 나보고 사과하라고? 그게 한 나라의 국왕인 아비가 할 짓이냐! 사랑하는 딸아, 내가 늙어 쓸모가 없구나. (무릎을 꿇고) 제발 부탁한다. 옷가지와 먹을거리와 잠자리를 다오. 이렇게 애걸하라고?

리건 그만하세요! 그런 잔꾀는 더 이상 못 보겠어요. 제발 언니한테로 돌아가세요.

리어 왕 (벌떡 일어서며) 리건, 절대로 안 가겠다. 그 계집은 내 시종들을 반으로 줄였어. 그리고 눈살을 찌푸리며 나를 노려봤어. 내게 마구 욕설까지 퍼부었지. 독사가 되어 내 가슴을 치렁치렁 감았어. 온갖 복수여, 은혜를 모르는 그 계집의 뻔뻔스런 낯짝 위에 쏟아져라! 모든 병마여, 아직 태어나지 않은 그 계집의 자식들을 절름발이로 만들어라!

콘월 너무도 끔찍하군요!

리어 왕 날쌘 번개여, 그 계집의 눈알을 찔러라! 독기여, 그 계집의 미모를 시들게 하라!

리건 오, 맙소사! 저 때문에 화가 나시면 제게도 똑같은 저주를 퍼부으실 건가요?

리어 왕 아니야, 리건. 너를 저주할 일은 결코 없을 것이다. 너는 부드러운 마음씨를 갖고 있기 때문에 모질지가 않아. 고너릴의 눈은 사납지만, 네 눈은 다정하거든. 불꽃처럼 이글

이글 타고 있지 않아서 좋아. 내가 즐기는 일에 대해서 너는 불평하지 않겠지? 내 시종들을 줄이는 일도 없고, 내 생활비를 아까워하지도 않을 거야. 다짜고짜 내게 말대꾸하는 일도 없을 거고……. 무엇보다도 예의범절을 잘 배운 네가 내가 오는 것을 막기 위해 문을 잠그는 일 따위는 하지 않겠지? 또한 내가 왕국의 절반을 네게 넘겨준 것을 잊지 않았겠지?

리건 아버지, 용건만 간단히 말하세요.

리어 왕 누가 내 시종에게 차꼬를 채웠느냐? (안에서 나팔 소리)

콘월 저 나팔 소리는?

리건 언니가 오십니다.

　　　오스왈드 등장.

리건 공작부인이 오시는가?

리어 왕 이 하인 놈은 변덕스런 주인마님의 치마폭에 숨어서 오만방자하게 굴며 콧대만 높구나. 눈에 거슬린다. 내 눈앞에서 썩 꺼져라, 이놈!

콘월 전하, 왜 이러십니까?

리어 왕 누가 내 시종에게 차꼬를 채웠느냐? 리건, 너는 아니겠지? 누구냐, 지금 여기 오는 사람은?

　　　고너릴 등장.

리어 왕 오, 신이시여, 굽어 살피소서. 이 늙은이를 어여삐 여기신다면 천시를 내려 보내시어 편을 들어주십시오! (고너릴에게) 너는 아비의 수염을 보고도 부끄럽지 않단 말이냐? 오, 리건, 저 계집의 손을 잡으려 하다니!

고너릴 왜 손을 잡으면 안 됩니까? 제가 뭐 잘못된 일이라도 했나요? 아직도 철이 안 드셨어. 망령 난 늙은이가 저지르는 무례를 어찌 다 받아들일 수 있겠어요?

리어 왕 아직도 잘못을 모르는구나! 참으로 단단한 가슴을 가졌구나! 어째서 내 사람에게 차꼬를 채웠느냐?

콘월 그건 제가 했습니다. 저자의 난동을 생각하면 더 지독한 벌을 받았어야 했습니다.

리어 왕 누가! 자네가 했어?

리건 아버지, 아버지는 나이가 많아 쇠약해지셨어요. 진정하세요. 언니한테 가서서 한 달 사시는 동안 시종을 반으로 줄인 다음 제게 오세요. 저는 현재 집을 떠나 있는 몸이라 대접해 드릴 수가 없어요.

리어 왕 언니 집으로 돌아가라고? 시종을 오십 명으로 줄이라고? 고너릴에게 돌아가는 것보다는 차라리 이리와 올빼미의 벗이 되고, 가난하게 사는 것이 낫겠다! 언니 집으로 돌아가라고? 차라리 프랑스 왕에게 가서 무릎을 꿇고 비천한 기사처럼 사는 게 낫겠다. 절대 저 계집의 집에는 안 간다! (오스왈드를 가리키면서) 차라리 저 흉악한 놈의 말이 되라고 해라.

고너릴 좋을 대로 하세요.

리어 왕 애야, 나를 미치게 만들지 마라. 너를 더는 괴롭히지 않겠다. 잘 있거라. 두 번 다시 만나지 말자. 두 번 다시 서로 얼굴을 대하지 말자. 너는 여전히 내 살이요, 내 핏줄이요, 내 딸이다. 혹은 내 살 속에 박힌 병균인지도 모른다. 그것도 내 것이라 부를 수밖에 없을 것이다. 너는 내 피가 썩어 엉겨서 생긴 종기요, 부스럼이요, 부어오른 염증이다. 하지만 나는 너를 원망하지 않겠다. 할 수 있을 때 마음을 고쳐라. 틈이 있으면 착한 사람이 되도록 애써라. 나는 이만 나가련다. 리건 집에 머무르겠다. 나와 백 명의 기사 모두가……

리건 그럴 수 없습니다. 아버지께서 오실 줄 전혀 예상도 못했고, 받들어 모실만한 충분한 준비도 되어 있지 않습니다. 그러니 언니 말을 들으세요.

리어 왕 그 말이 진심이냐?

리건 그렇습니다. 시종이 오십 명이면 되지 않아요? 더 무슨 소용이 있겠어요. 아니, 그것도 많아요. 그렇게 수가 많으면 비용도 많이 들고, 위험도 크지요. 한 집에서 두 주인을 섬기는 그 많은 사람들이 어떻게 사이좋게 지낼 수 있겠어요? 어려운 일이죠. 그건 안 될 일입니다.

고너릴 저희 집 시종들이 아버지를 돌봐드려도 되잖아요.

리건 그렇게 하세요. 만약에 저희 집 하인이 아버지를 소홀히 모시면 저희가 호되게 다스릴게요. 부탁입니다만, 저희 집에 오시려면 시종을 스물다섯 명만 데리고 오세요. 더 오게 되면 방도 없고 돌봐 줄 수도 없어요.

리어 왕 너희에게 모든 것을 다 주었는데…….

리건 제때에 주셨지요.

리어 왕 너희를 후견인으로 하여 내 재산을 관리하게 했다. 대신, 나는 시종 백 명을 둔다는 단서를 붙였다. 그런데 너희 집에 가는데 스물다섯 명이라니, 어림도 없는 소리다. 리건, 진심으로 말했느냐?

리건 거듭 말씀드립니다만, 더는 곤란합니다.

리어 왕 악당 옆에 더 흉악한 놈이 있으면, 그 악당은 제법 괜찮게 보일 수도 있어. (고너릴에게) 너와 함께 가겠다. 너는 오십 명이라고 말했으니, 스물다섯 명의 두 배가 아니냐. 네 효심은 네 동생의 두 배인 셈이다.

고너릴 잠깐 기다리세요! 아버지 시종이 스물다섯 명이건 열 명이건 한 명이건 무슨 소용이에요. 저희 집에 가면 갑절이나 많은 시종들이 뒤를 돌봐 드리고 있는데요.

리건 한 사람도 필요 없어요?

리어 왕 찢어지게 가난한 거지들도 형편없는 물건이나마 넉넉하게 갖고 있는 것이 있어. 사람이 본래 필요로 하는 것 이상을 가질 수 없다면 짐승과 다를 것이 뭐가 있겠는가. 그렇다면 네가 입고 있는, 따뜻하지도 않은 그 사치스런 옷이 왜 필요하겠느냐. 신이시여, 인내를 주소서! 지금 내게 정말 필요한 것이 있다면, 그것은 바로 인내다. 여기 서 있는 불쌍한 늙은이를 보십시오. 이 딸들의 마음을 충동질하여 아버지를 배반하도록 만든 것이 당신의 뜻이라면, 정말 너무합니다. 이 일을 가만히 보고 참지 마소서. 짐승 같은 계집들아, 너희에게 무서운 복수를 하겠다! 너희는 내가 울 줄 알았겠지? 울긴 왜 울어…… 아냐, 절대 울지 않겠다! (멀리서 폭풍우 소리가 들린다.) 심장이 천 갈래 만 갈래로 찢겨지기 전에는 울지 않으련다. 아, 광대야! 나는 미칠 것만 같구나. (리어 왕, 글로스터, 켄트 그리고 광대 퇴장)

콘월 안으로 들어갑시다. 폭풍우가 일 것 같소.

리건 이 집은 좁아서, 저 늙은이와 시종들이 함께 머물 수가 없어요.

고너릴 늙은이 망령 탓이야. 스스로 편한 자리를 박찼으니까. 어리석은 짓이 어떤 것인지 맛 좀 봐야 해.

리건 아버지 한 분이라면 기꺼이 환영하겠지만, 단 한 명이라도 시종이 따르면 안 되겠어요.

고너릴 나도 마찬가지야. 글로스터 백작은 어디 있지?

콘월 늙은이를 쫓아갔어요. 아, 저기 돌아오는군.

글로스터 다시 등장.

글로스터 국왕께서는 회기 머리끝까지 치미셨습니다.

콘월 어디로 가신다던가요?

글로스터 말을 대령하라고 호통을 치시는데, 어디로 가실지 모르겠습니다.

콘월 하고 싶은 대로 하라고 내버려 둡시다. 자기 고집대로 할 테니까.

고너릴 백작, 제발 말리지 마세요.

글로스터 아아! 밤이군요. 모진 바람이 일고 있습니다. 이곳 가까이에는 머물 수 있는 수풀도 하나 없습니다.

리건 하지만 백작! 옹고집쟁이에게는 스스로 선택한 고통이 훌륭한 스승이 될 수 있어. 문단속 잘해라. 늙은이의 시종들이 죽기 살기로 사납게 으르렁대고 있으니…… 늙은이를 선동해서 무슨 짓을 할지 몰라. 조심해야 돼. 나쁜 말엔 언제나 귀가 솔깃해지시는 분이거든.

콘월 백작, 문을 단단히 잠그시오! 사나운 밤이오. 폭풍우를 피합시다. (모두 퇴장)

제 3 막

제1장 - **황량한 들판**

폭풍우가 몰아치는 가운데 번개 천둥이 요란하다. 켄트와 코델리아의 시종이 양쪽에서 등장.

켄트 거, 누구요? 이토록 궂은 날에.

시종 비바람처럼 마음이 아주 어수선한 사람이오.

켄트 내가 알 만한 사람이군. 전하께서는 어디 계시오?

시종 사나운 비바람과 맞서 싸우고 계십니다. 땅덩이가 바다로 쓸려가도록 바람에게 명령하고 계십니다. 파도가 육지로 밀려와서 온 세상을 거꾸로 뒤엎던가, 아니면 없애 버리라고 소리를 치고 계십니다. 백발을 움켜잡고 쥐어뜯습니다만, 폭풍우는 미친 듯 사납게 울부짖으며 전하의 백발을 조롱할 뿐입니다. 인간이라고 하는 이 작은 몸뚱이 하나만 믿고 비바람을 깡그리 무시하고 계십니다. 전하께서는 모자도 쓰지 않고, 여기저기 뛰어다니며 소리치고 계십니다.

켄트 누가 옆에 있소?

시종 광대뿐입니다. 심장이 찢어지는 전하의 슬픔을, 그 바보는 익살로써 막아 보려고 애를 쓰고 있습니다만……

켄트 당신의 인품은 이미 나도 알고 있소. 당신을 믿고 한 가지 큰 사건을 부탁할까 하오. 알바니 공작과 콘월 공작은 겉으로는 잘 맞는 듯하지만, 속으로는 서로 사이가 좋지 않소. 이 두 공작에게는 겉으로 충실한 신하인 척하면서 실제로는 프랑스의 첩자인 자들이 있소. 그런 놈들은 으레 운이 좋아, 높은 지위를 차지하게 된 사람들에게 붙어 다니지. 여하튼 프랑스군이 쳐들어와, 분열된 이 나라를 덮칠 것만은 확실하오. 그래서 부탁인데, 급히 코델리아 공주님한테 가서 전하께서 지금 딸들 때문에 미칠 지경이라는 사실을 전해 주시오.

시종 이 문제에 대하여 좀 더 얘기하지요.

켄트 그럴 필요는 없소. 증거로 이 반지를 드리겠소. 코델리아 공주님한테 이 반지를 보여 드리면 내가 누구인지를 바로 아실 거요. 폭풍우가 사납군. 나는 전하를 찾으러 가야겠소.

시종 더 하실 말씀은 없는지요?

켄트 한마디 덧붙이겠소. 아주 중요한 얘기요. 당신은 저쪽으로, 나는 이쪽으로 가다가 누구든지 먼저 전하를 발견

한 사람이 큰 소리로 알려 주도록 합시다. (두 사람 따로따로
퇴장)

제2장 – 들판의 다른 쪽

　　폭풍우는 멈추지 않고 계속 몰아치고 있다. 리어 왕과
　　광대 등장.

리어 왕 바람아, 불어라! 사납게 불어라! 폭풍우야, 쏟아져
라! 번개야, 백발을 태워라! 천둥아, 부숴라!

광대 아저씨, 방 안에서 아첨하는 것이 들판에서 비를 맞는
것보다 나아요. 아저씨, 들어가서 딸년들의 신세를 집시다.
칠흑같이 캄캄한 밤은 똑똑한 사람과 바보 같은 사람을 구별
하지 못하거든요.

리어 왕 실컷 으르렁대라! 불꽃을 토하라! 비야, 쏟아져라!
비도 바람도 천둥도 번개도 내 딸이 아니다. 나는 너희를 더는
욕하지 않겠다. 너희에게는 왕국을 넘겨주지도 않았고, 너희
를 내 딸이라고 부르지도 않았으니, 너희는 내게 복종할 의무
가 없다. 그러니 너희 멋대로 해도 나는 아무 할 말이 없다.
나는 너희의 노예가 되어, 여기 서 있다. 불쌍한 늙은 몸이
되어, 여기 이렇게 버림받아 서 있구나. 너희가 흉악한 두 딸

의 편이 되어 이 늙은이의 백발을 날릴 작정이냐? 그렇다면 나를 쳐서 넘어뜨려라! 나는 너희를 비굴한 사신들이라고 부르겠다. 아, 정말로 원망스럽구나!

광대 머리를 처박을 수 있는 집 한 칸이라도 있는 사람은 머리가 좋은 거지. 집도 없이 불알 넣을 바지만 있다면, 불알에 이가 꾀지. 마음속에 맺힌 분노를 발가락에 매고 다닌다면, 발가락이 아파서 뜬눈으로 밤을 지새우지. 아무리 기가 막힌 미인이라도 거울 앞에서는 입을 삐죽거리지.

　　　켄트 등장.

리어 왕 (스스로 타이르듯이) 아니야. 나는 이겨 내야 해. 아무 말도 하지 말자.

켄트 게 누구냐?

광대 여기는 왕관과 바지가 있다. 똑똑한 사람과 바보가 있다는 말이다.

켄트 아! 여기 계셨군요? 밤을 좋아하는 동물도 이 같은 밤은 싫어할 겁니다. 짐승들마저 궂은 날씨를 피해 동굴 속에 숨어 있습니다. 이토록 무서운 천둥과 번개와 비바람은 처음입니다.

리어 왕 이토록 무서운 혼란이 운명의 신이 내린 명령이라면, 나는 그 운명을 거부하겠다. 적은 어디 있느냐? 나와 함께 들판에 남아 있는 기사여, 적들은 어디 있느냐? 악독한 놈들에게 두려움을 알게 하자. 가슴속 깊숙이 죄악을 숨겨 둔 놈들에게 정의의 채찍을 휘두르자. 살인자야, 거짓 증언을 한 자야, 간음을 범하고도 덕행을 가장하는 자야, 어디 숨어 있느냐? 숨어 있는 죄악아, 죄의 뚜껑을 활짝 열고 심판을 받아라!

켄트 아, 왕관도 쓰지 않고 맨머리로! 전하, 바로 이곳 가까이에 오두막이 있습니다. 착한 사람이라면 폭풍우를 피하도록 그곳을 빌려 줄 겁니다. 그곳에서 잠시 쉬도록 하세요. 그 동안에 저는 그 몰인정한 집에 다시 가서 억지로라도 예의를 지키도록 설득해 보겠습니다.

리어 왕 내가 드디어 미치기 시작하나 보다. (광대에게) 여봐라, 애야, 어찌된 일이냐? 추우냐? (켄트에게) 여보게, 짚자리는 어디 있는가? 네가 말한 그 오두막으로 가자. 불쌍한 광대 녀석아, 나는 네가 가여워 죽겠다.

광대 (노래를 부른다.) '어수룩하고 지혜가 없는 놈아, 바람 부는 날이나 비 오는 날이나 모두 팔자라고 생각해라. 허구한 날 날마다 비가 온대도.'

리어 왕 맞다, 맞아! 애야, 오두막으로 가자. (리어 왕과 켄트 퇴장.)

광대 갈보의 욕정도 식힐 수 있는 좋은 밤이다. 가기 전에 예언이나 하나 해 두자. 종놈이 행동보다 말이 앞설 때, 술장수가 누룩에 물을 섞을 때, 귀족이 재봉사의 스승이 될 때,

이교도 대신 갈보 서방 죽일 때, 재판하는 사건마다 옳다고
판정이 날 때, 빚을 지거나 가난한 기사가 없을 때, 악담이
퍼지지 않을 때, 소매치기가 사람들 속에 끼어 있지 않을 때,
고리대금업자가 들에서 돈 셀 때, 뚜쟁이와 갈보들이 교회를
세울 때, 그때가 되면 영국에 큰 일이 터질 것이다. (퇴장)

제3장 – 글로스터의 성 안 어느 방

글로스터와 횃불을 든 에드먼드 등장.

글로스터 아아! 에드먼드야, 나는 이토록 몰인정한 처사는
처음 보았구나. 가엾은 전하를 도와드리려고 했더니, 공작 내
외께서는 내 집을 몰수했을 뿐만 아니라 어떤 방법으로든 전
하를 도와주기만 하면 용서하지 않겠다고 경고하는구나.

에드먼드 지독하군요. 인정머리라곤 눈곱만큼도 없군!

글로스터 너는 그러한 말을 더는 입 밖에 내지 마라. 두 공작
은 서로 사이가 좋지 않을 뿐만 아니라 더 불행한 일이 있다.
오늘 밤 나는 편지를 받았다. 쉿! 입 밖에 내면 위험해. 그
편지를 장롱 속에 넣고 자물쇠로 잠가 두었다. 이제 전하가
겪으시는 고난에 대해서는 철저히 복수가 이뤄질 것이다. 프
랑스군들이 이미 이 땅에 주둔해 있어. 우리는 전하의 편이

되어야 한다. 전하를 찾아서 은밀히 구조할 테니, 너는 공작의 말상대나 하고 있거라. 만약에 내가 어디 있느냐고 누가 묻거든, 몸이 아파서 자리에 누웠다고 말해라. 설사 내가 목숨을 잃게 된다 하더라도 전하만은 구해 드려야 한다. 에드먼드, 무슨 일이 일어날지도 모르니 늘 조심해라. (글로스터 퇴장)

에드먼드 아버지가 하시는 일은 곧 공작이 알게 될 겁니다. 그 편지도 알게 되고요. 내게는 큰 상이 내려지겠지. 아버지가 잃게 되는 재산을 내가 얻게 될 테니까⋯⋯. 늙은이는 쓰러지고, 젊은이는 일어난다. (에드먼드 퇴장)

제4장 - 황량한 들판 오두막 앞

리어 왕, 켄트, 광대 등장.

켄트 여깁니다! 안으로 들어오십시오. 캄캄한 밤에 들판에서 폭풍우를 만난다는 것은 사람으로서는 견디기 힘든 일입니다. (폭풍우 소리, 여전히 들린다.)

리어 왕 혼자 있고 싶다.

켄트 제발 안으로 들어가십시오.

리어 왕 내 가슴을 갈가리 찢어 놓을 셈이냐?

켄트 차라리 제 가슴을 찢고 싶습니다. 제발 안으로 들어가십시오.

리어 왕 폭풍우에 흠뻑 젖는 것이 뭐 그리 대단한 일이더냐.
네게는 그럴 수 있겠지. 하지만 큰 병을 앓으면 작은 병쯤은
느껴지지도 않거든. 곰을 피할 길이 없을 때에는 곰과 맞서
싸울 수밖에 없지. 마음이 괴로우면 몸이 아픈 것을 느낄 수
없는 법이야. 못된 것들! 캄캄한 밤에 나를 들판으로 쫓아내다
니! 철저하게 벌을 주고야 말 테다. 이젠 눈물을 흘리지 않겠
다. 억수같이 퍼부어라! 나는 참을 것이다. 이 같은 밤에
도……. 리건, 고너릴! 이 늙은 아비는 아낌없이 모든 것을
주었건만……. 아아, 미칠 것 같구나! 이제 이 따위 생각만은
그만두자.

켄트 제발 들어가십시오!

리어 왕 너나 들어가서 편하게 쉬어라. 폭풍우가 없었으면
내 가슴이 더 갈기갈기 찢어졌을 거다. 더는 다른 생각을 할
수 없게 해 주니, 차라리 고맙구나. (광대에게) 얘야, 안으로
먼저 들어가라. 나는 기도를 올리고 난 뒤 들어가겠다. (광대,
안으로 들어간다.) 가난하고 헐벗은 딱한 사람들아, 너희는
머리 하나 둘 곳 없이 굶주린 배를 움켜쥐며 누더기를 걸친
채 밤낮 없이 폭풍우를 견뎌 냈구나! 내가 너무 무심했어.
배부른 자들아, 이 일을 약으로 삼거라! 남은 것이 있거든
가난한 사람들에게 나눠 주어라. 그리하여 신이 공평하다는

것을 보여 주어라.

에드거 (안에서) 물이 한 길 반이야, 한 길 반! 불쌍한 톰이다!

광대가 오두막에서 뛰쳐나온다.

광대 들어가지 마세요, 아저씨. 도깨비예요. 사람 살려, 사람 살려!

켄트 내 뒤에 숨어라. 거기 누구냐?

광대 도깨비야, 도깨비. 이름이 불쌍한 톰이래.

켄트 짚자리에 숨어 중얼대고 있는 놈은 누구냐? 밖으로 나오너라!

미친 사람으로 변장한 에드거가 밖으로 나온다.

에드거 썩 꺼져라! 악마가 쫓아온다! 가시 돋친 덤불 사이로 차가운 바람이 분다. 흥, 악마 놈! 차가운 잠자리에 가서 몸이나 녹여라.

리어 왕 당신도 딸들에게 모든 것을 주었는가? 그래서 이 모양 이 꼴이 되었는가?

에드거 불쌍한 톰에게 누가 뭘 줘요? 그 더러운 악마는 톰을 이리저리 마구 끌고 다녀요. 그놈이 칼을 베개 밑에 숨기고, 의자에는 목매어 죽이는 밧줄을 걸어 놓았어. 죽 그릇 옆에는 쥐약을 늘어놓았지. 그리고는 내 그림자를 보고 반역자라고 소리쳤어. 아, 톰은 추워요. 악마에게 사로잡혀 있는 불쌍한 톰을 도와주세요. 이번만은 그놈을 붙잡을 수 있었는데……

(폭풍우 계속)

리어 왕 뭐야! 저 사람도 제 딸 때문에 저렇게 되었다고? 당신도 몽땅 줘 버렸소?

광대 담요 한 장은 남겼죠. 그것조차 없으면 혼났게요.

리어 왕 머리 위를 떠도는 모든 재앙아, 저 사람의 딸들 머리 위에나 떨어져라!

켄트 저 사람에게는 딸이 없습니다.

리어 왕 (켄트에게) 뒈져라, 썩을 놈아! 흉악한 딸들이 없으면 사람이 어떻게 저런 꼴이 될 수 있겠느냐. (에드거를 보면서) 아비들이 자식에게 버림받는 게 요즘 유행인가? 하기야 이런 벌을 받아도 마땅하지. 아비의 피를 빨아먹는 펠리컨 같은 딸들을 낳은 몸뚱이니깐.

에드거 (매를 부르듯) 휘이, 휘이, 휘이!

광대 이토록 추운 밤에는 너나없이 모두 바보가 되지 않으면 미쳐 버리는 거다.

에드거 악마를 조심하세요. 부모 말을 잘 들으세요. 약속을 어기지 마세요. 맹세를 함부로 하지 마세요. 남의 부인과 잠자리를 갖지 마세요. 좋은 옷에 한눈팔지 마세요. 톰은 추워요.

리어 왕 당신은 무엇을 하며 살아왔소?

에드거 건달이었죠. 교만으로 가득 찬 여주인을 모시는 일이오. 머리를 지지고 볶고 모자에 장갑을 붙이고 다니는 마님의 욕망을 듬뿍 채워 주었답니다. 여주인과 엉큼한 짓도 했죠. 입에서 나오는 대로 맹세를 하고, 바로 그 맹세를 깨뜨리기도 했어요. 술과 노름을 즐겼고요. 여자에 관해서는 터키 왕 뺨칠 정도였지요. 마음은 거짓되고, 귀는 얇고, 손은 잔인하죠. 돼지처럼 게으르고, 여우처럼 약고, 이리처럼 욕심이 많죠. 한마디로 미치광이죠. 갈보 집에는 발을 들여놓지 말고, 허리춤 사이로 손을 넣지 말고, 빚쟁이 장부에 이름을 올리지 마세요. 그러고는 흉악한 악마에게 도전하세요. 덤불 사이로 찬바람이 불고 있어요. 돌고래 같은 놈아! 그 사람을 보내 줘. (폭풍우 계속)

리어 왕 알몸으로 추운 날 비바람에 씻기는 것보다는 차라리 무덤 속에 있는 것이 낫겠다. 사람이란 이보다는 더 나아야 하지 않겠느냐? 저 사람을 보아라. 너는 누에한테서 비단도, 짐승한테서 가죽도, 양한테서 털도, 고양이한테서 사향도 얻지 못하고 있어. 허허, 여기 있는 세 사람은 모두 옷을 입고 있는데, 너는 태어날 때 모습 그대로구나. 옷을 차려입지 않으면 사람은 모두 두 발 달린 짐승과 다를 바 없다. 벗어 버리자! 이 따위 빌려 입은 옷들은 벗어 버리자. 여봐라, 이 단추를 풀어다오. (리어 왕, 옷을 벗으려고 옷을 찢는다.)

광대 제발 아저씨, 진정하세요! 오늘 밤은 헤엄칠 만한 날씨가 못 됩니다. 이 황량한 들판에 불이 있어 봤자 늙은이의 정열뿐이지. 불똥만 있을 뿐 온몸이 싸늘하거든요. 보세요, 불덩이 하나가 걸어오네요.

글로스터가 횃불을 들고 등장.

에드거 저놈은 악마 플리버티지벳이로구나. 저놈은 인경 칠 때 나타나서 첫닭 홰칠 때까지 쏘다니죠. 우리를 사팔뜨기로 만들며, 언청이가 되게 하죠. 밀에 곰팡이를 슬게 하고, 땅속의 벌레를 못 살게 구는 놈이야. 성인이 들판을 세 바퀴 돌다가 아홉 마리 부하를 거느린 귀신을 만났다오. 앞으로는 못된 짓 하지 마라 했죠. 그러니 악마야, 썩 물러가라!

리어 왕 저놈은 누구냐?

켄트 (글로스터에게) 거기 누가 있소? 누굴 찾고 있소?

글로스터 거기 누구냐? 이름을 대라!

에드거 불쌍한 톰이죠. 헤엄치는 개구리, 두꺼비, 올챙이, 도마뱀, 도롱뇽 따위를 먹고 살죠. 악마가 지랄하면 화가 나서 채소 대신 쇠똥을 먹고, 죽은 쥐나 개천에 버린 개를 마구 삼켜 버린답니다. 연못의 푸른 이끼를 통째로 삼키고, 매를 맞으며 이 마을 저 마을로 끌려 다니다가 차꼬를 차기도 합니다. 감옥에 갇히기도 하는 놈이죠.

글로스터 전하, 저런 놈들하고 같이 계셨습니까?

에드거 지옥의 신은 신사입니다. 그 이름이 모도이죠. 마후라고도 한답니다.

글로스터 전하, 혈육인 제 아들놈도 악독해져서 자기를 낳아 준 부모까지 증오한답니다.

에드거 불쌍한 톰은 추워요.

글로스터 자, 제가 안내하죠. 전하의 신하된 몸으로서 따님들의 그 냉혹한 명령을 받아들일 수 없습니다. 폭풍이 휘몰아치는 이 밤을 전하께 고스란히 겪으시도록 하라는 따님의 명령이 있었지만, 저는 그 말을 따를 수 없습니다. 전하를 따뜻한 곳으로 모시려 합니다.

리어 왕 잠깐! 저 학자와 얘기를 나누고 싶다. 천둥의 원인이 무엇이오?

켄트 전하, 저분의 말대로 하십시오. 집 안으로 들어가시지요.

리어 왕 나는 아까 말한 저 학자와 얘기하고 싶다. 당신이 연구하고 있는 것은 무엇이오?

에드거 악마를 얼씬도 못하게 하는 일이죠. 빈대를 죽이는 일도 있습니다.

리어 왕 한마디만 더 묻고 싶소.

켄트 (글로스터에게) 한번만 더 권해 보십시오. 전하의 정신이 좀 이상해지는 것 같습니다.

글로스터 미칠 수밖에 없지. 딸들은 아버지를 죽이려고 하

제3막 225

오. 아, 훌륭한 켄트! 가엾게도 추방당한 켄트! 그는 이미 이 같은 사태를 예견하고 경고하셨소. 당신은 전하께서 실성하신 것 같다고 했는데, 실은 나도 미칠 지경이라오. 내게 아들이 있었소. 지금은 내 핏줄에서 떨어져 나간 그놈이 내 목숨을 노렸다니까요. 얼마 전의 일이라오. 나는 아들을 무척 사랑했소. 어느 아버지도 나만큼 아들을 위하지는 않았을 거요. 나는 이 슬픔 때문에 미칠 것만 같소. 정말 끔찍한 밤이로군. 전하, 제발……

리어 왕 아, 용서하시오. (에드거에게) 이봐요, 함께 갑시다.

에드거 톰은 추워요.

글로스터 모두 오두막으로 들어갑시다. 일단 몸을 녹여야지.

리어 왕 자, 함께 들어가자.

켄트 이쪽입니다.

리어 왕 나는 저 사람하고 함께 있고 싶다.

켄트 (글로스터에게) 백작, 전하 말씀대로 저 사람도 데려갑시다.

글로스터 그럼 당신이 데려가시오.

켄트 (에드거에게) 이봐, 따라오너라. (모두에게) 함께 갑시다!

에드거 캄캄한 성에 다다르니 영국 사람의 피 냄새가 난다.

(모두 퇴장)

제5장 - 글로스터의 성 안 어느 방

콘월과 에드먼드 등장.

콘월 내가 이 집을 떠나기 전에 반드시 원수를 갚겠다.

에드먼드 부자간의 천륜을 어기면서까지 공작님께 충성을 바쳤다는 소문이 퍼지면 어쩌죠? 그 생각을 하니 두려워집니다.

콘월 이제야 알겠어. 네 형이 백작을 죽이려고 했던 것은 네 형의 마음이 악독해서가 아니라, 네 아버지에게 비난받을 충분한 약점이 있었기 때문이지. 아들이 살의를 일으킬 만하지.

에드먼드 옳은 일을 하고 있으면서도 후회를 하고 있다니, 기가 막힌 일입니다. (편지를 꺼내면서) 이것이 아버지께서 말씀하시던 밀서올시다. 이것을 보니 아버지는 프랑스군을 위해서 일한 첩자였습니다. 아, 신이시여! 이런 반역이 없었더라면, 제가 염탐꾼이 되지 않아도 되었을 텐데 말입니다.

콘월 어쨌든 너는 글로스터 백작이 되었다. 네 아버지를 찾아라. 곧 체포할 수 있도록!

에드먼드 (방백) 아버지가 국왕을 돕고 있는 현장이 발각되면 혐의는 더 확고해질 것이다. (콘월에게) 비록 충성과 효성 사이에서 몹시 괴롭지만, 저는 끝까지 충성하겠습니다.

콘월 그래, 너만 믿으마. 나도 네 아버지보다 더 큰 사랑을 네게 쏟겠다. (두 사람 퇴장)

제6장 – 성 가까이에 있는 농가의 방

글로스터, 켄트 등장.

글로스터 들판보다는 이곳이 한결 나으니 다행이오. 전하를 편하게 모시기 위해서라면 내 몸을 아끼지 않겠소. 곧 돌아오리다.

켄트 전하의 모든 분별력은 분노와 함께 바람처럼 사라졌소. 백작의 친절에 대해서는 감사하오. (글로스터 퇴장)

리어 왕, 에드거, 광대 등장.

에드거 악마가 나를 부르고 있다. 황제 네로는 지옥의 호수에서 낚시질을 하는 모양이다. (광대에게) 너는 착한 사람이지? 악마가 붙지 않도록 조심해라.

광대 아저씨! 미친 사람은 도시 사람인가요, 시골 사람인가요?

리어 왕 왕이지, 왕!

광대 도시 신사가 된 아들을 가진 사람은 시골 농부야. 자기보다 앞서 아들을 신사로 만든 사람은 미친 시골 농부지.

리어 왕 수천의 악마들이 벌겋게 단 쇠꼬챙이를 가지고 딸들한테 덤벼들었으면……

에드거 악마가 내 등을 깨물고 있어요.

광대 이리나 말이 순하다고 믿고, 소년의 사랑이나 갈보의 맹세를 믿는 사람은 정말 미친놈이지.

리어 왕 곧 딸들을 법정에 세울 테다. (에드거에게) 박식한 재판장님, 여기 앉으십시오. (광대에게) 현명하신 당신은 이리로 앉으십시오. 암여우들아! 너희는 여기 앉아라!

에드거 저기 악마가 버티고 서서 노려보고 있어요. 부인, 저것들이 재판을 구경하고 있는데 괜찮습니까?

광대 (노래를 부른다.) '배에 물이 새네. 못 가는 이 신세. 그녀는 말하지 못하네.'

에드거 흉악한 악마가 꾀꼬리 소리를 내며 불쌍한 톰에게 붙어 다닌다. 악마는 톰의 뱃속에서 성한 연어 두 마리를 달라고 소리친다. 악마야, 찡찡대지 말아라. 네게 줄 먹을거리는 없다.

켄트 전하, 좀 어떠십니까? 그렇게 놀라 서 계시지 말고 잠시 자리에 누우세요.

리어 왕 우선 딸들의 재판을 봐야겠다. 증인을 불러라. (에드거에게) 법관복을 입으신 재판장님, 앉아 주십시오. (광대에게) 너는 그 옆자리에 앉아라. (켄트에게) 너는 재판위원의

한 사람이니 기기 앉으리!

에드거 공평하게 재판을 하자. 즐거운 양치기야, 자느냐 깼느냐? 네 양떼는 밭에 있다. 입을 오므리고 피리를 불어라. 양떼에게 해로울 것 없다. 야옹! 고양이는 회색이야.

리어 왕 우선 저 계집을 먼저 신문해라. 고너릴 말이다. 여러분이 모인 곳에서 맹세합니다. 저 계집은 가엾은 아버지를 발길로 걷어찼습니다.

광대 이리 나오너라. 네 이름은 고너릴?

리어 왕 아니라고 말하지 못할 거야.

광대 이거 실례했습니다. 나는 당신이 의자인 줄 알았어요.

리어 왕 여기 또 한 사람 있습니다. 그 계집의 찌그러진 낯짝을 보면, 심보가 얼마나 삐뚤어졌는지 알 수 있습니다. 그 계집을 꼭 잡아 두시오! 칼을 빼라! 그리고 불을 켜라! 법정이 부패했다! 부정한 재판장이여, 어쩌다 저 계집을 놓쳤소?

에드거 미치지 마소서! 제발 실성하지 마소서!

켄트 아, 슬픈 일이구나! 그토록 자랑하시던 인내심은 지금 어디에다 버렸단 말인가?

에드거 (방백) 눈물이 앞을 가려 더는 속일 수가 없구나.

리어 왕 개들까지 일제히 나를 향해 짖고 있구나.

에드거 톰이 개들을 쫓겠소. 개들아, 저리로 가라! 콧잔등이 검든 희든 네가 물면 이에서 독이 나온다. 집개든 사냥개든 암캐든 수캐든 나 때문에 짖고 야단이군. 이렇게 벙거지를 집어던지면 모두 달아날 거다. 춥다, 추워. 시장으로 가자! 불쌍한 톰아, 네 술잔이 텅텅 비어 있구나.

리어 왕 자, 리건을 해부해 주시오. 그 계집의 심장에 무엇이 자라고 있나 봅시다. 이토록 냉혹한 계집을 만들 때에는 창조주에게 무슨 까닭이 있었을 것이다. (에드거에게) 당신을 내 백 명의 시종 가운데 끼워 주마. 근데 네 옷차림이 마음에 들지 않는구나. 그 옷이 페르시아 복장이라고 우겨대겠지만, 바꿔 입는 것이 좋겠다.

켄트 전하, 잠깐만 누워서 쉬십시오.

리어 왕 부산떨지 마라! 시끄럽다. 커튼을 쳐라. 그래, 저녁은 아침에 들겠다.

광대 나는 낮잠이나 자야지.

　　글로스터 다시 등장.

글로스터 여보시오, 전하께선 어디 계시오?

켄트 여기 계시오. 그러나 조용히 하시오! 주무시니까…….

글로스터 전하를 팔에 안아 일으키시오. 암살의 음모가 있다는 소문을 들었소. 들것을 준비해 놓았소. 전하를 태워서 도버까지 급히 달리시오. 그곳에 닿으면 보호를 받을 수 있소. 어서 전하를 안고 오시오. 삼십 분만 늦어도 전하의 목숨이 위태로울 수 있소.

켄트 지쳐서 곤히 주무시고 계십니다. 이렇게 주무시고 나면 좀 나아질 텐데, 부득이 일으키셔야 된다면 어쩔 수 없지요. (광대에게) 전하를 안아 일으키자! 우물쭈물할 때가 아니다.

글로스터 자, 어서 갑시다. (켄트, 글로스터, 광대, 리어 왕을 부축하고 모두 퇴장. 에드거만 남는다.)

에드거 국왕께서도 이처럼 고생을 참고 계시는데, 내가 신세 탓만 할 수는 없지. 즐겁고 편한 일들을 내버리고 혼자서만 고통을 받는다면 마음의 괴로움이 무척 크겠지만, 함께 슬퍼하는 벗이 있다면 괴로움은 훨씬 가벼워진다. 나를 괴롭히는 고통을 전하도 겪고 있는 걸 보니, 고통을 견디는 것이 한결 수월해졌다. 내가 아버지 때문에 고통을 받듯이, 전하께서는 따님 때문에 고통을 받고 있구나! 톰아, 꺼져라! 네 명예를 더럽힌 오명을 씻고, 원래의 신분으로 돌아갈 날이 언젠가 반드시 올 것이다. 오늘 밤 무슨 일이 일어나더라도, 제발 전하께서는 무사해야 할 텐데……. (에드거 퇴장)

제7장 – 글로스터의 성

콘월, 리건, 고너릴, 에드먼드 그리고 시종들 등장.
콘월 (고너릴에게) 급히 가셔서 알바니 공작님에게 이 편지

를 보여 주십시오. 프랑스군이 쳐들어왔소. (시종들에게) 반역자 글로스터를 찾아라! (시종들 일부 퇴장)

리건 체포하는 즉시 사형에 처하라!

고너릴 그의 두 눈을 뽑아라!

콘월 처벌은 내게 맡기시오! 에드먼드, 처형을 부탁하네. 반역자인 자네 아버지를 처벌하는 것을 눈뜨고 볼 수 없을 테니. 알바니 공작 댁에 도착하면 바로 싸울 준비를 하라고 전해라. 우리도 곧 전쟁 준비를 할 테니……. 다시 연락합시다. 잘 가시오, 처형 그리고 글로스터 백작.

　　　오스왈드 등장.

콘월 왕은 어떻게 되었나?

오스왈드 글로스터 백작이 왕을 모시고 나갔습니다. 왕의 기사 서른 대여섯 명과 함께 백작이 왕을 모시고 도버로 떠났답니다. 그곳에서 군대가 그들을 기다리고 있다고 하더군요.

콘월 처형이 타고 갈 말을 준비하라!

고너릴 그럼 잘 있어요.

콘월 에드먼드, 잘 다녀와라. (고너릴, 에드먼드, 오스왈드 퇴장) 반역자 글로스터를 찾아오너라. 도적놈처럼 묶어서 끌고 오너라! (다른 시종들 퇴장) 그놈에게는 재판도 필요 없다. 바로 사형에 처하리라. 누구도 막을 수는 없지. 누구냐? 반역자를 끌고 왔느냐?

글로스터를 체포하여, 시종들 몇 명 등장.

리건 배은망덕한 놈! 바로 이놈이로군.

콘월 말라비틀어진 양팔을 꽁꽁 묶어라!

글로스터 무슨 일입니까? 우리 집에 오신 손님들이 주인인 제게 이 같은 행패를 부리다니요?

콘월 묶어라! (시종들이 그를 묶는다.)

리건 단단히, 단단히 묶어라! 이 더러운 반역자!

글로스터 냉혹한 부인이여, 나는 반역자가 아니오!

콘월 의자에다 묶어라! 이 악당 놈아, 어디 두고 보자. (리건, 글로스터의 턱수염을 잡아 뽑는다.)

글로스터 아, 신이시여, 굽어 살피소서! 수염을 잡아 뽑다니! 이런 잔인한 일이 있을 수 있습니까!

리건 그렇게 흰 수염을 달고도 반역 행위를 하다니!

글로스터 너무하십니다. 당신이 뽑은 턱수염이 살아나서 당신을 저주할 거요.

콘월 이봐, 요즘 프랑스에서 어떤 편지를 받았느냐?

리건 솔직하게 대답해라! 우리는 모든 걸 알고 있다.

콘월 이 땅에 쳐들어온 반역자들과 어떤 음모를 꾸몄느냐?

리건 미친 왕을 누구한테 넘겼느냐? 대답해라!

글로스터 추측해서 쓴 편지를 받기는 받았지만, 이 편지는 상대편에서 온 것이 아니라 중립에 선 제삼자로부터 온 것입니다.

콘월 간사하군!

리건 거짓말을 하다니!

콘월 그럼 왕은 어디로 보냈느냐?

글로스터 도버로.

리건 어째서 도버로 보냈지? 그런 짓을 하면 목숨을 내놓아야 한다고 했을 텐데…….

콘월 무엇 때문에 도버로 보냈는지, 그걸 먼저 말해라!

글로스터 어째서냐고? 네가 그 잔인한 손톱으로 불쌍한 늙은 왕의 눈알을 후벼 파는 걸 차마 볼 수 없었기 때문이다. 악독한 네 언니의 산돼지 같은 어금니가 신성한 육체를 물어뜯는 것을 볼 수 없었기 때문이다. 지옥같이 캄캄한 밤에, 전하께선 머리에 아무것도 쓰지 않고 폭풍우 속에서 고생하셨어. 전하께서는 가엾게도 비가 더 쏟아지기를 바라셨지. 두고 봐! 복수의 신이 너희에게 천벌을 내릴 테니까.

콘월 실컷 두고 보거라! (시종들에게) 의자를 꼭 붙잡고 있어라! (글로스터에게) 네놈의 눈알을 뽑아 발로 짓이겨 주겠다.

글로스터 오래 살고 싶은 사람이 있다면 도와주시오! 아, 정말 잔인한 일이로다! 아, 신이시여!

리건 한쪽 눈이 빠진 것을 보고 놀랄 테니, 나머지 눈마저 뽑아 버리세요!

콘월 천벌이 내리는 걸 보겠다고!

시종 1 공작님, 참으세요! 저는 어릴 때부터 공작님을 모시고 있습니다만, 지금 공작님을 말리지 못한다면 시종으로서 할 일을 못하는 거지요.

리건 무엇이 어쩌고 어째? 개처럼 하찮은 놈이 끼어들다니!

시종 1 당신 턱에도 수염이 났다면, 나는 그 수염을 잡고 흔들어서 싸움을 걸겠습니다. (콘월에게) 대체 왜 그러십니까?

콘월 이놈이! (두 사람 칼을 빼들고 싸운다.)

시종 1 자 그러면 해봅시다. 저도 화가 날대로 났으니 붙어 보자고요.

리건 (다른 시종에게) 칼을 이리 다오. 종놈이 이렇게 대들다니! (리건, 칼을 들고 시종 1을 등 뒤에서 찌른다.)

시종 1 아, 찔렸다! (글로스터에게) 백작님! 눈 하나가 남았으니, 저자에게 입힌 상처를 보십시오. 윽! (죽는다.)

콘월 더는 볼 수 없게 마저 뽑아 버리자. 더러운 놈! 이젠 빛을 볼 수 없을 것이다.

글로스터 아, 캄캄하고 불안하다. 내 아들 에드먼드는 어디 있느냐? 에드먼드, 남은 효성에 불을 붙여 이토록 끔찍한 일에 복수를 해다오.

리건 닥처라, 반역자! 네 아들을 찾아 무슨 소용이 있겠는가!

너를 밀고한 사람이 바로 네 아들 에드먼드였어! 그는 착한 사람이라, 너를 불쌍하게 여기지 않을 거다.

글로스터 내가 어리석은 짓을 했구나! 에드거가 모략을 당했어. 신이시여, 용서해 주소서. 에드거에게 행운을 내리소서!

리건 문 밖으로 저놈을 내쳐라! 도버까지 냄새를 맡으며 길을 더듬어 가게 하라. (시종 한 사람이 글로스터와 함께 나간다.) 왜 그러세요, 여보? 몹시 창백하군요.

콘월 다쳤소. 피가 많이 나는군. 하필 이런 때 상처를 입었으니……! 부축 좀 해 주오. (리건에게 의지하여 콘월 퇴장)

시종 2 저런 것들이 잘 산다면, 무슨 악행이든지 저지르게 될 거야.

시종 3 저런 여자가 오래 산다면, 여자는 모두 괴물이 되고 말 거야.

시종 2 그 미친 거지한테라도 백작님을 모시도록 부탁하자. 어차피 떠돌아다니는 놈이니, 어디든지 모셔다 드리겠지.

시종 3 그게 좋겠군. 나는 달걀 흰자위와 삼베를 얻어 올게. 피투성이가 된 저 얼굴에 발라 드려야지. 신이시여, 저분을 도와주소서! (따로따로 퇴장)

제4막

제1장 - 거친 들판

거지로 변장한 에드거 등장.

에드거 아첨을 받는 것보다 이렇게 바보 취급을 받는 것이 오히려 나아. 혹독한 역경에 빠져 있더라도 희망을 갖고 있는 한 겁낼 필요는 없다. 불행의 밑바닥에 가라앉으면 다시 올라갈 수도 있는 게 아닌가. 바람아, 불어라! 나는 불행의 구렁텅이로 굴러떨어졌지만 이젠 하나도 두렵지 않다. 누가 오고 있군.

글로스터가 늙은이의 손에 이끌려 등장.

에드거 아버지로구나. 누더기를 입고 남에게 부축을 받으며 오시다니? 아, 세상아! 뜻하지 않은 혼란 때문에 우리가 너를 미워하게 되는구나.

노인 오, 백작님! 저는 지난 팔십 년 동안 백작님의 하인으로 있었습니다.

글로스터 날 내버려 두고 가게. 제발 가게나. 자네까지 화를 당할지도 몰라.

노인 그렇지만 앞도 못 보시면서…….

글로스터 가야 할 곳도 없으니 눈도 필요 없네. 눈이 보일 때도 나는 헛디딘 적이 많았어. 의지할 게 있으면 사람은 마음을 놓아 버리기 십상이야. 아무것도 없으면 오히려 자신을 더 잘 볼 수 있다는 걸 이제야 깨달았어. 아, 사랑하는 내 아들 에드거야. 속아 넘어간 내 노여움 때문에 네가 희생되었구나! 내가 살아 있는 동안 너를 만져 볼 수 있다면, 다시 눈을 얻은 거나 다름없겠다!

노인 누구요! 거기 누구요?

에드거 (방백) 아, 나는 지금 최악의 상태에 놓여 있다!

노인 미친 거지 톰이구나. 이놈아, 어딜 가느냐?

글로스터 거지냐?

노인 미친 거지입니다.

글로스터 제정신이 조금은 있는 모양이야. 그렇지 않으면 구걸할 수도 없겠지. 어젯밤 폭풍이 불고 있을 때, 나도 그 거지를 만난 듯하다. 그놈을 보았더니, 인간과 벌레가 다른 것이 없다는 느낌이 들더구나. 그때 내 마음속에 아들 모습이

떠올랐어. 하지만 그때만 하더라도 아들을 오해하고 있었지. 그 뒤에 여러 가지 말을 들었어. 아이들이 파리를 죽이듯이, 신은 우리 인간을 죽이지.

에드거 (방백) 왜 저렇게 되셨을까? 슬픔을 억누르며 바보 시늉을 하는 것은 괴로운 일이야. 자기뿐만 아니라, 남까지도 화나게 하는 일이야. (글로스터에게 큰 소리로) 안녕하십니까, 아저씨!

글로스터 그 벌거숭이 거지냐?

노인 그렇습니다.

글로스터 옛정을 생각해서 이제 그만 돌아가 주게. 그리고 저 벌거벗은 녀석에게 걸칠 옷이나 좀 갖다 주게. 저 녀석에게 길을 안내해 달라고 부탁할 참이니…….

노인 맙소사! 저 녀석은 미쳤습니다.

글로스터 미친 사람이 눈 먼 사람의 길잡이가 되는 것도 이 시대의 저주다. 내 말대로 해라. 어서 돌아가게.

노인 얼른 가서 제가 갖고 있는 옷 가운데 가장 좋은 걸 갖고 오겠습니다. (퇴장)

글로스터 미친 거지여!

에드거 불쌍한 톰은 추워요. (방백) 더는 속일 수가 없구나.

글로스터 이리 가까이 오너라.

에드거 (방백) 그러나 어쩔 수 없다. 아, 저 눈 좀 보라. 피가 흐르는구나.

글로스터 너는 도버로 가는 길을 아느냐?

에드거 층계나 대문이나, 말 가는 길이나 걸어가는 길이나 모두 알고 있지요. 불쌍한 톰은 악마 때문에 혼이 나서 정신이 나갔지만, 아저씨는 귀하신 몸이니 악마한테 사로잡히지 않도록 조심하세요. 이 불쌍한 톰한테는 한꺼번에 다섯 마리 악마가 붙어 다닙니다.

글로스터 여기 있다. 이 돈주머니를 받아라. 하늘이 내린 수난의 길을 묵묵히 걸으며 잘도 참고 있구나. 내가 처참한 꼴이 되니, 네가 부럽구나. 신이시여, 늘 이렇게 지켜 주소서! 호의호식하는 자들, 신의 뜻을 거역하는 자들, 인간의 쓰라림을 모른 척 외면하는 자들에게 신의 위대함을 바로 느끼도록 해 주소서. 이렇게 하면 불평등한 세상은 사라질 겁니다. 도버를 알고 있다고?

에드거 네, 알고 있습니다.

글로스터 거기 가면 벼랑이 있다. 깎아지른 듯한 높은 꼭대기는 둘러싼 바다를 무섭게 내려다보고 있다. 그 벼랑까지만 나를 데려다 주게. 그러면 내 몸에 지닌 값진 물건을 너에게 주겠다. 그렇게만 해 주면 된다.

에드거 제 손을 잡으세요. 가련한 톰이 모시고 갈게요. (두 사람 퇴장)

제2장 - **알바니 공작 저택 앞**

고너릴과 에드먼드 등장.

고너릴 백작, 이곳까지 잘 왔구려. 근데 참 이상한 일이군. 마음씨 좋은 우리 집 양반이 마중을 나오시지 않다니…….

오스왈드 등장.

고너릴 공작님은 어디 계시냐?

오스왈드 안에 계십니다만, 아주 딴사람이 되었습니다. 적군이 쳐들어왔다고 해도 그저 싱글벙글 웃기만 하시고, 부인이 돌아오셨다고 해도 모른 척하십니다. 늙은 글로스터의 배반과 그 아들의 충성심에 대해서 말씀드렸더니, 저를 바보자식이라며 꾸짖으셨습니다.

고너릴 (에드먼드에게) 이제 그만 돌아가시오. 그분은 담이 작아서 늘 벌벌 떨고 있소. 모욕을 당해도 복수할 줄 모른다오. 오면서 얘기한 우리의 소망은 실현될 수 있을 듯하군. 에드먼드, 돌아가서 군대를 소집하여 지휘하시오! 나는 남편에게 길쌈을 하도록 하는 대신 칼과 창을 쥐겠소. 만약에 당신이 출세하고 싶다면, 내 말을 들으시오! (입을 맞춘다.) 이 입맞춤이 당신에게 용기를 줄 거요.

에드먼드 당신을 위해서라면 목숨도 바치리다.

고너릴 아아, 사랑하는 에드먼드! (에드먼트 퇴장) 아, 같은 남자라도 이렇게 다를 수가! 당신이야말로 여자의 사랑을 받을 만한 자격이 있는 남자인데, 우리 집 바보가 내 몸을 차지하고 있으니!

오스왈드 저기, 공작님이 오십니다. (오스왈드 퇴장)

　알바니 공작 등장.

고너릴 여태껏 휘파람을 불면서 마중 나오시더니…….

알바니 오, 고너릴! 당신은 먼지만도 못한 사람이오. 자기를 낳아 준 부모를 미치게 하다니, 당신은 마르고 시들어서 불쏘시개로밖에 쓸 수 없는 죽은 나무가 될 것이오.

고너릴 그 따위 어리석은 얘기는 집어치우세요!

알바니 더러운 것들은 더러운 맛밖에는 모르지. 당신은 늙은 아버지를 미친 사람으로 만들었소. 짐승만도 못한 짓이오. 그렇게도 잔인하고 포악한 짓을 한 자들을 하늘이 가만 놔둘 것 같소?

고너릴 겁쟁이, 바보! 명예와 치욕을 분간 못하는 사람이 바로 당신이죠. 프랑스 왕이 깃발을 날리며 쳐들어오는데, 당신은 얼간이처럼 넋 놓고 있을 건가요?

알바니 반성 좀 하시오! 악마가 계집으로 둔갑하니 더 무섭군.

고너릴 참, 대단하시구려!

　사절 등장.

알바니 무슨 일이냐?

사절 콘월 공작이 돌아가셨습니다. 글로스터 백작의 눈알을 빼다가 시종의 칼에 찔렸습니다.

알바니 뭐? 글로스터의 눈알을!

사절 공작이 어릴 때부터 데리고 있던 시종이 말리다가 급기야는 칼을 뽑아 공작에게 대들었습니다. 공작은 화가 치밀어 그에게 달려들었는데, 그때 치명상을 입었지요. 시종은 공작부인이 뒤에서 찔러 죽였고요…….

알바니 하늘이 무심하지 않다는 증거다. 죄인들을 굽어보시고, 재빨리 벌을 내렸도다! 아, 가련한 글로스터 백작! 한쪽 눈을 잃었다니……!

사절 양쪽 눈을 모두 잃었습니다. (고너릴에게) 이 편지는 콘월 공작부인이 보내신 것으로, 바로 답장을 주셨으면 했습니다. (한 통의 편지를 고너릴에게 건넨다.)

고너릴 (방백) 한편으로 생각하면 잘된 일인지도 몰라. 하지만 동생이 과부가 되면 에드먼드를 빼앗기게 될지도 모르지. 어쨌든 생각하기에 따라 그리 달갑지 않은 소식은 아니군. (사절에게 큰 소리로) 읽은 뒤에 답장을 하겠소. (퇴장)

알바니 글로스터가 두 눈알을 빼앗겼을 때 그의 아들은 어디 있었는가?

사절 마님을 모시고 이곳으로 왔습니다.

알바니 보지 못했는데……?

사절 그는 지금 돌아가고 있는 중입니다.

알바니 아들은 이 끔찍한 일을 알고 있는가?

사절 알고 있는 정도가 아닙니다. 밀고한 사람이 바로 그 아들인걸요. 그래서 일부러 집을 비웠답니다. 아버지에게 마음껏 벌을 주라고요.

알바니 글로스터여, 내가 그대의 눈에 대한 복수를 꼭 하마. (사절에게) 이리로 와서 자네가 알고 있는 모든 것을 말해주게. (두 사람 퇴장)

제3장 - 도버 가까이 프랑스군 진영

켄트와 사절 등장.

켄트 프랑스 국왕께서 왜 갑자기 귀국하셨는지 알고 있소?

사절 처리하지 못한 일이 있었는데, 출전 뒤 갑자기 생각나서 귀국하셨습니다. 프랑스의 안전을 위한 일이지요.

켄트 그 편지를 보시고 왕비께서는 슬퍼하시던가?

사절 네, 왕비께서 편지를 제 앞에서 읽으셨습니다. 눈물을 하염없이 흘리셨습니다. 왕비께서는 슬픔을 억누르려고 애쓰셨지만, 도리어 슬픔이 반역자처럼 왕비님을 억누르는 것 같았습니다.

켄트 저런, 마음에 상처를 입었겠군!

사절 그리 걱정하실 필요는 없습니다. 인내와 슬픔이 서로 누가 더 빛을 낼까 경쟁하는 듯했습니다. 여우비를 본 적이 있으시죠? 왕비께서 미소 지으며 눈물을 흘리시는 모습은 그보다 더 아름다웠습니다. 다이아몬드에서 진주가 떨어지듯 눈물이 눈에서 떨어져 내리더군요. 슬픔도 정말로 사랑스럽고 귀한 것으로 보이기에 충분했습니다.

켄트 무슨 말씀은 없으셨나?

사절 아버지를 소리쳐 불렀지요. 애타게 터져 나오는 소리였습니다. 그러면서 '언니들, 언니들! 부끄러운 일이에요! 켄트! 아버지! 언니들! 폭풍우 속에서, 한밤중에! 이 세상엔 자비심도 없는가!' 하시면서 울부짖었습니다.

켄트 사람의 성품을 결정짓는 것은 별들이다. 그렇지 않다면 같은 뱃속에서 그토록 다른 아이가 나올 수 있겠는가! 그 뒤에는 왕비를 뵌 적이 없소?

사절 없습니다.

켄트 이 일은 프랑스 왕이 귀국하시기 전에 있었는가?

사절 아닙니다. 그 뒤올시다.

켄트 가엾은 리어 왕께서는 이 마을에 계신다오. 때때로 기분이 좋으실 때에는 우리가 왜 이곳에 와 있는지를 알고 있는 듯하오. 하지만 절대로 왕비이신 따님을 만나려고 하지 않을 거요.

사절 왜요?

켄트 전하께서는 몹시 부끄러워하며 가슴을 죄고 계시오. 막내딸을 내쫓고 짐승 같은 딸들에게 재산을 다 줘 버린 자신의 실수가 부끄러워 따님 앞에 나서지 못하는 거요.

사절 아, 가엾은 분이시군!

켄트 알바니와 콘월의 군사에 대해서는 들은 바가 없소?

사절 그들의 군대가 출전했다는 소식입니다.

켄트 자, 당신이 전하 곁에 있어 주시오. 부탁이오! 나는 깊은 사연이 있어서 잠시 신분을 감추고 있어야 하오. 나중에라도 나를 알게 된 것을 후회하지 않을 거요. 자, 함께 갑시다. (두 사람 퇴장)

제4장 - 같은 곳, 천막 속

북을 치며 군기를 앞세우고, 코델리아 등장. 의사와 군사가 뒤따른다.

코델리아 아버지를 찾아라! 방금 만나고 온 사람 얘기로는, 아버지는 거친 바다처럼 노래를 부르며, 머리에는 제멋대로 자란 잡초로 만든 관을 쓰고 계시다고 합니다. 병사들을 내보내서 잡초가 무성한 들판을 샅샅이 찾아 내 앞으로 모셔 오너라. (한 장교 퇴장) 이 세상 온갖 의술을 다 써서라도 아버지의 정신을 되찾을 수만 있다면 내 모든 것을 바치겠다.

의사 방법이 없는 것은 아닙니다. 사람의 목숨을 지탱해 주는 길은 오로지 안정뿐입니다. 전하께서는 그것이 부족합니다. 다행히 편안히 잠을 자게 하는 효과 만점의 약초가 수두룩하게 있습니다. 마음이 아픈 사람의 눈을 스르르 감겨 주는 약이죠.

코델리아 참으로 고마운 일이다. 이 땅 위의 모든 약초야, 내 눈물에 촉촉이 젖어 자라나거라! 그리하여 훌륭하신 아버지의 병을 고쳐 주려무나! 찾아보라. 아버지를 어서 찾아보라. 아버지께서 광기로 인해 목숨마저 잃지 않도록!

사절 등장.

사절 영국 군대가 진격해 오고 있답니다.

코델리아 이미 알고 있다. 그리고 모든 준비가 갖추어져 있다. 오, 가엾은 아버지! 이 전쟁은 오로지 아버지를 위해섭니다. 위대한 프랑스 왕은 제 슬픔과 눈물을 외면하지 않았습니다. 그들을 응징하기 위해 선전포고를 했습니다. 어서 빨리 아버지를 만나고 싶구나. (모두 퇴장)

제5장 - 글로스터의 성 안 어느 방

리건과 오스왈드 등장.

리건 알바니 공작님의 군대는 출전했소?

오스왈드 네, 출전했습니다.

리건 공작님께서 직접 출전하였소?

오스왈드 권유에 못 이겨 출전했습니다. 공작부인이 더 용감하십니다.

리건 에드먼드와 알바니 공작님이 서로 만나지 않았소?

오스왈드 그런 일은 없었습니다.

리건 언니가 에드먼드에게 보낸 편지 내용은 무엇이었소?

오스왈드 도무지 알 수 없습니다.

리건 실은 에드먼드가 중대한 일로 급히 출타했소. 글로스터의 눈알을 뽑고 난 뒤, 그 늙은이를 죽이지 않았던 것은 큰 실수였어. 그가 가는 곳마다 민심을 어지럽혀, 사람들이 우리에게 반기를 들고 있소. 아마도 에드먼드는 글로스터의 눈먼 인생을 끝장내려고 떠난 것 같소.

오스왈드 그렇다면 이 편지를 들고 그의 뒤를 쫓아야겠습니다.

리건 우리 군대도 내일 출전할 예정인데, 하룻밤 이곳에서 묵으시오. 돌아가는 길이 위험하니까.

오스왈드 그럴 수 없습니다. 이 일에 대해서는 공작부인의 엄명이 있어서요.

리건 언니가 무슨 일로 에드먼드에게 편지를 보냈을까? 무슨 일이 있는 것이 분명해. 사례는 듬뿍 할 테니 편지 내용 좀 봅시다.

오스왈드 마님, 그것은……

리건 언니는 남편을 사랑하지 않소. 정말이오. 지난번 언니가 여기에 왔을 때 에드먼드에게 추파를 던지면서 의미 있는 표정을 짓는 걸 보았소. 당신이 언니의 심복인 것을 나는 이미 알고 있소.

오스왈드 마님, 제가요?

리건 알고 있기 때문에 말하는 거요. 당신은 신임이 두터운 분이라는 것을 알고 있소. 그러니 내 말을 잘 귀담아 들으세요. 내 남편은 세상을 떠났소. 에드먼드와 나는 서로 뜻을 나눈 사이라오. 그러니 언니보다는 나와 결혼하는 것이 당연한 거요. 더 이상 얘기하지 않아도 짐작이 가겠지? 에드먼드를 만나게 되면 이 말을 전해 주세요. 언니에게도 사정 얘기를 한 다음 현명한 판단을 내리라고 전해 주고요. 잘 가시오. 눈먼 반역자 늙은이를 찾아 목이라도 치는 날에는 출세하게 될 것이오.

오스왈드 그 늙은이를 만나고 싶습니다. 그러면 제가 어느 편인가를 밝혀 드릴 수 있을 테니까요.

리건 잘 가시오. (두 사람 퇴장)

제6장 – 도버 가까이에 있는 들판

글로스터와 농부 차림을 한 에드거 등장.

글로스터 그 언덕 꼭대기는 멀었느냐?

에드거 지금 오르고 있는 중입니다. 무척 힘드시죠?

글로스터 내 생각엔 길이 판판한데.

에드거 얼마나 가파른 길인데요. 자, 파도 소리가 들리시죠?

글로스터 안 들려, 전혀……

에드거 눈이 아프기 때문에 다른 감각도 둔해졌나 봅니다.

글로스터 그런 모양이다. 네 목소리가 변한 듯하다. 말하는
품이 훨씬 나아졌어.

에드거 아니에요. 변한 것은 걸친 옷뿐입니다. 자, 여깁니다.
가만히 서 계세요. 밑을 내려다보니 무서워서 눈이 핑핑 돌
정도로 어지러워요. 저 아래 하늘을 날고 있는 까마귀는 꼭
딱정벌레처럼 보입니다. 바닷가를 걷고 있는 어부는 꼭 생쥐
처럼 보이고요. 저기 닻을 내리고 있는 커다란 배는 작은 배만
큼 보이고, 더 작은 배는 너무 작아서 눈에 띌까 말까 할 정도

로 보이는군요.

글로스터 네가 서 있는 곳에 나를 데려다다오.

에드거 손을 이리 주세요. 한 발만 더 옮기면 바로 벼랑 끝입니다. 달빛 아래 있는 모든 것을 준다 해도, 저는 더는 앞으로 뛸 수 없습니다.

글로스터 내 손을 놔라. 자, 너한테 돈주머니를 주겠다. 그 속에는 가난뱅이로선 감당하기 힘들 만큼의 보석이 있다. 요정들과 신들의 도움으로 네가 복을 받기를 원한다. 자, 내게서 떠나라! 어서 네가 떠나는 발소리를 들려다오.

에드거 그럼 안녕히 계세요.

글로스터 그래, 잘 가거라.

에드거 (방백) 아버지의 절망을 이토록 우롱하는 것도 오로지 아버지를 구해 드리려는 마음에서야.

글로스터 (무릎을 끓고) 거룩하신 신이시여! 저는 이 세상을 버리겠나이다. 이제 고통을 털어 버리려고 합니다. 제가 고통을 더 견딜 수 있다 해도 언젠가는 타고남은 재처럼 될 것입니다. 만일에 에드거가 살아 있다면 그에게 축복을 내려 주소서! (에드거에게) 잘 가거라. (그는 앞으로 쓰러졌다가 고꾸라진다.)

에드거 멀리 사라져 갑니다. 안녕히…… 스스로 목숨을 끊고 싶다는 생각을 하면 정말 귀중한 목숨을 잃을 경우도 있지.

아버지께서 왔다고 생각하시는 곳에 정말 와 계셨더라면 지금쯤 큰일 났을 거야. 그래도 의식을 잃으셨을 수도 있어. (목소리를 바꾸어) 여보세요, 늙은이! 들리십니까? 말을 해 보세요! (방백) 이대로 돌아가실지도 모르겠네. 앗, 깨어나신다! 당신, 무엇 하는 사람입니까?

글로스터 저리 가라! 죽게 내버려 둬.

에드거 당신은 거미줄이요, 새털이요, 공기요? 그러지 않는 바에야 그 수십 길 낭떠러지에서 굴러 떨어졌으니 계란처럼 박살났어야 하는 것 아닙니까? 그런데 아직도 숨을 쉬고 있다니! 당신이 이렇게 살아 있다는 것은 기적입니다. 자, 어서 말을 해 보세요!

글로스터 내가 떨어진 게 맞더냐?

에드거 떨어졌죠. 저 무시무시한 낭떠러지에서 굴렀어요. 위를 한번 쳐다보세요.

글로스터 아, 슬프게도 나는 눈이 없어. 불행한 사람은 스스로 고통스런 목숨을 끊을 수조차 없구나.

에드거 팔을 이리 주세요. 자, 일어납시다! 어떠세요, 다리는 괜찮아요? 설 수 있지요?

글로스터 너무너무 잘 서지는군.

에드거 정말 기적이네요. 낭떠러지에서 함께 있다가 헤어진 사람은 누구죠?

글로스터 신세가 딱한 불행한 거지였소.

에드거 여기 아래 서서 쳐다보니까, 그놈은 코가 수천 개나 되고 뿔이 여러 개 달려 있는 것 같았어요. 꼭 악마 같았죠. 당신은 운이 좋은 늙은이요. 매사에 공평하신 신이 구하신 거요.

글로스터 이제야 정신이 드는 것 같군. 이제부터는 고통이 아우성치다 제풀에 꺾여 사라질 때까지 참고 견디겠소. 그 악마를 나는 사람인 줄로 알았구려. 여하튼 그놈이 나를 저곳에 데려다 주었다오.

에드거 이제 걱정할 것 없습니다. 마음을 차분하게 가라앉히세요. 이곳으로 누가 오는구나.

　　　　들꽃으로 괴상하게 치장한 리어 왕 등장.

에드거 제정신이라면 저런 모습을 할 리가 없어.

리어 왕 그래, 내가 가짜 돈을 만들었다고 해서 그놈들이 나를 해칠 수는 없어. 내가 바로 왕이니까.

에드거 아, 가슴이 저려오는구나!

리어 왕 그 점에 있어서는 인공보다는 자연이 낫지. 자, 당신 품삯이오. 저 사람은 마치 새 쫓는 사람처럼 활을 쏘는군. 엉망이야, 엉망! 저런, 저런! 저 생쥐 좀 보게. 쉿, 조용히! 불에 구운 치즈 조각 하나면 잡을 수 있을 거야. 갈색 창을 갖고 오너라. 아! 잘 날아갔다. 새야! 과녁에, 과녁에 맞았다. 후훗!

암호를 대라!

에드거 박하꽃.

리어 왕 통과!

글로스터 저 목소리는 귀에 익은 소린데…….

리어 왕 (글로스터를 보고) 핫, 고너릴이다! 흰 수염이 났네! 저것들은 개처럼 나한테 알랑거리면서, 검은 털도 나기 전에 흰 수염이 난 늙은이처럼 지혜롭다고 했지. 내가 하는 말에는 무턱대고 맞장구치면서 말이야. 하지만 비를 맞고 몸이 흠뻑 젖었을 때, 찬바람 때문에 이가 덜덜 떨렸을 때, 천둥이 요란하게 울렸을 때, 나는 그들의 정체를 알았어. 그들의 냄새를 맡게 된 거지. 여봐라, 그들은 거짓말쟁이다. 그들은 나를 척 척박사라고 했지만 새빨간 거짓말이었다.

글로스터 저 말투를 잘 알고 있지. 전하가 아니십니까?

리어 왕 그렇다. 틀림없는 왕이다. 내가 노려보면 신하들은 벌벌 떨었지. 나는 네놈의 목숨만은 살려 주겠다. 네 죄목은 뭐냐? 간통죄냐? 죽이지는 않겠다. 간통죄 때문에 사형을 할 수는 없지. 굴뚝새도 그렇고, 작은 금파리도 내 눈앞에서 뻔뻔스럽게 음란한 짓을 한단 말이야. 하고 싶으면 실컷 해라! 저기 억지로 웃고 있는 부인을 보게! 두 가랑이 사이에 있는 그의 얼굴은 눈처럼 깨끗하다는 표정을 짓고 있지만, 사실 그 아랫도리는 악마의 소유물이야. 그곳은 지옥이야. 암흑이며, 유황이 지글지글 타고 있는 구렁텅이야. 악취가 코를 찌르면서 썩고 있지. 더러워! 더러워, 더러워! 퉤퉤! 약사, 사향 1온스만 갖고 오너라. 속이 몹시 안 좋구나.

글로스터 제발 그 손에 입 맞출 수 있는 영광을 주소서!

리어 왕 우선 손을 씻어야겠어. 송장 썩는 냄새가 나거든.

글로스터 이 거대한 세상도 닳아서 없어질 것이다. (리어 왕에게) 저를 알아보시겠습니까?

리어 왕 자네 눈동자를 잘 기억하고 있네. 곁눈질로 나를 쳐다보고 있구나. 눈먼 큐피드, 어떤 사악한 짓을 해도 좋다. 나는 결코 상사병에 걸리지는 않을 것이다. 이 결투장을 읽어봐. 글씨체를 잘 눈여겨보도록.

글로스터 글자 하나하나가 태양이라 할지라도 저는 볼 수 없습니다.

에드거 (방백) 이런 얘기를 전해 들었다면, 도저히 믿지 않았을 것이다. 그러나 사실 그대로이기 때문에 가슴이 미어지는구나.

리어 왕 읽어라!

글로스터 뭐요? 눈꺼풀밖에 없는 이 눈으로요?

리어 왕 어허! 정말 그렇다는 말이지? 머리에 눈이 없고, 주머니에 돈이 없다는 얘기로군. 빈털터리에 눈까지 없다고? 하지만 세상 돌아가는 꼴쯤은 볼 수 있을 테지.

글로스터 네, 느낌으로 압니다.

리어 왕 뭐! 그럼 너는 미치광이냐? 눈이 없어도 세상 돌아가는 일쯤은 볼 수 있는 법이야. 귀로 세상을 보게. 저기 있는 재판장이 천한 도적놈을 야단치는 것을 보게. 누가 도둑이고, 누가 재판장인가? 농부의 개가 거지를 보고 짖어대는 걸 본 적이 있나?

글로스터 네, 본 적이 있습니다.

리어 왕 그 거지가 개에게 쫓겨 도망치는 것도 보았겠지? 거기서 권력을 쥔 자의 위대한 모습을 볼 수 있는 거야. 개도 지위가 있으면 사람을 쫓을 수 있지. 이 악독한 병사 놈아, 왜 갈보에게 매질을 하느냐? 바로 네가 그 여자를 간음하려고 열을 올리고 있으면서! 고리대금업자가 사기꾼을 교수형에 처한다지. 누더기를 걸치고 있으면 티끌만한 죄악도 들여다 보이지만, 예복이나 모피를 입고 있으면 다 감춰지지. 죄악을 황금으로 입히면 날카로운 정의의 창도 상처를 못 내고 부러져 버리지. 죄악을 누더기로 싸면 난쟁이의 지푸라기도 그것을 꿰뚫을 수 있어. 죄지은 사람은 아무도 없어. 나는 고소인의 입을 틀어막을 수 있으니까. 유리 눈이라도 해서 박지. 그리하여 천박한 모사꾼처럼 보이지 않는 것도 보이는 척해 봐. 자, 이 장화 좀 벗겨다오! 좀 더 세게, 그렇지.

에드거 (방백) 그래도 뜻이 있는 말이 섞여 있네! 광기 속에도 지혜가 있군!

리어 왕 내 불행을 네가 슬퍼해 준다면 내 눈을 주겠다. 나는 너를 잘 알고 있다. 글로스터지? 너도 참아야 한다. 우리는 울면서 이 세상에 태어났다. 내가 얘기해 줄 테니 잘 들어라.

글로스터 아아, 슬픈 일이로다!

　　　여러 명의 시종들과 함께 사절 등장.

사절 아, 여기 계시는구나. 전하를 꼭 붙들어라. 전하, 공주가…….

리어 왕 도망갈 길이 없는가! 아니, 포로가 됐어? 내가 장난감이냐? 나를 함부로 다루지 마라. 보상금을 줄 테니, 외과 의사를 불러라. 머리를 찔린 기분이다.

사절 무엇이든 분부대로 하겠습니다.

리어 왕 누구 없느냐? 나 혼자뿐이냐? 이렇게 되면 울보가 된다. 사람의 눈을 물뿌리개 대신으로 삼자는 거냐? 나는 새 신랑처럼 떳떳하게 죽겠다. 뭐냐! 난 즐겁고 싶다. 나는 국왕이다. 네놈들이 알고 있기나 하냐?

사절 잘 알고 있습니다. 국왕이십니다. 저희는 오로지 복종할 따름입니다.

리어 왕 그렇다면 나는 살 수 있겠구나. 자, 잡을 테면 달려와서 잡아 봐라. (리어 왕 뛰어나간다. 시종들 그 뒤를 쫓는다.)

사절 하찮은 종놈들도 저렇게 되면 몹시 가엾은 법인데,

하물며 전하께서 저렇게 되셨으니 그 애통함을 말로 다 할수 없구나! 그래도 전하께는 막내따님이 있지. 언니들 탓에 천륜이 저주를 받기는 했지만, 동생이 다시 되찾겠지.

에드거 여보세요, 안녕하십니까?

사절 안녕하시오, 무슨 일이오?

에드거 혹 전쟁이 일어난다는 소문을 들으셨는지요?

사절 누구나 알고 있는 뻔한 일이오. 말귀를 알아듣는 사람이면 다 알고 있소.

에드거 실례지만, 저쪽 군대는 어디까지 와 있습니까?

사절 가까이 와 있소.

에드거 고맙습니다. 그것만 알면 됩니다. (사절 퇴장)

글로스터 신이시여, 당신이 뜻하실 때 제 숨통을 눌러 주십시오. 두 번 다시 스스로 목숨을 끊겠다는 생각을 하지 못하도록 지켜 주소서!

에드거 아저씨, 기도 잘 하셨습니다.

글로스터 이봐, 도대체 너는 누구냐?

에드거 보잘것없는 놈입니다. 슬픔을 뼈저리게 겪어 온 탓에 남의 슬픔에도 쉽게 동정하지요. 제가 손을 이끌어 드리겠습니다. 쉴 만한 곳으로 모셔다 드리겠습니다.

글로스터 고맙소. 신께서 복을 내리실 거요.

오스왈드 등장.

오스왈드 현상 붙은 반역자다. 운이 터졌구나! 눈알 없는 네 머리통은 본래부터 내 출세를 위해서 만들어졌나 보구나. 불쌍한 늙은 반역자야, 각오해라. 칼을 뽑았으니 네 목숨은 내 손아귀에 있다.

글로스터 고마운 분이군. 힘껏 쳐 주시오. (에드거, 이들 사이에 끼어든다.)

오스왈드 겁도 없는 촌놈아, 무엇 때문에 반역자를 감싸느냐? 너도 이놈과 함께 죽고 싶으냐? 그 팔을 놔라!

에드거 별다른 까닭이 없는 한 못 놓겠다!

오스왈드 놔라, 노예 놈아! 놓지 않으면 죽이겠다!

에드거 여보시오, 가던 길이나 빨리 가시오! 불쌍한 사람은 놔두고, 내가 그런 위협에 죽을 놈이라면 보름 전에 뻗어 버렸지. 안 돼! 이 늙은이 곁에는 얼씬도 못할걸. 비켜라! 내 말을 들어라. 그렇지 않으면 네놈의 머리와 내 몸뚱이 중 무엇이 단단한지 시험해 볼 테다.

오스왈드 닥쳐라, 이 어리석은 놈아!

에드거 네 앞니를 모조리 뽑아 버릴 테다. 자, 덤벼라! 그 칼로 찌르려면 찔러 봐. (두 사람 싸운다. 에드거가 오스왈드를 때려눕힌다.)

오스왈드 네놈 손에 내가 죽는구나. 내 돈주머니를 가져라. 장차 편히 살려거든 내 송장을 묻어다오. 그리고 내 몸에 지니고 있는 편지를 에드먼드 글로스터 백작께 전해다오. 영국에 가서 그를 찾아라. 아, 뜻밖의 죽음을 당하는구나! (오스왈드 죽는다.)

에드거 나는 네놈을 잘 알고 있다. 악한 일에 충성을 다한 놈이지.

글로스터 아니, 그놈이 죽었느냐?

에드거 아저씨, 거기 앉아 잠시 쉬세요. 이놈의 호주머니를 뒤져봅시다. 지금 부탁한 편지가 우리에게 도움을 줄지도 몰라요. 이놈 숨도 끊어졌군. 어디 보자. 적의 마음을 알기 위해서 때로는 사람의 가슴을 찢기도 하지. 편지 겉봉쯤이야 문제 되겠느냐? (편지를 읽는다.) '서로 굳게 맹세한 약속을 잊지 마세요. 그 사람을 해치울 기회는 얼마든지 있을 겁니다. 각오만 서 있으면 때와 장소는 충분히 마련될 것입니다. 그 사람이 개선장군으로 돌아오면 모든 것이 끝장나는 것입니다. 그렇게 되면 저는 죄인이 되고, 그 사람과의 잠자리는 감옥이 되고 맙니다. 진절머리 나는 잠자리에서 저를 구해 주세요. 그 보답으로 그 잠자리를 당신께 드리겠습니다. 당신을 남편이라 부르고 싶은 여인, 고너릴.' 아아, 여자의 색정은 끝이 없군! 덕망 있는 남편의 목숨을 빼앗고, 내 동생을 그 자리에 앉히려는 흉계로구나! (오스왈드의 송장을 보면서) 여기 모래더미 속에 묻어 주마. 남의 목숨을 노린 색골들의 더러운 심부름꾼아!

때가 오면 이 추잡한 편지를 모살될 뻔한 공작에게 보여 줘야 겠다. 내가 공작에게 얘기할 수 있게 되어 정말 다행이다.

글로스터 전하께서는 실성하셨다. 그런데 하찮은 내 목숨은 얼마나 모질기에 이렇게 버티어 엄청난 슬픔을 뼈저리게 느끼고만 있을까! 차라리 미치는 게 낫겠다. 그렇게 되면 자신의 슬픔을 생각하지 않아도 되고, 갖가지 불행도 느낄 수 없을 테니까. (멀리서 북소리가 들린다.)

에드거 손을 붙잡아 드리죠. 멀리서 북소리가 들리는 듯합니다. 자, 아저씨. 벗에게 함께 계시도록 부탁해 보겠습니다. (모두 퇴장)

제7장 - 프랑스군 진영 천막 속

코델리아, 켄트, 의사, 시종 등장.

코델리아 오, 켄트 백작님! 저는 얼마나 오래 살아야 켄트님의 충성에 보답을 다 할 수 있을까요? 신세를 갚으려면 한평생이 너무 짧고, 어떤 방법으로도 부족할 것만 같습니다.

켄트 그렇게 알아주시는 것만으로도 과분합니다. 진심 그대로입니다.

코델리아 좀 나은 옷으로 갈아입으세요. 그 옷은 지금까지의 고생을 되살리죠. 부디 그 옷을 벗어 버리세요.

켄트 용서하십시오. 제 정체가 지금 밝혀지면 계획이 틀어집니다. 때가 될 때까지 저를 모르는 척해 주십시오. 부탁드립니다.

코델리아 그렇다면 좋습니다. (의사에게) 아버지는 좀 어떻소?

의사 그대로 주무시고 계십니다.

코델리아 은혜로운 신들이여, 험한 일을 당하여 얻은 마음의 상처를 고쳐 주소서. 불효자식 때문에 상하고 거칠어진 감각을 다시 살려 주소서. 오, 제정신을 찾도록 해 주소서!

의사 깨우는 것이 어떨까요? 오랫동안 주무셨습니다.

코델리아 당신의 판단에 맡기겠소. 좋다고 생각하는 대로 해 주시오. 옷은 갈아입으셨소?

　　　시종들이 리어 왕을 의자에 앉힌 채로 모시고 나온다.

사절 네, 왕비님. 깊이 잠이 드셨을 때 새 옷을 입혀 드렸습니다.

의사 왕비님, 우리가 전하를 깨울 때 옆에 계십시오. 반드시 회복되실 겁니다.

코델리아 좋아요! (음악 소리)

의사 이리로 가까이 오십시오. 음악 소리를 높여라!

코델리아 아, 사랑하는 아버지! 제 입술에 아버지를 회복시기는 묘약이 있다면, 언니들이 입힌 상처를 입맞춤으로 고쳐 드리고 싶습니다. (입을 맞춘다.)

켄트 효성이 지극하신 왕비님!

코델리아 설사 그들의 아버지가 아니었더라도 이 백발은 그들에게 측은한 마음을 불러일으킬 수 있었을 텐데…… 이 얼굴이 사나운 비바람을 맞아야만 했습니까? 무서운 벼락을 품은 우레를 들판에서 들으셔야만 했습니까? 더구나 하늘을 가르는 번개가 번뜩이고 있을 때도 머리에 아무것도 쓰지 않으시고요. 원수의 개가 나를 물어뜯었을지라도, 그런 밤에는 그 개를 난로 곁에서 불을 쬐도록 내버려 둬야지요. 그런데 가엾게도 아버지는 돼지나 부랑배와 함께 곰팡내 나는 짚자리에서 주무셨어요. 깨어나시는군요. 목숨과 정신을 한꺼번에 잃지 않으신 것이 놀라울 뿐입니다.

리어 왕 무덤 속에서 나를 끌어내면 못 써. 너는 축복받은 사람이지. 나는 지옥의 바퀴에 묶여 있기 때문에, 내가 눈물을 흘리면 납처럼 녹아 흘러서 화상을 입지.

코델리아 저를 아시겠습니까?

리어 왕 너는 망령이 아니냐? 언제 죽었나?

코델리아 아직도 정신이 안 드셨구나!

의사 잠이 덜 깨신 겁니다. 잠시 혼자 계시도록 내버려 두세요.

리어 왕 지금 여기가 어디냐? 아름다운 햇살이군. 나는 어이 없이 속고 있어. 딴사람이 나 같은 꼴을 겪고 있으면 너무나 가여워서 죽고 싶었을 거다. 이게 정말 내 손이냐? 어디 바늘로 찔러 보자. 아얏! 지금 내가 어떻게 되어 있는지 확실히 알고 싶구나.

코델리아 (무릎을 꿇으며) 아버지, 저를 보세요. 그 손으로 저를 축복해 주세요. 아버지, 무릎을 꿇으시면 안 돼요.

리어 왕 제발 나를 놀리지 마오. 나는 어리석은 바보 늙은이라오. 나이가 벌써 여든이 넘었소. 솔직히 말해서 내가 미쳤는가 보오. 당신도 알고, 여기 있는 이 사람도 알 것만 같은데…… 확실치가 않구려. 이곳이 어딘지도 모르겠고, 이 옷도 기억할 수 없소. 어젯밤 내가 어디서 잠을 잤는지도 모르고 있을 정도라오. 비웃을지 모르지만, 이 부인은 내 딸 코델리아라고 생각되는군.

코델리아 그렇습니다! 확실히 그렇습니다.

리어 왕 눈물을 흘리고 있느냐? 그렇군, 눈물이로군. 제발 울지 마라. 네가 독약을 마시라면 마시마. 네가 나를 원망하고 있다는 것도 알고 있어. 내 기억에 네 언니들은 나를 학대했으니 할 말이 없을 테지만, 너 코델리아는 나를 미워할 만한 충분한 까닭이 있지 않느냐?

코델리아 아무런 까닭도 없습니다.

리어 왕 내가 프랑스에 와 있느냐?

켄트 전하의 왕국에 계십니다.

리어 왕 나를 속일 셈이구나.

의사 안심하십시오. 보시다시피 무서운 광기는 이제 진정되었습니다. 그러나 지금까지 겪은 일들을 떠올리게 하는 것은 위험합니다. 안으로 모시고 들어가십시오. 좀 더 진정되실 때까지는 괴롭게 해 드리지 마십시오.

코델리아 안으로 드십시오.

리어 왕 부디 나를 용서하거라. 모든 것을 잊어다오. 나는 어리석은 늙은이야. (켄트와 기사만 남고 모두 퇴장)

시종 콘월 공작이 죽었다는 게 사실입니까?

켄트 그러한 모양이오.

시종 그럼 공작의 군대를 지휘하고 있는 사람은 누굽니까?

켄트 글로스터 백작의 사생아라오.

시종 추방당한 아들 에드거는 글로스터 백작과 함께 독일에 있다는 소문이 있습니다.

켄트 소문을 믿을 수 있어야지. 조심할 때가 되었소. 영국군이 재빠르게 밀려오고 있소.

시종 이 싸움은 피로 물들 것 같습니다. 안녕히 계십시오. (퇴장)

켄트 싸움에 따라서 내 계획이 달라지겠지. (켄트 퇴장)

제 5 막

제1장 - 도버 가까이에 있는 영국군 진영

북을 치며 군기를 앞세우고 에드먼드, 리건, 부대장, 장교들 그리고 병사들 등장.

에드먼드 (부대장에게) 공작에게 가서 알아보고 오너라. 계획에 변경이 없는지 확실히 알아보라. 공작께서 자격지심이 강해 변덕을 부리시는 일이 종종 있었지. (부대장 퇴장)

리건 언니의 시종에게 뭔가 문제가 생긴 것 같아요.

에드먼드 그런 것 같아서 걱정이 되는군요.

리건 에드먼드, 내가 당신을 사랑하는 것을 알고 있나요? 말해 보세요. 진정으로 사실을 털어놓으세요. 언니를 사랑하고 있나요?

에드먼드 공경하는 마음이죠.

리건 형부만이 드나드는 잠자리에 간 적이 있나요?

에드먼드 절대 아닙니다. 어림도 없는 소립니다.

리건 하지만 마음에 걸려요. 언니와 함께 붙어 다니면서 껴안기도 하고, 부부가 할 수 있는 짓을 다 하고 있는 것은 아닌가요?

에드먼드 그런 일은 절대로 없습니다.

리건 에드먼드, 언니와 너무 가깝게 지내지 말아요.

에드먼드 걱정 마십시오. 공작과 부인께서 오시는군요!

　　　　북을 치며 군기를 앞세우고 알바니 공작, 고너릴 그리
　　　　고 병사들 등장.

고너릴 (방백) 에드먼드와 내가 멀어질 바에야, 차라리 전쟁에 지는 게 나아.

알바니 내가 가장 사랑하는 처제, 잘 만났소. (에드먼드에게) 듣자 하니 왕께서는 막내따님한테 갔다 하오. 게다가 불평이 많은 일당도 따라갔다 하오. 나는 원래 공명정대하지 않은 경우에는 용감무쌍할 수 없는 사람이오. 그런데 이번 일은 프랑스 왕이 우리나라를 침략하려고 하는 것이지, 리어 왕 일당을 도와주려고 하는 일이 아니오. 때문에 우리는 가만히 있을 수 없소.

에드먼드 옳은 말씀입니다.

리건 어쩌자고 그 따위 말을 꺼내십니까?

고너릴 모두가 힘을 합쳐 적을 무찌릅시다! 사사로운 시비는 여기서 꺼낼 게 못 되잖아요.

알바니 그렇다면 노련한 장교들과 싸움 계획이나 짜도록 합시다.

에드먼드 바로 공작님한테로 가겠습니다.

리건 언니는 저하고 함께 가시죠.

고너릴 싫다!

리건 함께 가시는 것이 좋을 겁니다. 갑시다!

고너릴 (방백) 아아, 그 수수께끼를 이제야 알겠구나. (리건에게) 그럼 가겠어.

　　　　　그들이 밖으로 나가려 할 때, 변장한 에드거 등장.

에드거 보잘것없는 사람과 한마디 나눌 수 있다면 제 말씀에 귀를 기울여 주십시오!

알바니 (모두에게) 곧 뒤따라가겠소. (알바니와 에드거만 남고 모두 퇴장) 말해 보라.

에드거 전쟁을 시작하기 전에 이 편지를 뜯어보십시오. 승리를 거두면 나팔을 불게 해서 편지를 들고 온 저를 불러내 주십시오. 제 몰골이 엉망이긴 합니다만, 편지에 씌어져 있는 것이 거짓이 아니라는 것을 이 칼을 두고 맹세합니다. 전쟁에 지면 공작님의 운세도 끝이 나겠지요. 따라서 음모도 사라지고 말 것입니다. 행운을 빕니다!

알바니 그럼 읽어볼 테니 기다려라!

에드거 그건 안 됩니다. 때가 오면 불러 주십시오. 다시 나타나겠습니다.

알바니 잘 가라! 편지는 잘 읽어 두겠다. (에드거 퇴장)

  에드먼드 다시 등장.

에드먼드 적군이 눈앞에 나타났습니다. 급히 서둘러야 합니다.

알바니 늦지 않도록 하지. (알바니 퇴장)

에드먼드 나는 자매에게 사랑을 맹세했다. 자매가 서로 질투하는 모습은 독사한테 물린 적이 있는 사람이 독사를 싫어하는 것과 같구나. 둘 가운데 누구를 골라잡지? 둘 다? 하나만? 둘 다 살아 있으면 어느 쪽도 내 것이 될 수 없어. 과부를 택하면 언니인 고너릴이 미친 듯 화를 내겠지. 그렇다고 해서 남편이 버젓이 살아 있는 여자랑 결혼할 수도 없는 노릇이잖아. 전쟁이 끝나면 남편을 감쪽같이 처치하라고 해야지. 공작은 리어 왕과 코델리아에게 자비를 베풀려고 하지만, 전쟁이 끝난 뒤 그들이 우리 쪽 포로가 되면 가만두지 않을 테야. 지금 내게 가장 중요한 것은 나를 지키는 일이야. (에드먼드 퇴장)

제2장 - 양 진영 사이에 있는 들판

북과 군기 앞세우고 리어 왕, 코델리아, 병사들이 무대
를 가로질러 퇴장한다. 에드거와 글로스터 등장.

에드거 아저씨, 여기 나무 그늘 아래에서 쉬고 계세요. 그리
고 정당한 쪽이 이기도록 기도해 주세요. 제가 다시 오게 되면
기쁜 소식을 가지고 올게요.

글로스터 신께서 지켜 주기를! (에드거 퇴장)

안에서 경종 소리, 군인들 달아나는 소리. 에드거 다시
등장.

에드거 아저씨, 달아나세요. 어서 제 손을 잡으세요. 자, 도
망갑시다! 리어 왕이 싸움에 졌어요. 전하와 공주님이 잡혔
어요.

글로스터 인제 더 멀리 갈 수 없네. 여기서 죽으면 그만이야.

에드거 왜 그러시는 거예요? 또 안 좋은 생각을 하시나요?
세상에 태어나는 것이나 죽는 것은 사람 마음대로 할 수 없
는 법이에요. 때가 무르익는 것을 기다려야 합니다. 자, 가시
지요!

글로스터 맞는 말이다. (두 사람 퇴장)

제3장 · 도버 가까이에 있는 영국군 진영

북소리. 군기가 휘날리는 가운데 개선장군인 에드먼드 등장. 포로로 잡힌 리어 왕과 코델리아가 장교들과 병사들과 함께 등장.

에드먼드 장교들은 포로들을 끌고 가라! 그들을 재판할 상관의 명령이 떨어질 때까지 잘 감시하라!

코델리아 최선을 다하고도 최악의 사태를 만난 것은 우리가 처음이 아닙니다. 고생하신 아버지를 생각하면 저는 힘이 풀립니다. 차라리 언니들을 만나 목숨을 구하세요.

리어 왕 아니다, 아니야! 어서 우리는 감옥으로나 가자. 둘이서 새장 속의 새들처럼 노래를 부르며 살아가자. 네가 축복을 빌면, 나는 용서를 구하마. 기도하고 노래하고 옛날 얘기를 나누며 금빛 나비를 보고 웃으며 세상 돌아가는 소식이나 듣자꾸나. 누가 세력을 얻고 누가 물러나는지 얘기하면서 지내자꾸나. 나는 그렇게 세월을 보내고 싶다. 비록 사면이 벽으로 둘러싸인 감옥에 있더라도 그렇게 세월을 보내고 싶다.

에드먼드 끌고 나가라!

리어 왕 내 딸 코델리아야, 너같이 희생되는 제물에 대하여 신들이 향을 피워 줄 것이다. 내가 너를 붙잡고 있지? 우리를 떼어 놓으려는 놈은 하늘에서 횃불을 갖고 와야 해. 횃불로서 여우를 몰아내듯이 우리를 쫓을 수밖에 없을 거야. 눈물을 닦아라! 그들이 병에 걸려 썩어문드러지기 전에는 울지 말아라. 그들이 굶어 죽는 꼴을 우리가 먼저 봐야지. 자, 가자. (리어 왕과 코델리아 퇴장)

에드먼드 부대장, 듣거라! 이 편지를 갖고 감옥까지 따라가라. (쪽지를 준다.) 거기 적힌 대로 하면 너는 행운을 잡게 될 것이다. 나는 이미 너를 한 계급 승진시켜 두었다. 사람은 때를 잘 잡아야 한다는 걸 알아 둬라. 칼을 휘두르는 군인은 정이 많으면 안 된다. 잘 알겠느냐?

부대장 네, 분부대로 하겠습니다.

에드먼드 그럼 바로 실행해라. 내가 적어 놓은 대로 처리해라!

부대장 사람이 하는 일이라면 무엇이든지 다 할 수 있습니다. (부대장 퇴장)

　　　나팔 소리. 알바니, 고너릴, 리건, 장교 한 사람, 그리
　　　고 병사들 등장.

알바니 백작은 오늘 확실히 용감한 집안의 자손답게 잘 싸워 주었소. 이번 싸움의 원인이 된 두 사람을 포로로 잡았으니 대단한 일이오. 이제 해야 할 일은 그들에게 적당한 대우를 하는 거요.

에드먼드 늙은 왕을 적당한 곳에 가두고, 감시병을 붙여 두는 것이 좋다고 생각했습니다. 나이도 많은데다 국왕이라는 신분 때문에 백성들의 마음을 흔들어서 혹시 우리에게 화살이 돌아올까 걱정되기 때문입니다. 프랑스 왕비도 함께 보내기로 했습니다. 내일이든 모레든 재판이 열릴 때까지 언제든 출두할 수 있게 해 놨습니다. 우리는 지금 피와 땀에 젖어 있습니다.

알바니 미안한 얘기지만, 나는 이번 전쟁에서 당신을 내 부하로 생각했을 뿐 형제로 여기지는 않았소.

리건 백작에게 형제의 자격을 줍시다! 형부가 그런 말을 하기 전에 제 생각을 물어보는 게 옳았다고 생각돼요. 백작은 저를 대신해서 군대를 이끌었어요. 그러니 형제나 다름 없지요.

고너릴 너무 흥분하지 마! 네가 자격을 주지 않아도 백작은 나름대로 높은 지위에 올라갈 분이야.

리건 내가 권리를 준 이상 최고의 권력자가 될 수 있는 거죠.

고너릴 백작이 네 남편이라도 될 것처럼 말하는구나.

리건 농담이 진담이 될지 누가 알아요. 나는 지금 몸이 좋지 않아요. 그렇지 않으면 화풀이를 해 가며 대꾸할 수 있었을 거예요. (에드먼드에게) 백작, 내 군대와 포로 그리고 재산을 당신에게 바치겠소. 마음대로 처분하시오. 뿐만 아니라 나도 당신 것이오. 이 자리에서 당신을 내 남편으로 맞이하겠소.

고너릴 그렇게 네 뜻대로 될 줄 알아?

알바니 (고너릴에게) 당신 뜻대로도 안 될걸.

에드먼드 (알바니에게) 공작님 뜻대로도 못할 거요.

알바니 사생아 자식…… 난 할 수 있다!

리건 (에드먼드에게) 북을 울리세요! 당신에게 내 권리가 넘어간 사실을 알리세요.

알바니 잠깐 기다려, 에드먼드! 난 대역죄로 너를 체포한다. 그리고 동시에 (고너릴을 가리키면서) 금칠한 독사도 체포하겠다. 처제, 이놈은 내 아내와 이미 약혼한 몸이오. 그러니 그 청혼은 없었던 걸로 하시오. 남편이 필요하다면 차라리 내게 청혼하시오!

고너릴 미친 소리!

알바니 에드먼드, 어서 나팔을 불게 하라! 너와 결투할 사람이 나타나지 않는다면 내가 상대하겠다! (도전의 표시로서 장갑을 땅 위에 내던진다.) 네가 저지른 일이 얼마나 끔찍한 것인지를 네놈의 가슴을 갈라 증명할 테다.

리건 가슴이 아프다. 아아, 가슴이 답답해!

고너릴 (방백) 네년이 아프지 않으면 독약도 믿을 수 없지.

에드먼드 그렇다면 덤벼라! (장갑을 내던진다.) 나를 반역자라고 부르는 놈이 어떤 놈인지 모르지만 틀림없이 그놈은 거짓말쟁이다. 나팔을 불어서 그놈을 불러내라! 나한테 감히 덤벼드는 놈은 어떤 놈이건 가만두지 않을 테다.

알바니 이봐, 전령!

리건 아아, 가슴이 점점 더 답답해지네.

알바니 환자가 생겼군. 내 막사로 데려가라. (부축을 받으며 리건 퇴장)

전령 등장.

알바니 전령, 이리로 오라. 나팔을 불게 하라. 그리고 이것을 큰 소리로 읽어라.

장교 나팔을 불어라! (나팔 소리)

전령 (읽는다.) '우리 군대 내에 지체 높은 자로서 글로스터 백작이라 불리는 에드먼드에 대하여 대역죄를 범한 죄인임을 주장하고 싶은 자는 나팔 소리가 세 번 울릴 때까지 나서라. 에드먼드는 자신의 명예를 지킬 자신이 서 있다.' 불어라! (첫 번째 나팔 소리) 다시 한 번! (두 번째 나팔 소리) 다시 한 번! (세 번째 나팔 소리)

세 번째 나팔 소리에, 나팔수를 앞세우고 무장한 에드거 등장.

알바니 (전령에게) 나팔 소리에 답하여 앞으로 나선 그 까닭을 물어라!

전령 이름과 신분을 말하시오! 또한 무슨 까닭으로 나팔 소리에 응하셨소?

에드거 저는 이름을 잃었습니다. 제 이름은 반역자의 이빨에 물어뜯기고 벌레에 파 먹혔습니다. 그러나 제가 상대하고 싶은 자만큼이나 고귀한 집안 출신이오.

알바니 상대하고 싶은 자가 누구냐?

에드거 스스로 글로스터 백작이라고 부르는 에드먼드입니다.

에드먼드 내가 바로 에드먼드다. 할 말이 무엇이냐? 들어보자.

에드거 칼을 뽑아라! 내 말이 비위에 거슬렸다면 네가 뽑은 칼이 분풀이를 해 주겠지. 자, 여기 내 칼이 있다. 너는 반역자다! 너는 신과 형제와 아버지를 속였고, 여기 계신 공작님의 목숨까지 노렸다. 머리털부터 발톱 때에 이르기까지 너는 점박이 두꺼비처럼 더러운 반역자다. 네가 그걸 부정한다면 내칼과 솜씨와 용기로써 네 가슴을 갈라 증명해 보이겠다. 너는 거짓말쟁이라고!

에드먼드 다시 한 번 네 이름을 묻고 싶지만, 네 겉모습으로 보아 무식하게 자란 놈 같지 않기 때문에 그냥 싸우기로 하겠다. 그래서 나는 갖가지 오명을 네 머리 위에 둘러씌우고, 네가 말한 지옥 같은 거짓말을 네 가슴에 새겨 둬야겠다. 나팔을 불어라! (경석 소리. 둘이 싸운다. 에드먼드 쓰러진다.)

고너릴 에드먼드, 음모에 말려들었소. 기사도는 이름을 밝히지 않으려는 상대와 싸울 필요가 없는 거요. 이건 정정당당하지 못한 속임수라고요.

알바니 입 닥쳐! 그렇지 않으면 이 편지로 입을 틀어막겠소 (에드먼드에게) 이 편지를 받아라. 악독한 죄인아, 네 죄를 알라. (고너릴이 편지를 낚아채 찢는다.) 찢지 마시오. 그 편지 내용을 아는 모양이군.

고너릴 알고 있어도 법은 내 편이지, 당신 편이 아니오. 감히 누가 나를 규탄하겠소.

알바니 천하에 고약한 여자로군! (에드먼드에게) 편지 내용을 알고 있느냐?

고너릴 제발 그런 건 묻지 마시오! (퇴장)

알바니 뒤를 쫓아가라. 반미치광이가 되었구나. 진정시켜라. (장교 퇴장)

에드먼드 나는 당신이 비난하고 있는 것보다 훨씬 더 많은 죄를 저질렀소. 밝혀질 날이 오리라 믿소. 시간은 흐르고, 나도 사라져 버릴 몸이오. 나를 물리친 행운아, 당신은 누구요? 그대가 귀족이면 내 용서하리다.

에드거 좋다. 서로 용서하자. 에드먼드, 혈통에 있어서는 너보다 뒤질 것이 없어. 만약에 내 혈통이 너보다 낫다면, 너는 내게 더 큰 죄를 진 셈이야. 내 이름은 에드거, 네 아버지의 아들이다. 신은 공평하시다. 어둠침침한 곳에서 너를 만든 벌로 아버지는 양쪽 눈을 빼앗기셨다.

에드먼드 옳은 말씀입니다. 인과응보의 바퀴가 돌고 돌아 다시 제자리에 왔습니다. 저는 다시 밑바닥이 되었군요.

알바니 자네의 거동만 보고서도 고귀한 집안 출신이라고 짐작했지. 자네를 껴안고 싶네. 내가 자네와 자네 아버님을 조금이라도 미워했더라면 가슴이 갈기갈기 찢어졌을 거야.

에드거 존경하는 공작님, 잘 알고 있습니다.

알바니 그런데 어디 숨어 있었나? 자네 아버지의 소식은 어떻게 알고 있었나?

에드거 제가 줄곧 돌봐 드렸습니다. 대충 말씀드리겠습니다. 얘길 다 털어놓은 뒤에는 아, 제 심장이 터져 버릴 수도 있습니다. 목숨에 대한 끈질긴 애착이여! 단번에 목숨을 끊기보다는 미치광이로 변장하여 하루하루를 살아갔지요. 그러다가 두 눈을 잃은 아버지를 만났습니다. 보석이 빠진 피투성이 반지처럼 되셨더군요. 그 뒤부터는 길벗이 되어 손을 이끌어 주기도 하고, 구걸도 하면서 절망에서 아버지를 구출했습니다. 삼십 분 전 투구를 쓰면서 비로소 아버지께 제 정체를 밝혔습니다. 오, 그것이 잘못이었어요! 아버지의 흠이 생긴 심장은 아, 불행하게도 허약해질 대로 허약해져 충격을 견디지 못했습니다. 기쁨과 슬픔이 왔다 갔다 하다가 결국에는 돌아가셨습니다.

에드먼드 형 얘기를 들으니 깊이 반성하게 되는군요. 얘길 계속하세요. 할 얘기가 더 있는 듯하군요.

알바니 슬픈 얘기겠지. 그렇다면 더 얘기하지 말게. 눈물이 나서 못 견디겠네.

에드거 더 슬픈 얘기입니다. 제가 울고 불며 아버지를 껴안고 슬퍼하자, 어떤 분이 다가왔습니다. 그러더니 저를 부둥켜안고 하늘이 꺼질 듯 울어 대더군요. 그리고 아버지 유해를 얼싸안고 리어 왕과 그분에 관한 얘기를 들려주었습니다. 여태껏 들어 본 적이 없는 슬픈 얘기였습니다. 그분도 얘기를 하면서 슬픔을 감당하지 못하고 쓰러졌습니다. 당장에 생명 줄이 끊어질 듯했습니다. 바로 그때 두 번째 나팔 소리가 들려왔기 때문에 그분을 그대로 놔둔 채 이리로 뛰어온 것입니다.

알바니 그런데 그분이 누구였나?

에드거 켄트 백작, 추방된 켄트 백작이었습니다. 변장을 하고서 원수 같은 국왕 곁에 붙어 다니며 노예처럼 헌신하고 있었습니다.

　　　한 시종이 피 묻은 단검을 들고 등장.

시종 큰일 났습니다. 큰일 났습니다!

에드거 무슨 일이냐?

알바니 어서 말하라!

에드거 그 피투성이 칼은 뭐냐?

시종 가슴에 꽂힌 것을 방금 뽑아 들고 오는 길입니다. 오, 부인이 돌아가셨습니다.

알바니 누가? 빨리 말해라.

시종 공작님, 부인이오. 공작부인께서는 동생을 독살했다고 자백하셨습니다.

에드먼드 나는 두 사람 모두에게 청혼을 했는데, 이제는 세 사람이 다같이 죽는구나!

에드거 켄트 백작이 오십니다.

　켄트 등장.

알바니 죽었든 살았든 간에 두 사람을 이리로 옮겨 오너라. (사절 퇴장) 천벌 앞에서 겁에 질려 몸이 떨리긴 해도 불쌍한 생각은 들지 않는군. (켄트에게) 아, 당신이 바로 켄트 백작이십니까? 사태가 이러하니 인사는 생략하겠습니다.

켄트 주인이신 전하께 작별 인사하러 왔습니다. 여기에 안 계십니까?

알바니 큰일을 잊고 있었군! 에드먼드, 전하께서는 어디 계시느냐? 그리고 코델리아는? 켄트 백작, 저기를 보십시오! 시종들이 고너릴과 리건의 송장을 옮긴다.

켄트 아니, 이게 웬일입니까?

에드먼드 저는 한꺼번에 두 여자한테 사랑을 받았죠. 저 때문에 언니가 동생을 독살하고 자살했습니다.

알바니 사실이오. 송장의 얼굴을 덮어라.

에드먼드 숨이 막혀 오는구나! 여태껏 못된 짓만 해 왔지만, 한 가지라도 착한 일을 하고 싶습니다. 급히 성으로 사람을 보내십시오. 리어 왕과 코델리아를 죽이라는 명령을 했습니다. 제발 빨리 사람을 보내서 목숨을 빼앗지 못하도록 하세요.

알바니 (에드거에게) 뛰어요, 뛰어! 아, 어서 뛰어가오!

에드거 누구한테 가야 합니까? (에드먼드에게) 누구한테 명령을 했지? 명령을 취소할 증거를 줘라.

에드먼드 잘 생각해 내셨어요. 제 칼을 갖고 가서 대장에게 주십시오.

알바니 뛰어라, 힘껏 뛰어! (에드거 퇴장)

에드먼드 당신의 부인과 제가 명령을 내렸습니다. 코델리아를 감옥에서 목 졸라 죽인 다음, 절망에 빠져 스스로 목숨을 끊은 것처럼 꾸며 놓으라고 했습니다.

알바니 신들이여, 코델리아를 보살펴 주십시오. 제발 전하께서 무사하시기를……! (에드먼드를 가리키면서) 저놈을 데리고 나가라! (시종들이 에드먼드를 데리고 퇴장)

죽은 코델리아를 팔에 안고 리어 왕 등장. 부대장 등장.

리어 왕 울부짖어라, 울부짖어라! 아, 너희는 돌 같은 인간들이구나. 내가 너희 같은 눈과 혀를 가졌다면 하늘이 무너지도록 저주를 퍼부었을 것이다. 내 딸은 영원히 죽었다. 죽은 것과 산 것은 구별할 수 있지. 딸은 죽어서 흙처럼 되어 버렸다. 거울을 다오. 내 딸의 입김이 거울을 얼룩지게 하면 그건 살아 있다는 증거다.

켄트 이것이 예언된 말세인가?

알바니 모든 것이 무너지고 멸망하는구나!

리어 왕 아, 깃털이 움직이네. 살아 있다! 그렇다면 그동안에 겪은 온갖 설움도 아무렇지 않을 텐데…….

켄트 (리어 왕 앞에 무릎을 꿇고) 오, 전하!

리어 왕 제발 저리 가게.

에드거 전하의 충신 켄트 백작입니다.

리어 왕 너희는 살인자요, 모두 다 반역자다! 천벌을 받아라! 나는 내 딸을 살려야 했는데, 이제는 모든 것이 끝났어! 코델리아, 잠시 기다려다오. 앗! 너 지금 뭐라고 했니? 네 목소리는 늘 부드럽고 상냥했지. 너를 죽인 노예 놈을 내가 맨손으로 죽여 버렸다.

부대장 말씀대롭니다. 전하께서 노예를 죽였습니다.

리어 왕 젊은 시절에는 닥치는 대로 칼을 휘둘러 댔지만,

지금은 나이를 먹고 고생을 해서 힘이 빠졌어. (켄트에게) 자네 누군가? 눈이 나빠서 잘 보이지 않는구려. 그러나 금세 알아볼 수 있을 거야.

켄트 운명의 여신이 한 사람을 사랑도 하고 미워도 한다고 자랑한다면, 지금 전하 눈앞에 있는 사람이 그러합니다. 제가 미움을 받았던 사람입니다.

리어 왕 눈이 침침하지만, 자네는 켄트 아닌가?

켄트 그렇습니다. 전하의 충신 켄트입니다. 변장을 하고 전하의 슬픈 발자국을 줄곧 따라다녔습니다.

리어 왕 참으로 잘 왔다.

켄트 모든 것이 쓸쓸하고, 무섭기만 합니다. 전하의 따님들은 스스로 목숨을 끊었습니다.

리어 왕 그랬을 테지.

알바니 전하께서는 지금 넋이 나가 있소. 이런 상황에서는 우리가 이름을 대도 소용없을 것이오.

에드거 아무 소용없습니다.

　　　부대장 등장.

부대장 에드먼드가 죽었습니다.

알바니 지금은 그런 것이 대단하지 않아. 엄청난 전하의 불행에 대해 무엇을 어떻게 해야 하는가! 전하께서 살아 계실 동안만이라도 통치권을 위임해야겠소. (에드거와 켄트에게)

두 분에게는 땅을 나눠 드리고, 큰 상을 내리리다. 우리 편인 사람은 상을 받을 것이며, 적들은 저지른 죄에 합당한 벌을 받게 될 것이오. (리어 왕을 보고) 아, 저런! 가엾구나!

리어 왕 아, 불쌍한 내 딸을 목 졸라 죽이다니! 숨이 끊어지다니! 개나 말이나 쥐 같은 것도 숨을 쉬는데, 너는 왜 입김조차 없느냐? 다시는 이 세상에서 너를 볼 수 없겠구나. 결코, 결코! 결코 볼 수 없겠구나. 이 단추를 좀 풀어다오. 고맙다. 이게 보이느냐? 코델리아를 보라. 보라, 딸의 입술을……. 보라, 봐! (리어 왕. 죽는다.)

에드거 전하, 정신 차리십시오!

켄트 가슴이 터질 것 같다. 가슴아, 차라리 터져 버려라! 전하를 가시도록 내버려 둡시다. 전하를 이 세상이라는 쓰라린 형틀 위에 붙잡아 두는 사람을 전하께서는 미워하실 거요.

에드거 전하께서 정말로 돌아가셨습니다.

켄트 용케도 전하께서 잘 견뎌 오셨습니다. 겨우 목숨을 붙이고 계셨던 거죠.

알바니 두 분의 유해를 모시고 나가거라. 지금 우리가 할 일은 두 분을 애도하는 일이오. (켄트와 에드거에게) 내 마음의 벗인 두 분은 이 땅을 다스리고, 어수선한 나라를 바로잡아 주시오!

켄트 저는 돌아오지 못한 길을 떠나야 합니다. 주인님이 부르시니 마다할 수 없습니다.

알바니 이 가혹한 슬픔에 우리는 복종해야 하오. 우리가 느끼는 것만을 말합시다. 가장 나이 많으신 분께서 가장 큰 괴로움을 견디셨소. 젊은 우리는 그토록 많은 고난을 견딜 수도 없거니와 살아 있을 수도 없을 겁니다. (장송곡이 울리는 가운데 모두 퇴장)

햄릿 · 리어왕

1판 1쇄 인쇄 | 2017년 04월 10일
1판 1쇄 발행 | 2017년 04월 15일

지은이 | 셰익스피어
옮긴이 | 김지영
펴낸이 | 윤옥임
펴낸곳 | 한비미디어

서울시 마포구 독막로 28길 34
대표전화 (02)713-3734, **팩스** (02)706-9151
등록 제 2003-000077호

© 2017 by Brown Hill Publishing Co. 2017, Printed in Korea

ISBN 978-89-90167-79-8 03840
값 12,000원

*무단 전재 및 복제는 금합니다.
*잘못된 책은 바꾸어 드립니다.